던전사냥꾼

Dungeon Hunter

던전사냥꾼 5

Dungeon Hunter

온후 현대 판타지 장편 소설

초판 1쇄 찍은 날 | 2016년 7월 11일
초판 1쇄 펴낸 날 | 2016년 7월 18일

지은이 | 온후
펴낸이 | 예경원

기획 | 위시북스
편집책임 | 박우진
편집 | 이즈플러스

펴낸곳 | 예원북스
등록번호 | 제396-2012-000132호
등록일자 | 2012. 7. 25
KFN | 제1-013호

주소 | 경기도 고양시 일산동구 호수로 646-24 위너스21 II 빌딩 206A호 (우)10401
전화 | 031-819-9431 팩스 | 031-817-9432
E-mail | yewonbooks@naver.com

ISBN 979-11-5845-519-4 04810
979-11-5845-629-0 (set)

※ 이 도서의 국립중앙도서관 출판시도서목록(CIP)은 서지정보유통지원시스템 홈페이지(http://seoji.nl.go.kr)와 국가자료공동목록시스템(http://www.nl.go.kr/kolisnet)에서 이용하실 수 있습니다.

온후 현대 판타지 장편 소설

WISHBOOKS MODERN FANTASY STORY

던전사냥꾼

Dungeon Hunter 5

Wish Books

던전사냥꾼

Dungeon Hunter

CONTENTS

Chapter 27

잔혹한 사령관의 군단

오로지 한 번만 구매할 수 있으며 업적 점수가 6,000점이나 드는 고가의 마수 군단. 일전 나락군주의 심장을 얻을 당시 열렸던 보물 창고에 그 이름이 있었다.

'군단이라…….'

오크 대제 람, 진족 뱀파이어 스비라 등과 다르게 유일하게 '군단'이라 칭해졌다.

숫자적으로 차이가 크게 난다는 뜻.

하지만 잔혹한 사령관이 무엇을 뜻하는지 전혀 예상도 되지 않았다. 그럼에도 관심이 가는 이유는 바로 군단이기 때문이다. 만물상점에선 한 번에 다수가 포함된 마수를 파는 전례가 없었다. 마계 옥션은 팔더라도 부족 단위였고, 이 역시 군단까지 가지는 못했다.

내가 지닌 마수의 숫자도 적지는 않지만 군단이라 칭할 정도는 아니다. 물론 최하급 마수를 합치면 그쯤 될지도 모르겠으나, 그런 격 낮은 녀석들을 지휘한들 효율적이지 않다. 일사불란한 군대의 모습을 보여줄 수는 없었다.

'강한 마수 한 마리보단 여러 곳에 타격을 가할 수 있는 군단이 지금 상황에선 낫다.'

솔직히 제대로 다수의 마수를 다루는 게 가능한 이가 지금 던전에는 없었다.

나 역시 마찬가지이고.

여태까진 양과 질로 밀어붙였을 따름이다. 그나마 이번 이벤트로 크리슬리에게 '끼'가 있음을 발견하긴 했는데 개화하려면 한참 멀었다. 시간을 두고 지속적으로 경험을 시키는 것이 최선이었다.

하지만 지금의 상황은 능수능란한 지휘관을 필요로 하고 있었다. 백작 사만의 던전을 나만 노리고 있지는 않을 터.

이미 열두 마족이 그 장면을 보았다. 지금쯤이면 우파의 파벌에도 소식이 전해졌을 것이다. 그들을 혼란시키며 지금 던전 앞에 대기 중인 마족과 마수들에게 타격을 주려거든 나 혼자로는 역부족이었다.

'던전 마스터가 사라지면 요정은 폭주하게끔 되어 있다.'

던전 마스터와 던전 코어의 요정은 서로 긴밀하게 연결되어 있다. 구요의 경우 아돌을 죽이고 얼마 지나지 않아서 재

계약을 한 덕분에 무사했지만 연결이 오랜 시간 끊기면 요정들은 극심한 불안감을 느낀다.

전생에선 모든 마수를 내보내 국지적 혼란을 야기한 요정도 있었다. 보통은 입구를 틀어막으며 누구도 들어오지 못하도록 만들지만, 그 행보를 완벽히 예측하기는 어렵다.

"구매하겠다."

묵직하게 말했다.

업적 점수 6,000점. 온갖 보상으로 절약을 했음에도 600만 포인트가량을 사용해서 쌓은 수치다. 무작정 모은다고 능사는 아니다. 던전을 늘려야 포인트도, 점수도 더욱 많이 쌓을 수 있다.

곧 허공에 메시지 창 다수가 떠올랐다.

['잔혹한 사령관의 군단'을 구매하였습니다. 업적 점수 6,000점이 차감됩니다.]

[마도 시대, 그림자 황제는 아주 욕심이 많은 인물이었습니다. 세상의 모든 금은보화를 아주 깊은 지저에 묻었으며 그곳을 지킬 이들로 잔혹한 사령관과 그 군단은 선택했습니다. 빠져나오는 게 불가능한 지저의 보물 창고. 육신이 노쇠하고 뼈가 문드러졌지만 그들은 오로지 충성심 하나로 버텼습니다. 죽어서도 그림자 황제가 내린 명령을 지키고자 이미 죽은 시체에 혼을 깃들였습니다.]

[일당백의 용사들로 이루어진 '잔혹한 사령관의 군단'은 그 숫자만

5만에 이르는 대규모 군대입니다. 대수림의 마수들을 몰아내고 그곳을 차지할 정도로 강력했다 전해집니다.]

['잔혹한 사령관의 군단'이 차원 게이트를 타고 이동 중입니다.]

[무작위 지역에 생성 완료되었습니다.]

[모든 마족과 각성자에게 이벤트 메시지가 전달됩니다.]

[주의하십시오. 잔혹한 사령관은 살아 있는 모든 생명체를 '도둑'으로 간주합니다. 그것은 설령 구매자이더라도 다르지 않습니다.]

[그들은 90일간 모든 도둑을 죽이고 본래 있었던 장소로 돌아갈 것입니다.]

[군단이 인간, 혹은 마수나 마족을 죽임으로써 얻는 포인트는 구매자에게 양도됩니다. '멸망 기여도' 또한 상승합니다.]

탁.

이마를 짚었다.

"미치겠군."

이건 예상 못했다.

Dungeon Hunter

그 순간.

지구상에 존재하는 모든 각성자와 마족에게 메시지가 전달되었다.

[무작위 장소에 '잔혹한 사령관의 군단'이 생성되었습니다.]

[그들은 주변의 모든 것을 집어삼킬 것입니다.]

[막으십시오!]

고작 세 줄.

느닷없이 떠오른 메시지 창에 각성자들은 혼란에 빠졌다.

"잔혹한 사령관의 군단?"

"이게 무슨 소리야?"

그럴 만도 했다. 지금 세상은 천사가 나타나고 마수들이 판을 치며 혼란의 극에 이른 상태였다. 천사들이 거의 몰살당해 암담함을 느끼는 이가 많았다. 나머지 마수를 어떻게 처리할까 전전긍긍하는 이때, 다른 이벤트의 출현은 전혀 반갑지 않았다.

고민이 두 개로 늘었다. 잔혹한 사령관의 군단이 무엇인지 전혀 감을 잡지 못했다. 하지만 이 고민은 의외로 빠르게 해결되었다.

—이곳은 중국 동북 지구 중부에 있는 지린성입니다. 지금 이곳에서 수만에 달하는 해골 병사가 진격 중입니다. 남쪽으로 빠르게 횡단 중이며…… 피, 피해! 아악!

치이이익!

10초 남짓의 짧은 뉴스.

중국어를 사용하는 리포터였기에 자막이 띄워졌지만 시청자들은 자막보다 영상의 상황에 집중했다. 날아온 거대한 불덩이를 맞고 헬리콥터가 추락한 것이다.

바로 장면이 전환되며 아나운서가 나타났다.

—이상이 중국의 연합 뉴스에서 보내진 영상입니다. 중국은 이에 따른 대책을 강구 중이며 빠르면 이틀 내에 군사작전에 돌입하겠다는 강한 의지를 보였습니다. 하지만 주변국의 반응은 회의적입니다. 천사와 마수의 일을 제대로 해결하지 못한 지금 그럴 만한 여력이 남아 있지 않을 것이라고 확신하기 때문입니다.

아나운서가 굳은 표정으로 이어서 말했다.

—우리나라의 상황도 다르지 않습니다. 아직 다수의 마수가 던전의 근처를 어슬렁거리는 중입니다. 천명회, 미스릴 길드 등의 재빠른 대처로 민간 피해는 크지 않지만 시민 여러분께서는 주변의 안전에 각별히 유의하시기 바랍니다. 특히 대피하지 않은 서울 주변의 시민분께서는 안내에 따라 지정된 대피소로 빠르게 이동하여 주십시오. 그럼, 대한민국 모든 분의 건승을 빕니다.

"황제 폐하를 위하여!"

잔혹한 사령관.

빛바랜 황금 투구와 갑옷을 착용한 장신의 남자가 뼈만 남은 말을 탄 채 크게 외쳤다. 그를 따라 5만의 해골 병사가 손을 높게 들어 올렸다.

쿵! 쿵! 쿵!

방패로 가슴을 내려친다. 일정한 리듬을 따라 반복되는 소리가 주변을 강하게 압박한다. 무려 수만의 숫자가 같은 행동을 반복하니 두렵기까지 하다. 하지만 그뿐만이 아니다. 자연스럽게 퍼져 나가는 죽음의 파장!

그들이 발을 댄 곳, 그곳의 모든 게 황폐화될지니.

풀과 꽃이 죽고 땅이 메마른다. 모든 게 죽어버린 땅 위에서 그들은 무적이나 다름없었다.

잔혹한 사령관의 군단과 대치한 이들이 긴장하며 대기한다. 각성자를 포함한 다수의 군인이 성 주변에서 농성을 벌이는 중이었다. 하지만 숫자가 적다. 게다가 잔뜩 겁을 집어먹은 상태였다.

지이잉-!

뒤에 선 수백의 '해골 법사'가 얇은 지팡이를 들고 휘두르자 거대한 배리어가 사방을 덮었다. 죽음지대를 빠져나가지 못하도록 함과 동시에 외부에서의 공격을 상당 수준 차단하는 강력한 배리어가 펼쳐진 것이다.

그러나 군단의 공격에는 전혀 영향이 없었다. '해골 궁수'는 그 이름처럼 활을 든 채 원거리 사격을 가했고 배리어 바깥의 인간들을 농락했다. 강렬한 마력이 담겨서 특수 합금조차도 가볍게 뚫어버렸다. 배리어 안의 인간들은 졸지에 궁지에 몰린 쥐 신세가 되었다.

인간들의 표정은 한결같았다.

긴장감, 공포감…….

심장이 미친 듯이 뛴다. '살아 있음'을 증명하는 그 소리에 잔혹한 사령관이 황금으로 치장된 검을 번쩍 들었다.

"황제 폐하를 위하여!"

우르르!

사령관이 말을 타며 가장 앞으로 나섰다. 그 뒤를 수만의 해골 병사가 뒤따르니 마치 우레가 치는 듯했다.

Dungeon Hunter

나는 가만히 미간을 짚었다.

'설마 이런 식으로 나타날 줄이야.'

예상외다. 그럴 수밖에 없었다. 설마 상점에서 구입한 게 이벤트 형식으로 드러날 줄 누가 알았겠는가. 그 비슷한 설명이라도 있었다면 예상이나 했겠지만 이 빌어먹을 시스템은 그만큼 친절하지 않다.

당연히 내게 귀속되겠거니 했다. 그런데 90일 한정으로 지구를 쓸어버리는 이상한 계약이었다. 그러면 오크 대제나 아오진도 잠시 소환되고 마는 건가 싶었다.

하지만 다행인지 불행인지 그런 식으로 진행이 되지는 않는 모양이었다.

'잔혹한 사령관의 군단'을 구매한 뒤 그 자리에 새로운 목록이 나타난 것이다.

[+약탈자 함마드의 군단 - 8,500]

한 방 제대로 먹었다. 아마 약탈자 함마드의 군단을 고용하면 그 즉시 다른 군단이 목록에 나타날 터였다.

왜 혼자서 군단인가.

간단하다. 바로 지구 침략을 위해서다. 빠르게 지구 멸망 기여도를 높이고 다른 마족을 견제할 수단. 알았다면 조금 더 신중하게 구매했겠지만.

'그래도 중국에 나타나서 다행이군.'

유일한 위안거리는 잔혹한 사령관의 군단이 중국에 소환되었다는 점이었다. 중국에서 제대로 한바탕 휘저어준다면 마족들도 방심하지 못할 테다. 함부로 병력을 빼내는 짓을 하지는 않겠지.

그것만으로도 백작 사만의 던전을 차지하는 일에 큰 도움이 된다. 아직까지 내 던전 앞에서 얼쩡거리는 마족이나 마수들도 철수할 게 분명했다. 문제는…….

[지구 멸망 기여도가 가파르게 상승 중입니다.]

[전투가 종료되었습니다. 2,831pt를 획득했습니다.]

[전투가 종료되었습니다. 981pt를 획득했습니다.]

[전투가 종료되었습니다. 4,376pt를 획득했습니다.]

끊임없이 올라오는 알림들.

안 보고자 한다면 자연스럽게 시야에서 지워지지만 한 가지 문구 탓에 눈을 뗄 수가 없었다.

'지구 멸망 기여도.'

잔혹한 사령관은 나타나자마자 난동을 피웠다. 주변의 모든 것을 잡아먹고 멸망시켰다. 그게 그냥 인간이든 각성자든 간에. 그의 입장에선 모두가 '도둑'일 따름이었으니까.

하지만 동시에 기여도가 가파르게 상승하고 있었다. 인간이 몇이나 죽든 크게 상관은 없다. 외국의 각성자도 내가 크게 상관할 바는 아니다. 나 역시 수많은 인간을 죽여왔지 않은가. 그러나 '지구 멸망'은 나로선 피하고 싶은 일이었다.

회귀할 당시, 신들은 나를 돌려보내 주는 대가로 지구의 모든 마족이 죽기를 바랐다. 인류의 멸망만큼은 막아 달라는 부탁 아닌 부탁도 받았다.

그따위 약속, 가볍게 무시해도 좋겠으나 그들이 남겨놓은 선물이 걸린다. 던전을 얻을 때마다 생기는 최상급의 마수들. 그건 커다란 힘이 된다. 하지만 그들은 본래 신들의 곁에 있던 존재들이다. 섬기거나 어여쁨을 받았던 격이 다른 생물인 것이다.

이미 귀속된 기간테스나 그리핀은 몰라도 이후 추가로 들여올 마수는 신과의 약속을 저버린 나를 굳이 따르려 하지 않을 것이다.

'최상급의 마수를 버릴 수는 없다.'

생각해 보면 이 선물은 일종의 뇌물이다.

지구 멸망을 피해 달라는.

당연히 멸망 기여도가 높으면 그 의미가 없어진다. 자신의 의견을 따르지 않을 게 확실해진 이에게 뇌물을 바칠 이유는 없다. 그 정도 제약은 걸어놨을 게 확실했다.

'일단 사만의 던전을 접수하고 고민해 봐야겠군. 저 군단을 어찌 활용할지.'

간만에 머리가 아파왔다. 내심 시스템을 욕하며 크라스라와 연결된 수정구를 꺼냈다. 일을 서둘러야겠다.

온몸을 황금으로 치장한 잔혹한 사령관.

그의 눈은 공허했다. 다른 해골 병사들과 달리 유일하게 살집이 있고 근육질의 몸매를 자랑했지만 새파란 피부는 이미 죽은 시체를 연상케 했다. 느닷없이 이쪽 세상으로 넘어왔지만 그가 할 일은 명확하다.

모든 도둑을 멸하는 것!

잔혹한 사령관은 이곳을 도둑의 소굴이라 단정 지었다. 지저의 보물 창고를 탐하는 무리가 자신들을 이곳으로 끌고 왔다고 믿었다. 그러니 하루빨리 처단하고 돌아가야 함이었다.

벌써 십수 차례 도둑들을 죽였다. 그들의 목을 직접 쳐 냈다. 철로 만들어진 마차를 타고 하늘을 나는 물건을 사용하고 심지어 보이지 않는 곳에서 날아오는 마법 아이템 같은 것도 있었다.

보물 창고에 없는 것이 세상에 존재한다는 게 믿기지 않았지만 이들은 도둑이다. 필시 어딘가에서 훔쳤으리라.

해골 법사들을 활용해 배리어를 펼치는 한편, 군단을 여럿으로 쪼갰다. 도둑들의 화력은 상당했지만 여러 곳에 분산되면 처치 곤란하다는 걸 빠르게 파악한 덕이다. 쪼개진 병사들은 각자 맡은 바 임무를 수행하며 도둑을 처리했다.

주변이 정리되는 데 오랜 시간이 걸리지 않았다.

"사, 살려……!"

촤학!

생자의 머리를 검으로 가른다. 빠르게 전진하며 도망가는 잔당을 쫓았다. 그러던 어느 순간, 잔혹한 사령관의 공허한 눈이 지평선 너머를 바라봤다.

'저건?'

거대하며 불길한 구조물. 그 크기가 하늘까지 닿아 있는 던전!

잔혹한 사령관은 자리에 멈춰 선 채 한참이나 그것을 바라봤다. 곧 그 정체를 깨달을 수 있었다.

'어둠의 종자들.'

이 불길한 마력. 자신의 군단 역시 어둠에 귀속되었기는 하지만 황제 폐하를 향한 충성심 하나는 여전했다. 하지만 어둠의 종자들은 그런 게 없었다. 틈만 나면 중간계를 침범하려 들었고 황제 폐하를 노렸다. 그 강력한 힘을 갈취하려 들었다.

'마족은…… 죽인다.'

잔혹한 사령관의 눈에 살의가 깃들었다.

Dungeon Hunter

후작 아나스타샤.

대공 판데모니엄 휘하에 있던 그녀는 아직도 한국의 던전 근처를 어슬렁거리고 있었다. 남아 있는 마수의 숫자가 많지는 않았지만 기회를 엿보아 이곳 던전의 주인을 기필코 알아내기 위함이었다.

“최소한 공작이나 대공이 다스리는 던전이다. 이 던전의 주인만 알아낼 수 있다면 판데모니엄 님에게 승기가 기운다.”

던전의 위치와 그곳을 다스리는 주인을 안다는 건 상당한 힘이 된다. 이번 이벤트에서 있었던 일을 빌미로 압박을 할 수도 있으며, 후에 전략적으로 이용할 수도 있었다. 사용키에 따라서 쓸 만한 검 한 자루가 더 생기는 셈이다. 그리고 아나스타샤와 비슷한 생각을 가진 마족이 몇몇 있었다. 하지만 아나스타샤는 저들이 자신을 감시한다고 여겼다.

‘후후, 이 던전의 주인이 밝혀지면 게 곤란해지는 모양이지?’

다수의 상급 골렘, 다수의 용아병, 리치와 천에 다다르는 중급 마수……. 범상치 않은 전력이다. 과연 누굴까? 누구기에 이만한 마수를 모으는 게 가능했던 걸까?

개인적인 호기심도 있었다. 쳐들어오는 각성자를 사냥하며 벌어들이는 포인트에는 한계가 있었다. 번식종을 늘리자니 상급의 마수를 구매하지 못한다. 그렇다고 상급의 마수를 구매하자니 번식되는 마수의 숫자가 너무 적다.

초반에는 아무런 고민이나 판단 없이 움직였지만 지금은 그 둘의 균형을 조절하는 게 얼마나 중요한지 알고 있었다.

문제는 여전히 포인트다.

저만한 마수를 모두 구입하려거든 들어가는 포인트가 상

당하다. 하물며 골렘이나 리치는 번식종이 아니지 않나. 족히 300만 가까운 포인트가 소비되었을 것이고 다른 중급의 마수를 합치면 최소 600만가량이 필요할 것이었다.

2년이 조금 넘는 시간에 그만한 포인트를 모았다?

딱 한 명. 그런 놈이 있긴 있었다.

'랜달프 브뤼시엘.'

최상급 마수를 필두로 경매장의 옥석을 전부 가져간 이단아. 무슨 마법을 썼는지 모르겠지만 수백만 포인트를 아낌없이 사용했다. 아무런 파벌에도 소속되지 않은 주제에 거침이 없었다. 겁이 없는 것인지, 아니면 자신이 있는 것인지…….

그를 관심에 둔 대공이 많았다. 솔직히 4명 모두라고 보면 된다. 물론 그 관심에 담긴 속뜻은 제각각이었다.

하지만 이번 일에서 그놈은 제외였다.

'그만한 포인트를 사용하고 던전의 마수까지 모을 수 있을 리가 없어.'

모을 수 있다면 그야말로 사기다. 일반적으로 생각했을 때 불가능한 일이었다. 운이 좋아서 다수의 업적을 깼다 해도 수백만이 한계다. 그러니 필시 다른 마족일 터. 적어도 자신의 파벌에 속한 마족은 아니었다. 그래서 더욱 관심이 갔다.

"아나스타샤 님, 슬슬 움직이는 게 어떨는지요?"

뱀으로 이루어진 머리카락과 뱀의 혓바닥, 뱀의 하체, 하지만 그것을 제외한 다른 부분은 인간인 상급 4Lv의 마수 메두사가 말했다.

"너도 그 용사인지 뭔지 하는 놈들을 죽이고 싶은 것이냐?"

다름이 아니라 이번 이벤트로 만족하지 못한 소수의 마족이 한국을 공격하기 시작한 것이다. 하지만 이미 많은 마수를 소모했고 따로 움직인 탓에 각개격파 되었다는 이야기를 들었다.

비웃었다. 참으로 바보 같은 짓이다.

용사. 그리고 인간.

그들이 사용하는 기술은 확실히 범상치 않다. 상급의 고레벨 마수가 없다면 마냥 인간을 '학살'하는 건 힘들다. 천족을 사냥하며 그 상급의 마수를 잃은 마족들이 암만 달려들어 봤자 피해만 더 커질 따름이다. 괜히 마신이 이런 게임을 제안했겠나. 인간들은 인간들 나름대로 버텨낼 힘을 가지고 있었다.

'하지만 그것도 앞으로 몇 년이 한계다.'

마계에서 있었던 모든 힘을 되찾고 마수를 늘린다. 지금 당장은 멸망을 논하기 어렵다. 하지만 모든 힘을 갖춘 순간, 인간들은 감히 저항하지 못하리라고 그녀는 확신했다. 회복하는 단계였기에 유예기간을 준 것에 불과했다. 다른 파벌의 마족들도 견제해야 하니 섣불리 움직이지 못하는 것이다.

인간의 멸망은 시시각각 다가오고 있었다. 그래도 지금은 아니었다. 대부분의 마족이 그것을 몰랐다. 인간들을 업신여기며 섣불리 움직이다가 피해만 입기 일쑤였다. 어찌 비웃음이 나오지 않겠는가.

"아닙니다. 어제부터 후작 델라트와 그의 휘하 마수들이 보이지 않습니다."

메두사가 고개를 저었다.

아나스타샤가 이맛살을 찌푸렸다. 그러고 보니 사사건건 시비를 걸던 델라트가 어제부터 묘하게 조용하다.

"어디로 간 거지?"

"자신의 던전으로 돌아간 게 아닐는지요? 그와 함께했던 마족들도 허둥대는 모습입니다."

"허둥댄다?"

그 꼴을 상상하니 절로 미소가 지어졌지만 좀처럼 감이 잡히지 않았다. 대공 오쿨루스와 후작 델라트, 그리고 그 파벌의 마족들은 어지간한 일에 허둥대지 않는다. 게다가 그녀는 한국의 던전이 대공 오쿨루스 파벌의 것이라고 확정 짓고 있었다. 자신을 감시한다고 여긴 것도 그런 이유다.

한데 떠났다. 이게 무엇을 뜻하겠는가.

'급한 일이 생긴 건가? 돌연 떠나야 할 정도의?'

최근 일어난 몇 가지 사건 중에 델라트가 신경을 써야 할 일이라면…….

[잔혹한 사령관과 그의 군단이 던전을 공격하기 시작했습니다.]

[던전의 마수들이 빠르게 쓸려 나가고 있습니다.]

[주의하십시오. 잔혹한 사령관과 그의 부하들이 던전 코어를 훼손하면 던전은 기능을 잃습니다. 던전 마스터로서의 권한 또한 사라집니다.]

"이런…… 젠장."

맞다. 이게 있었다.

돌발 퀘스트. 그저 막으라는 말만 적혀 있었고 보상도 없어서 무시하고 있었는데, 자신의 던전으로 쳐들어온 것이다.

'델라트의 던전에도 쳐들어간 모양이구나!'

그렇다면 마음이 급해질 수밖에 없다. 던전에 남겨둔 병력이라고 해봐야 얼마 되지 않았다. 방치하면 던전을 잃는다. 움직이지 않고는 못 배길 터.

아나스타샤가 급히 몸을 돌렸다.

"던전으로 돌아간다. 최대한 빨리!"

Dungeon Hunter

던전 앞에서 대기 중이던 대부분의 마족이 사라졌음을 확인한 나는 작게 혀를 찼다.

'잘 휘저어주고 있는 건가.'

고작 90일.

내 명령조차 따르지 않는 이상한 용병 부대와 계약한 꼴이었지만 그래도 기본적인 일은 해주고 있었다. 인간에서 눈을 돌려 던전을 쓸어버리기 시작한 것이다. 마족들도 그것을 눈치채고 재빨리 던전으로 돌아갈 채비를 하였다.

하지만 마냥 기쁘진 않았다.

이제 10일 차.

멸망 기여도가 벌써 0.01%에 달했다. 그전까지 내가 죽인 숫자를 포함하더라도 수십만의 인간이 살육당한 것이다. 이대로 놔뒀다간 0.1%까지 오르는 건 일도 아닐 것 같았다.

'차라리 다른 던전을 쓸다가 다 죽었으면 좋겠군.'

인간에게서 눈을 돌리고 차라리 다른 마족의 전력을 약화시키는 게 내 쪽에선 이득이었다. 하지만 잔혹한 사령관은 그 움직임을 도무지 종잡을 수가 없었다.

뜻대로 움직이지 않는 골칫거리.

마족을 모두 잡는 게 목표인 내게 지구 멸망 기여도는 하나도 도움 될 게 없었다. 그러니 마족과 싸우다 장렬히 전사하는 것이 가장 최적의 시나리오였다.

"나의 던전 마스터시여, 정찰조로부터 연락이 왔습니다."

크리슬리가 두 발자국 앞으로 다가와 말했다.

오로지 사만의 던전을 찾고자 나는 이백여에 달하는 쉐이드를 구매하고 풀었다. 그리고 지금에서야 연락이 온 것이다.

"던전의 마수들이 폭주하고 있나?"

"예, 던전을 빠져나와 주변을 어슬렁거리는 다수의 마수를 발견한 듯싶습니다. 던전으로 들어가는 길목을 꽉 틀어막았다고 합니다. 그리고 대다수의 마수가 매우 흥분한 상태였습니다."

고개를 주억였다.

던전 마스터를 잃고 불안함을 느낀 요정이 마수를 던전 주변에 풀어놨을 터였다. 오로지 외부의 침입자를 막고자 안간힘을 쓰는 것인데 그 영향이 마수에게 끼치지 않을 리 없었다.

"장소는?"

"잠시만 기다려 주십시오."

크리슬리가 품속에서 조심스럽게 수정구 하나를 꺼내 들었다.

"이곳입니다."

이어 수정구가 발현되며 한 던전의 모습이 나타났다. 던전 주변을 어슬렁거리는 오크도 포착할 수 있었다.

'여기로군.'

다른 마수의 모습도 살펴본 이후 침음을 흘렸다. 아닐 가능성도 없지는 않지만 사만의 던전일 확률이 아주 높았다.

몸을 돌려 1층으로 향했다.

"기동력이 빠른 마수들을 준비하라. 즉시 이동하겠다."

이백의 샤벨 타이거.

용아병과 리치.

준비가 완료됐다.

주인 없는 던전 하나를 치기엔 충분한 전력이다.

내가 합세하면 차고 넘치는 전력이 된다. 더불어서 던전을 차지하고 잔혹한 사령관을 한 차례 마주하려면 필요한 숫자였다.

'일단 확인은 해봐야 할 테지.'

쯧쯧.

혀를 차고 인상을 굳혔다.

잔혹한 사령관. 업적 점수를 무려 6,000점이나 들여서 구매했건만 기대를 배신했다. 이런 기분은 참으로 오랜만이었다. 다시 돌려받을 수 있다면 그렇게 할 텐데 그게 안 되기에 괜히 열만 올랐다. 이대로 손가락만 빨고 있는 건 내 성미에 안 맞다.

얼마나 대단한 놈이어서 이처럼 철없이 구는지 확인은 해볼 심산이었다. 놈의 신상에 대해 아는 이가 나밖에 없으니 회유가 가능하다면 금상첨화일 것이고 아니 된다면 내 선에서 처리를 해야 할 수도 있었다.

'그전에…….'

사만의 던전을 접수하는 게 먼저다. 가만히 놔뒀다간 눈치 빠른 마족들이 탐을 낼 수도 있었다. 그나마 혼란의 시기라서 선불리 손을 대지 못하는 것이었다. 이 시기가 지나거나 적응이 되면 욕심이 드는 건 당연지사. 그러기 전에 확실하게 자리를 잡아놓을 필요가 있었다.

"출진하라."

고개를 내저으며 일본의 던전으로 이동했다. 이후 바다에 잠수 중이던 아일랜드 터틀 이용해 중국의 진출을 꾀했다.

중국 장쑤성 난징.

백작 사만의 던전이 있는 장소다.

생각보다 가까운 곳에 위치하고 있었는데 등잔 밑이 제대로 어두웠다고 할 수 있겠다. 조금 더 먼 장소에서 좁혀가는 식으로 탐색시키다가 지금에서야 발견한 것이다.

"마스터를 뵙습니다."

그리핀에서 내려온 크라스라가 한쪽 무릎을 꿇었다. 그 주변으로 수백 기의 쉐이드가 바삐 돌아다니고 있었다. 그간 제대로 씻지도 못했는지 온몸이 먼지투성이였다. 그리핀은 강행군에 매우 화가 난 듯 죄 없는 바닥만 마구 차댔다. 그럴 때마다 쿵! 소리와 함께 바닥이 들썩였다.

이들 모두가 강행군을 하도록 만든 게 나다. 그에 따른 칭찬 정도는 해줘도 괜찮을 터.

"잘 찾아주었다."

"더욱 빨리 찾지 못해서 죄송할 따름입니다."

"아니다."

뒷짐을 진 채 던전을 바라본다. 대략 500m가량 떨어져 있었지만 사만의 던전은 외견으로 보이는 크기가 제법이었다. 게다가 곳곳에 스켈레톤, 좀비 따위가 돌아다녔다. 간혹 오크나 슬라임도 섞여 있었다.

'질이 떨어지는군.'

폭주한 던전의 요정이 대부분의 마수를 바깥으로 내보낸 것이었다. 그런데 보이는 마수의 수준이 아주 형편없다. 가장 높은 게 고작해야 하급 수준이니……. 값비싼 마수 몇 마리를 사자고 전체적인 질을 떨어뜨린 경우였다.

선택과 집중의 문제라지만 역시 우파 파벌의 마족다웠다. 이미 죽은 놈이지만 그 무식함만큼은 칭찬을 해줘도 될 듯싶었다.

"저게 전부인가?"

혹시 몰라 물었다. 크라스라가 잠시 고민하곤 말했다.

"입구를 완전히 틀어막고 있어서 안으로의 정찰은 불가능했습니다."

"쉐이드로도 말인가?"

쉐이드는 반쯤 영체다. 저런 질 낮은 마수들을 피해서 던전 안에 들어가는 것쯤은 충분히 가능할 것이었다. 속도도 꽤 빠르고.

크라스라는 면목 없다는 듯이 말했다.

"그림자 죄인 한 마리가 던전 입구 쪽에 있는 것 같습니다. 함부로 손을 댔다간 전면전이 일어날 것 같아, 우선 마스터에게 의견을 여쭈려 하였습니다."

그림자 죄인. 쉐이드의 진화 형태라고 일컬어지는 상급 3Lv의 마수. 그림자 죄인이 있다면 쉐이드로 뚫는 것은 불가능하다.

"잘했다."

작게 고개를 끄덕였다.

폭주한 요정과 마수는 무슨 짓을 저지를지 모른다. 하여 한 번에 쓸어버릴 필요가 있었다. 어중간하게 건드렸다간 역으로 당한다.

크라스라가 전신에 힘을 주며 입을 열었다.

"명만 내려주신다면 당장 저 던전을 깨끗이 정화시켜 보이겠나이다."

"아니다. 이번 일은 내가 맡으마."

"괜찮으시겠습니까? 저런 것들을 상대하기에는 마스터의 격이 너무나도 높습니다."

아부처럼 들리지만 그것도 사실이었다. 고작 하급 마수 따위를 처리하는 데 내가 나서는 격에 맞지 않는 일이다. 하지만 여기선 내가 선두에 설 필요가 있었다.

'던전을 차지하려거든 확실하게 보여줘야 한다.'

다름이 아니라 던전의 요정이 보고 있는 탓이다. 마족이 죽음을 느끼고 불안에 잠긴 요정이 입구를 틀어막았다. 누구도 들어올 수 없게 감시의 눈길을 쉬이 하지 않을 것이었다.

공격이 시작되는 순간 유심히 지켜볼 것이고 선두에 선 내가 압도적인 힘을 보이거든 더욱 큰 공포를 자각하게 되리라. 그리되면 휘하로 들이는 일은 간단해진다.

간만에 '분노'를 꺼내 들고 붉은색의 망토 '나태'를 함께 착용했다. 그로도 모자라 보조 아이템마저 발동시켰다. 조금이라도 더 확실한 모습을 보이기 위해서다.

"파라노말."

[파라노말의 다섯 가지 축복 중 하나, '강력한 매력 부여'가 적용되었습니다.]

[다가서십시오. 웃어 보이십시오. 그때부터 이성은 당신의 노예입니다. 하지만 미안합니다. 본판불변의 법칙은 어쩔 수가 없습니다. 오크가 웃는다고 엘프가 넘어가겠습니까? 모든 것의 완성은 '얼굴'입니다. 그래도 기본 이상이라면 효과가 상당할 것입니다.]

미간을 찌푸렸다.

'아무리 생각해도 확률이 이상하다.'

한 시간 동안 모든 능력치가 2씩 오르거나 30분간 마력 5가 상승하는 축복이 분명히 포함되어 있을 것일진대 막상 두 문구를 본 적이 없었다. 두 번 중 한 번은 '무한 정력'이 선택되질 않았던가. 이번에도 그랬다간 한곳에 피가 몰린 채 싸움에 들어갈 뻔했다.

'앞으로는 반드시 필요한 순간에만 사용해야겠군.'

그런 볼썽사나운 모습으로 싸움에 임했다간 평생 기억에 남을 것이다. 나로서도 그다지 반가운 일은 아니었다.

작게 혀를 차며 앞으로 나간다.

내 뒤를 따라 크라스라, 그리핀, 리치와 용아병, 그리고 200마리의 샤벨 타이거가 정렬했다.

채엥!

분노를 하늘 높이 들었다. 그리고 검을 앞으로 뻗었다.

"따르라. 적을 섬멸할 것이다."

사실 적이라고 부르기도 미안하다. 당장 샤벨 타이거만 하더라도 오크 따위는 가볍게 처리할 수 있었다. 그동안 몇 차례 오크 따위를 넣어주며 사냥 훈련을 시켰기 때문에 더욱 상대하기가 수월했다.

용아병은 용의 뼈로 만든 병사답게 몸 전체가 무기였다. 리치나 크라스라, 그리핀은 말할 것도 없다.

하지만 그중 가장 앞서 나가는 건 나였다.

수천의 최하급과 하급 마수를 뚫고 던전의 입구까지 닿았다. 그곳에서 그림자 죄인을 발견했다. 회귀하고 영국에서 한 차례 맞붙어 본 마수. 그때와 지금의 나는 비교 불가의 수준으로 강해졌다.

스으윽.

발에 묶인 쇠고랑. 그곳에 연결된 철구가 바람과 같이 빠르게 날아온다.

터억!

그러나 피하지 않았다. 손을 뻗어 도리어 날아온 철구를 붙잡았다.

95에 다다르는 막강한 힘!

초월의 영역에 반쯤 들어온 이 힘 앞에 그림자 죄인 따위가 쏘아낸 철구는 애들 장난이나 다름없다.

"비켜라. 너희의 주인을 만나러 왔다."

상급의 마수는 지능이 높다. 내가 한 말쯤은 알아먹었을 것이다. 거기다가 요정 또한 보고 있으리라 여겼다. 그럼에도 아무런 기색이 없다는 것은 협상의 결렬을 뜻했다.

'아직 부족한 모양이군.'

철구를 던졌다.

'다크 소드.'

우우웅―

분노가 어둠에 물들었다. 아이템에 적용된 분노나 나태와는 달리 다크 소드는 직접 익힌 스킬이었다. 따로 시동어를 말하지 않아도 사용하는 게 가능하다.

그림자 죄인은 다크 소드를 보곤 조금 당황한 모습이다. 한 발자국 뒤로 물러나며 나를 극도로 경계했다.

'기본이 어둠이라 그런가?'

어둠은 어둠을 알아보는 법이다. 그림자 죄인은 태생부터가 그랬으니 다크 소드의 무서움을 단번에 파악할 것이다.

하나, 깨닫는 게 너무 늦었다.

나는 특정한 경우가 아니라면 두 번 말하는 것을 매우 싫어했고 마찬가지로 반복하여 비키라는 말을 할 생각은 터럭만큼도 없었다.

바닥을 박찼다. 그러자 화들짝 놀란 그림자 죄인이 철구를 던졌다.

촤륵!

철구가 반토막 나며 바닥에 늘어졌다. 쉬지 않고 몰아치자 그림자 죄인이 이번에는 쇠사슬을 돌렸다.

쿵!

옆구리를 스치고 지나간 쇠사슬이 바닥을 때렸다. 바닥이 깊게 패였고, 그 순간 자유자재로 움직이며 나를 더욱 압박하려 들었다.

나는 검을 놀려 달려드는 쇠사슬을 끊었다.

그림자 죄인의 쇠사슬은 잘라내도 재생된다.

하지만 어찌 된 일인지 재생이 되지 않았다.

스으으…….

그림자 죄인은 매우 당황한 기색이다. 쇠사슬이 재생되지 않자 급히 더욱 물러났다.

'과연.'

그 모습을 보고 흡족한 미소 지었다. 다크 소드에 공격당한 상처는 치유되지 않는다. 그것은 생체적인 상처에만 국한되지 않았다. 이처럼 마력으로 이루어진 물질에도 유효한 것이다.

이건 생각보다 쓸모가 많겠다.

업적 상점. 잔혹한 사령관의 군단에서 강하게 머리를 얻어맞았지만 다크 소드는 제대로 된 스킬이었다.

스악!

감탄도 잠시.

물러서는 그림자 죄인을 단칼에 보내 버린 이후 몸을 돌렸다. 그리핀의 불과 번개 스킬이 작렬하며 다수의 슬라임을 태우고 있었다.

리치는 좀비를 터뜨리며 활약을 보였다. 좀비 자체가 원래부터 죽은 자였기에 리치의 '시체 폭발' 스킬을 피할 순 없었다. 당하지 않으려거든 지능이 매우 높아서 항마력을 키워야 하지만 최하급 마수 따위가 그 정도의 방어력을 가지고 있을 리 없었다.

'거의 다 정리됐군.'

수천 마리의 마수를 처리하는 데 들어간 시간은 고작 20분여. 질의 차이가 워낙 심하기도 했지만 내가 데려온 마수들이 그만큼 강하기도 했다.

피해는 전무!

"제가 보필하겠습니다."

붉은 창을 휘두르며 크라스라가 다가왔다.

나는 묵묵히 말했다.

"제대로 따라오라. 속도를 내겠다."

결과가 정해져 있는 싸움.

길게 끌 필요는 없었다.

순식간에 최상층까지 도달한 나는 무심히 던전 코어를 바라봤다. 내 뒤로 정렬한 마수의 구성에는 변화가 거의 없었다. 상급 마수와 부딪힌 샤벨 타이거 다섯 마리를 제외하면 말이다.

"씩씩이의 코어를 부술 거야?"

"씩씩이? 그게 너의 이름인가?"

던전 코어의 위, 허리에 양손을 얹은 요정이 당차게 서 있었다.

"그래, 맞아. 내 이름은 씩씩이야. 그리고 부수려면 부숴. 씩씩이는 자연으로 돌아갈 거야. 씩씩이가 씩씩이로 남아 있을지 모르겠지만 사만이 죽어서 씩씩이도 속 편해!"

요정치곤 성격이 조금 있다. 씩씩이라는 게 화가 날 때 숨이 차서 '씩씩'거리는 것인가 싶었다.

마족이 요정을 학대하는 건 지극히 평범한 일이다. 사만 역시 씩씩이를 모나게 대했을 것이다. 그러니 저런 반응이 나와도 이상하지 않았다.

가볍게 말했다.

"내 밑으로 들어오라."

"그게 무슨 홍차에 꿀 같은 말이야?"

"홍차에 꿀?"

"둘은 궁합이 최악이야. 같이 먹으면 맛없어."

참으로 명쾌한 대답이었다.

"씩씩, 나는 요정을 박해하지 않는다. 내가 요정의 축복을 받았음을 너는 알 것이다."

"네가 요정의 축복을 받았다고? 어디……."

킁킁!

개처럼 냄새를 맡던 씩씩이가 눈을 번쩍 떴다.

"이 냄새는 이히잖아?"

"이히를 아는가?"

"알아. 그 요망한 계집. 다른 요정들은 격이 안 맞아서 못 놀아주겠다고 혼자 도도한 척은 다하더니! 씩씩이가 꽃을 선물했는데 바닥에 버리고 마구 밟았어!"

씩씩이가 숨을 격하게 몰아쉬며 씩씩거리기 시작했다.

둘 사이에 그런 인연이 있었을 줄이야.

머리가 아파지는 것을 느끼며 겨우 말했다.

"안타까운 일이로군."

"빛을 머금고 피어난 아주 진귀한 꽃이었는데! 그거 구하려고 씩씩이가 십 년 동안 고생했단 말이야.”

“……들어올 것이냐, 말 것이냐.”

더 이상 장단에 맞춰줬다간 끝이 없을 것 같았다.

“정말 마왕이 될 수 있어?”

“나 아닌 자가 마왕의 자리에 앉는 걸 두고 볼 생각은 없다.”

“하지만 내가 들어가 봤자 어차피 요정왕은 이히, 그 계집애가 될 텐데.”

“나는 모든 요정에게 동등한 기회를 부여할 것이다. 그리고 가장 성과를 많이 낸 요정을 요정왕의 격으로 끌어올려 줄 셈이다. 설령 선택되지 못하더라도 격 자체는 올랐으니 언젠가는 요정왕이 될 수 있지 않겠나?”

“그건 그래.”

씩씩이가 고민에 잠겼다.

슬쩍 눈을 돌려 나를 훑더니 이어 뒤에 선 마수들에게 시선을 던졌다.

압도적인 무위, 상급의 마수들.

백작 사만과 비교하여 저울질을 시작한 것이다.

기존의 계약을 버리고 새로 중복 계약을 해야 한다. 그 페널티로 인해 '소멸'할 수도 있는 일. 고민은 당연했다.

대략 10여 분이 지난 다음 씩씩이가 입을 열었다.

“좋아. 나도 이대로 자연으로 돌아가기엔 억울해. 사만은 씩씩이에게 아무런 기회도 주지 않았어. 하지만 지금부터는 다르겠지? 그럼 너를 던전 마스터로 부를게!"

드디어 성사되었다.

나는 분노를 집어넣고 무덤덤하게 말했다.

"염려 마라."

Dungeon Hunter

[던전을 점령했습니다. 잔여 포인트 1을 얻었습니다.]

[업적 점수 1,000점이 추가됩니다.]

계약이 완료되자 떠오른 메시지 창.

동시에 일본의 던전을 차지했을 때와 마찬가지로 강렬한 빛이 사방을 잠식했다. 한국과 일본, 중국의 세 던전이 이어지고 이동 마법진이 새겨지며 복속을 끝마쳤다.

'이제 놈을 만나러 가야겠군.'

미간을 좁혔다.

잔혹한 사령관!

사만의 던전을 얻었으니 이제 말 안 듣는 똥개를 혼내줄 차례였다.

제단을 찾고 마수들을 얻어가는 것도 좋겠지만 그러려면 시간이 걸린다. 잔혹한 사령관은 쉴 새 없이 돌아다니는 중이었다. 그의 발이 닿으면 피의 태풍이 몰아치지 않는 곳이 없었다.

던전을 공략하는 부대와 인간들을 쓸어버리는 부대를 나누었는지 지금도 계속 멸망 기여도가 오르고 있었다.

막무가내.

딱 그 단어밖에 떠오르질 않았다.

덕분에 중국만이 아니라 다른 지역의 마족들도 이 이변을 눈치챘다.

'골치 아프군.'

시간을 더 뒀다간 천사의 공략을 끝낸 나머지 마족들이 모여든다. 대공이나 공작급의 전력이라면 나에게도 충분히 위협적이다. 아무것도 모르는 잔혹한 사령관과 그의 부대가 버티는 데에는 한계가 있었다.

그러니 잔혹한 사령관을 회유하여 그 공격에 대비하든가 어느 정도 뭉개 버려서 경각심을 심어줄 필요가 있었다. 그러면 자연스럽게 인간의 학살을 멈추고 마족을 견제하려 들 터.

어차피 90일이면 증발해 버릴 용병이다. 마족과 단판 승부를 해주는 편이 내게도 이득이었다. 조금이라도 다른 마족의 전력을 깎아만 준다면 업적 점수 6,000점의 값어치는 하는 것이다.

물론 이 값어치는 사만의 던전이 포함되어 있었다. 잔혹한 사령관의 군단이 날뛰어준 덕분에 아주 조용하고 빠르게 던전을 차지할 수 있었으니까.

나는 그리핀 위에서 시선을 내려 지상을 내려다보았다.

수백의 인간이 각자 무기를 들고 진로를 막고 있었다.

잠시 후면 지상의 마수들과 맞닥뜨리게 될 상황.

"그리핀, 막는 이들을 쓸어버려라."

키이이!

그 즉시 그리핀의 입에서 '불과 번개'가 쏟아져 내렸다. 숫자만 많은 약자를 쓸어버리는 데 있어선 따라올 게 없는 그리핀만의 고유 스킬!

콰르르릉!

불과 번개가 지상에 작렬하자 모든 것을 태우고 녹여 버렸다. 조잡한 무기로 무장한 인간들쯤은 그 열기만으로도 심각한 부상을 입게 마련이다.

살아남은 소수의 인간은 겁에 질려 부랴부랴 도망갔다.

이 '멸망 기여도'는 수십만의 인간을 죽여야 조금씩 오른다. 고작 수백은 신경도 안 썼다. 그보다는 하루빨리 잔혹한 사령관을 막는 게 기여도를 더 이상 올리지 않을 수 있는 최적의 방법이었다.

도망가는 인간을 샤벨 타이거가 낚아챘다. 그 모습을 마지막으로 고개를 돌려 신경을 접었다.

"황제 폐하를 위하여!"

잔혹한 사령관은 그 이름처럼 자비가 없었다. 5만의 군세로 벌써 수십만의 인간을 도륙했지만 갈증은 멈추지 않았다. 5천 단위로 군단을 나눠서 모든 생명체를 말려 버리고 있었다.

황금의 검이 번쩍일 때마다 하나의 생명이 스러졌다. 그가 직접 지휘하는 본대는 마족의 던전을 치는 중이었다. 벌써 이십여 층까지 올라오며 수천의 저급한 마수를 베었다.

여태까지는 순조롭기 그지없었다.

그의 군단은 모두 일당백의 용사. 죽어서 더욱 강해진 자신의 군단 앞에 마수 따위는 무용지물이었다.

'음습한 마력이 올라갈수록 더욱 강해지는구나!'

잔혹한 사령관은 이를 바드득 갈았다.

보물 창고를 털려는 생명체들도 용서할 수 없지만 마족은 한층 더하다. 틈만 나면 중간계를 침범해 황제 폐하를 위협하던 무리들. 놈들만 없었어도 대륙은 일통되었고 제국의 세상이 되었을 것이다.

'신의 저주로 인해 황제 폐하께서는 마족을 막아야 하는 운명을 지니셨지.'

그리고 마족보다 더욱 싫은 게 '신'이라 칭하는 녀석들이다. 초월자에 들어선 황제 폐하의 무력은 너무나도 강했고 균형을 어그러뜨렸다. 그 균형을 잡고자 신들은 황제 폐하에게 저주를 걸었다. 중간계를 침범하는 마족을 막도록 강제로 수호자의 운명을 덧씌운 것이다.

운명의 굴레를 벗어던지고자 황제 폐하께선 일생의 도박을 걸었다. 갖은 오명을 써가면서도 꿋꿋이 걸어 나갔다. 잔혹한 사령관과 그의 군단이 필사적으로 창고를 지키는 이유다.

황제 폐하가 죽으라면 웃으며 죽을 수 있는 게 자신과 자신의 군단이었다.

수호자의 운명을 가여워하며 그 뜻을 이어받는 자들!

"이 빌어먹을 새끼들! 감히 포인트를 전부 쏟아붓게 만들어? 결코 살아 돌아갈 생각은 마라!"

그 순간, 맞은편에서 대규모의 마수가 나타났다.

딱 봐도 여태껏 쓸어버린 마수와는 질이 다르다. 그리고 마수의 중심부에 마족이 있었다.

'쉽지 않겠군.'

잔혹한 사령관이 작게 침음을 흘렸다.

군단을 10조각 낸 탓에 이곳에 있는 병력은 5천 안팎이었다. 그마저도 던전을 오르며 4천으로 줄었다. 마족은 매우 심기가 좋지 않아 보였다. 온갖 인상을 쓰며 '포인트'라는 단어를 남발했다. 그게 무슨 뜻인지 잔혹한 사령관으로서는 알 길이 없었지만 마족은 곧 거대한 도끼를 꺼내 들었다.

"잔혹한 사령관인지 뭔지 잘 걸렸다! 네놈을 묵사발……."

"후퇴하라!"

그러나 아무리 잔혹해도 그는 사령관이었다. 힘들 게 뻔한 싸움을 적진의 한가운데에서 해줄 필요가 전혀 없었다.

"뭐? 후퇴? 이런 젠장할 놈이! 그렇게 놔둘 줄 아느냐!"

열이 잔뜩 오른 마족이 마수들을 이끌고 추격을 개시했다.

쫓고 쫓기는 긴박한 상황이 연출됐다. 하지만 잔혹한 사령관의 노련한 지시와 그에 따라 한 치의 오차 없이 움직이는 해골 병사들로 인해 피해는 적었다. 그리고 혹시 모를 상황을 대비해 병사들 중에서도 가장 강력한 '해골 기사'를 입구 쪽에 배치해 둔 터라 시간을 벌 수 있었다.

잔혹한 사령관은 빠르게 던전의 바깥에서 나뉘었던 병사들과 합류했다.

그 뒤를 마족과 마수가 뒤따랐다. 다른 던전을 침범 중이던 병사들과는 합류하지 못했지만 그래도 숫자가 단번에 1만 3천까지 늘었다. 하지만 그 숫자를 마족에게 보여주진 않았다. 파발을 보내 주변에서 대기토록 명령만 내렸다. 그리고 마족과 마수가 좁은 지형 안으로 들어온 즉시 덮쳤다.

"황제 폐하를 위하여!"

쿵! 쿵!

질서정연하게, 하지만 동시다발적으로 들리는 커다란 발자국 소리는 위압감을 주기에 충분했다.

"이……! 되다 만 언데드 새끼가! 건방 떨지 마라!"

마족은 후작 델라트였다. 던전이 공격받고 있다는 메시지가 떠오르자 곧장 돌아온 것이다. 대공 오쿨루스에게 소식을 전하며 동시에 방어를 시작했지만 잔혹한 사령관과 그 군단은 의외로 강력했다.

이미 천사를 공략하며 상당수의 마수를 잃어 포인트를 사용하지 않고는 도저히 막지 못할 수준이었다.

손을 부들부들 떨며 가진 포인트 모두를 사용했다. 마계 옥션에서 사용하려고 아끼고 아꼈건만. 분노로 타오르는 건 당연한 결과였다.

한데 이성이 반쯤 날아간 탓에 함정에 빠졌다.

콰드득!

어디에도 빠져나갈 구멍은 없었다. 상당히 잘 짜진 방진이다. 서서히, 그러나 확실하게 목숨줄을 조여 오고 있었다.

"다 죽여 버려!"

델라트가 분노의 외침을 쏟아냈다.

싸움은 가열됐다. 구석에 몰렸지만 델라트도 만만치 않았다. 그간 쌓아오고 천사 사냥을 통해 벌어들인 거의 150만에 달하는 포인트를 쏟아부었다. 그만한 전력이 해골 병사 따위에게 맥없이 밀린다면 말이 안 된다.

'시간을 끌어야 한다.'

그러나 델라트는 시시각각 생명의 위협을 느끼고 있었다. 마수의 숫자는 점차 줄어들었다. 이대로 있다간 어이없이 목숨을 내줄 판국이다.

하지만 시간만 끈다면 승산이 있다. 자신이 모시는 대공 오쿨루스는 결코 휘하 마족의 죽음을 방관할 분이 아니시다. 직접 도움을 요청한 만큼 오쿨루스가 움직이면 공작들도 뜻을 함께할 터. 고작 되다 만 언데드 따위가 상대하는 건 불가능하다.

즉시 공수를 바꿨다. 똘똘 뭉쳐서 시간을 끌었다.

샤아아아아—!

그리고 바닥을 뚫고 초록색의 거대한 줄기가 여럿 솟아올랐다.

둘레가 5m를 넘어가고 길이는 족히 수십 m에 다다르는 가공할 존재감을 뿜어댔다.

쾅! 쾅!

솟아오른 줄기가 해골 병사들을 찍어 누르기 시작했다.

눈에 익은 스킬.

델라트가 작게 미소를 지었다.

"나의 주인, 오쿨루스 님이시여!"

오쿨루스를 비롯한 3명의 공작이 모습을 드러낸 것이다.

전세가 또다시 역전되었다.

잔혹한 사령관의 발자취를 따라 도착했을 때, 주변은 온통 시체 천지였다. 하물며 전투가 끝나지도 않았다. 수만에 이르는 마수와 잔혹한 사령관의 군단이 맞붙고 있었다.

‘한발 늦은 것인가?’

가만히 이마를 짚었다.

다섯의 마족이 가장 먼저 눈에 들어왔다. 잔혹한 사령관은 빠르게 명령을 내리며 버텨내고 있었지만 누가 보더라도 밀리는 형세였다. 그저 그런 마족 다섯과 마수들이라면 잔혹한 사령관이 밀릴 리 없지만 상대 마족들을 본 나는 작게 고개를 주억였다.

‘오쿨루스, 그리고 공작들.’

그렇다면 밀릴 만하다. 오히려 여태껏 버티고 있던 게 용했다. 아무런 계획 없이 던전을 들쑤신 덕분에 끝판 왕들이 모습을 드러낸 것이다.

‘빼는 게 낫겠군.’

지금 당장은 대공 우파를 잘라내는 데 주력하고 싶다. 오쿨루스와 척을 지는 건 그다지 좋은 판단이 아니었다.

오쿨루스는 무슨 생각을 하고 있는지 모르기로 유명했다.

아리엘, 우파, 판데모니엄은 가진 특색이 확실해서 공략하고자 한다면 충분히 계획을 세울 수 있었다. 그러나 오쿨루스는 다르다.

전생에서 가장 먼저 세계수를 틔우며 많은 이득을 취했지만 이상하게 마왕의 자리에 그다지 욕심이 없어 보이는 행세를 보이기도 했고 최후의 전쟁에서도 마찬가지였다. 그 외에도 전혀 이해되지 않는 기행을 수없이 행했다.

하지만 멍청하진 않았다. 자신에게 주어진 이득은 누구보다 빠르게 챙겼다. 다수의 업적, 특수한 이벤트의 상당수를 오쿨루스가 독차지했다.

쉽게 잴 수 없는 자.

가장 상대하기 까다로운 대공이었다. 게다가 내가 끌고 온 마수들도 적었다. 함께 잔혹한 사령관을 칠 게 아니라면 빠지는 게 현명한 판단이었다. 한창 싸우는 와중이라 나를 눈치챈 이는 거의 없었다. 발을 빼려면 지금이 적기였다.

막 마수들을 물리고 빠지려 할 바로 그때.

"아아……!"

잔혹한 사령관의 눈이 내게로 향했다.

거리가 상당히 떨어져 있었건만 나를 정확히 주시했다.

채엥!

짧은 침묵. 도저히 믿기지 않는다는 듯 들고 있던 검마저 떨어뜨렸다.

"이 황홀한 마력! 이 압도적인 존재감!"

그러고는 몸을 부르르 떨었다.

"황제 폐하!!"

말을 몰아 내게 달려오기 시작했다.

나는 잠시 당황했다.

'황제 폐하?'

저게 무슨 소린가.

잔혹한 사령관을 따라 수많은 병사가 달려오고 있었다.

무질서하다. 지금까지 보인 질서정연한 모습은 없었다.

주변의 마수들은 아랑곳 않았다.

넘어지고, 방패를 던지고……. 아비규환이다. 아군이 쓰러지면 그 몸뚱이를 밟고 갔다. 천하의 오쿨루스조차 '이게 뭐하는 짓거리냐'고 묻는 것 같은 얼굴이었다.

잔혹한 사령관은 달렸다. 병사들? 신경도 안 쓰는 기색이다. 덕분에 가장 먼저 내게 닿았다.

척!

그리고 말에서 내려와 투구를 벗었다. 이어서 무릎을 꿇었다.

"신 막시움이 황제 폐하를 알현하나이다."

"……."

흉터투성이의 얼굴. 남자답다고 여길 법하지만 그런 건 아무래도 좋다.

이런 일은 예상에 없었다.

난데없이 내게 다가와 무릎을 꿇을 줄이야.

잔혹한 사령관은 울먹이는 표정을 지었다. 시체라서 눈물이 나오지 않았지만 눈물을 흘릴 수만 있었다면 펑펑 흘렸을 기세다.

"드디어…… 드디어 굴레를 벗으셨군요. 흐하하! 이제 신들을 조롱하며 대륙을 일통할 일만 남았습니다. 흐하하하!!"

"무슨 소리인지 전혀 모르겠군."

"아아! 아직 기억이 온전하지 않으십니까? 확실히 심장의 마력이 전부 개방되지 않은 것 같습니다. 그래도 걱정 마십시오. 각성의 단초는 제가 알고 있습니다. 신 막시움이 용사들과 함께 황제 폐하를 보필하겠나이다!"

뒤따라온 병사들이 정렬했다. 뼈다귀밖에 남지 않았음에도 몸을 달그락 달그락 떨어댔다.

흥분, 고조, 감동…….

'심장?'

그 와중 심장이라는 단어는 확실하게 들었다.

'나락군주의 심장.'

이스터 에그로 우연하게 손에 넣은 나락군주의 심장.

이것이 잔혹한 사령관과 연관이 있던 것인가?

Chapter 28

대공 오쿨루스

'그보다…….'

머리가 아파왔다. 여러 가지 상황이 중첩되어 꼬였다. 도저히 쉽게 풀 수 있을 것 같지가 않았다. 슬쩍 시선을 돌리자 오쿨루스와 공작들이 이쪽을 바라보고 있었다.

빼도 박도 못한다. 영락없이 잔혹한 사령관과 얽혀 버렸다. 누가 보더라도 내 쪽이 잔혹한 사령관과 그 군단의 '주인' 같은 모양새이지 않은가!

유일한 증명의 길은 여기서 잔혹한 사령관의 목을 쳐 내는 것이다. 왜인지 모르겠지만 나를 황제라 칭하며 따르는 모습이니 일 자체는 어렵지 않았다.

하지만.

'각성의 단초.'

그 말이 걸린다. 나락군주의 심장에 대한 이야기를 이놈은 분명히 알고 있었다. 나락군주의 심장은 여태껏 내게 부족했던 지능을 아낌없이 올려주던 보배로운 역할을 해주었다. 그럼에도 아직 전부 각성하지 못해 그 끝이 어디일지 가늠조차 가지 않았다.

만약 제대로 각성시킬 수만 있다면 내 고질적인 문제는 거의 해결되는 셈이다. 문제는 여전히 이 위기를 어떻게 빠져나가느냐인데…….

일단 심안을 열었다.

이름 : 잔혹한 사령관 막시움

직업 : 엠페러 나이트

칭호 :

*더없는 충정(U, 힘+6)

*굳건함(U, 체력+6)

*언데드 사령관(Ex U, 민첩지능+4)

능력치 :

힘 85(+6)

지능 82(+4)

민첩 81(+4)

체력 88(+6)

마력 74

잠재력 (410+20/410)
특이사항 : 수만 년간 지저의 보물 창고를 지켜온 충직한 기사입
니다.
스킬 : 찬란한 황금의 검(Epic), 잔혹한 리더십(Epic)

[상대 비교]
랜달프 브뤼시엘
힘 95 지 77 민 90 체 85 마 96 잠재력 (392+51/500)
잔혹한 사령관 막시움
힘 91 지 86 민 85 체 94 마 74 잠재력 (410+20/410)

상당하다. 잠재력을 모두 채우고 보정 능력치로 능력치 총합 430을 만들었다. 칭호가 무려 3개나 있었으니 가능한 일이다. 하물며 에픽 등급의 스킬도 두 개였다.

'성장 가능성은 없지만 거의 완성된 형태.'

이 정도면 충분히 최상급 마수다.

그리핀이나 기간테스보다 조금 더 강한 수준이었다.

하물며 주변의 해골 병사들도 쓸 만했다. 일반 병사는 중급 마수, 기사는 상급에도 들어갈 위용을 선보였다.

탐이 난다. 그러나 역시 오쿨루스를 적으로 돌리는 건 시기상조다. 가면을 쓰고는 있다지만 어중이떠중이도 아닌 대공의 눈썰미라면 나를 알아봐도 이상하지 않다.

그때 잔혹한 사령관 막시움이 슬쩍 고개를 들었다.

"황제 폐하, 신 막시움과 함께 저 더러운 마족과 마수를 쓸어버리시지요. 오랜만에 함께 전장에 나가 호흡하는 영광을 제게 주시옵소서."

눈이 빛난다. 기대감이 잔뜩 서려 있었다. 하지만 내 눈은 여전히 저 멀리 있는 오쿨루스를 바라봤다. 그와 공작들이 서서히 움직이고 있었다.

'어찌한다.'

전체적인 약세.

막시움과 그의 군단은 이만여 정도가 남아 있었다. 나와 내가 가진 마수들이 합세한다 하더라도 숫자는 비슷하다. 질적인 측면에선 살짝 밀린다. 그나마 내가 대공과 공작들을 한꺼번에 상대하면 아주 조금 승률이 오를 수도 있겠다.

그러나 힘을 발휘하여 직접 부딪히면 내 정체가 탄로 날 수밖에 없다. 고민이 됐지만 의외로 그 고민은 부질없는 것이었다.

"랜달프 브뤼시엘."

오쿨루스의 입모양이 그렇게 말하고 있었다.

역시 가면 하나로 대공을 속이기는 역부족이었던가?

그나마 한국의 던전 앞에 모인 마족들은 백작 아니면 후작들밖에 없어서 속여 넘길 수 있었다. 그러나 힘을 잃기 전의 타쉬말은 나를 알아봤고 마찬가지로 대공 오쿨루스도 확신을 가지고 있었다.

엎친 데 덮친 격.

'씁쓸하군.'

작게 한숨을 내쉬었다.

부딪치기도 전에 탄로 났으니 돌아갈 길조차 없었다.

가면을 벗었다. 그리고 분노를 꺼냈다.

'우선 힘을 드러낸다. 끝까지 갈 경우 서로가 입을 피해가 막심하리라는 걸 보여줄 수밖에.'

서로가 가진 힘의 우위는 약간 밀릴 뿐, 완전히 기울어 있지는 않았다. 총력전이 된다면 오쿨루스나 나나 입을 피해가 막심하다. 그러니 오쿨루스가 생각을 바꾸도록 밀고 나가는 게 최선이었다.

가만히 생각을 정리한 뒤 입을 열었다.

"막시움, 나를 따르라."

"신 막시움, 여태껏 그래 왔듯이 앞으로도 변함없는 충정으로 황제 폐하를 모시겠나이다."

무릎을 꿇고 몸을 부르르 떨어댄다.

다른 해골 병사들도 마찬가지다.

무슨 간질이라도 걸린 모양새다.

착각은 자유라지만 여기서 아니라고 잡아뗄 수도 없는 노릇.

장단을 맞춰줬다. 어차피 막시움의 인식에 나는 '기억이 완전하지 못한' 듯싶었으니 마음껏 활개 쳐도 상관은 없을 것이다. 먼저 이 상황을 타파한 후 그 각성의 단초라는 걸 들어봐야겠다.

앞으로 나선다. 자연스럽게 길이 열렸다. 해골 병사들이 재빠르게 물러난 덕이다.

"다크 소드."

우우웅—!

분노가 검게 물들었다.

"파라노말."

[파라노말의 다섯 가지 축복 중 하나, '한 시간 동안 모든 능력치 +2'가 적용되었습니다.]

'드디어!'

처음으로 쓸 만한 축복이 걸렸다.

승기가 내게도 조금은 있다는 뜻일까?

어쨌든 좋은 소식이다.

그리핀이 하늘을 날았고 용아병과 리치, 샤벨 타이거가 바짝 뒤따랐다.

막시움은?

어느덧 내 바로 옆에 서 있었다.

"황제 폐하, 말은 필요 없으십니까? 제 말을 바치겠습니다."

"필요 없다."

내 진가는 내가 직접 두 발로 뛰어날 때 발휘된다.

말을 못 타는 건 아니지만 영 익숙하지가 않았다.

나는 조용히 전방을 주시했다.

오쿨루스와 휘하 마족들이 진격을 하고 있었다.

'그냥 지나갈 생각은 없어 보이는군.'

한 번은 필히 부딪쳐야 함이다.

쯧.

일이 꼬여도 이렇게 꼬일 줄은.

검게 물든 분노를 높이 추켜세우고 말했다.

"나를 따르라. 지금부터 적을 섬멸할 것이다."

쿵!

크게 한 발 내디뎠다.

그것을 신호로 모든 병력이 달려 나가기 시작했다.

트윈 헤드 오우거. 상급 4Lv의 마수로서 그 힘만은 대적할 자가 없다고 알려진 오우거의 변종이다. 3마리의 트윈 헤드 오우거가 해골 병종을 마구잡이로 쓸어버리고 있었다.

펑! 퍼펑!

게놈 플라이. 자폭 파리를 수도 없이 생산해 내는 상급 5Lv의 마수. 1m 정도 크기에 불과하지만 수천, 수만 마리의 자폭 파리를 안에 기생시키고 있었다.

적어도 만물상점에는 팔지 않는 녀석이다. 두 번의 마계 옥션에서도 나온 적이 없었다. 특수한 이벤트로 누군가가 얻었다는 뜻. 가장 먼저 처리해야 할 마수였으나 상황이 여의치 않았다.

콰아앙!

오쿨루스의 스킬 '자연의 징벌'이 지상에 내리꽂혔다. 거대한 초록색의 줄기가 수없이 솟아나며 나를 노렸다. 그 옆에서 세 명의 공작이 내 움직임을 방해하고 있었다.

'역시 네 명은 쉽지 않군.'

전생이었다면 공작 한 명도 제대로 상대하지 못했을 것이다.

하지만 지금의 나는 강하다. 강해졌다. 이들 넷을 상대로도 크게 밀리지 않는 모습을 보이고 있었다. 나 역시 유효타를 먹이지 못하고 있다는 게 문제지만 적어도 하나씩 상대하면 이길 수 있다는 확신이 생겼다.

"이노옴! 요리조리 잘도 피해 다니는구나!"

파삭!

급히 몸을 틀자 그 옆으로 길게 바닥이 파인다.

공작 가르퀴. 오쿨루스의 세 심복 중 하나이며 눈에서 쏘아내는 '광살포'로 유명한 마족이다.

하지만 내 민첩은 파라노말의 축복이 더해져 92에 다다랐다. 초감각이 항시 활성화되어 있는 상태.

크게 외치며 하는 공격 따위를 감지하지 못한다면 접시에 코를 박아야 한다.

그러나 내 목표는 가르퀴 따위가 아니었다.

오쿨루스.

오로지 놈을 향해 달려 나가고 있었다. 방해는 끈질겼지만 거의 닿았다. 나는 심안을 열어 오쿨루스를 바라봤다.

이름 : 오쿨루스

직업 : 마계 대공 (던전 마스터)

칭호 :

*자연을 다루는 자 (Epic, 지능+4 마력+7)

*가장 거대한 숲 올모트 (Epic, 모든 능력치+3)

능력치 :

힘 73(+3)

지능 85(+7)

민첩 83(+3)

체력 73(+3)

마력 87(+11)

잠재력 (401+26/500)

특이사항 : 숲의 고통을 들을 수 있는 자. 자연을 다루는 유일한 마족입니다.

스킬 : 자연의 징벌(Epic), 자연화(Epic), 현안(U)

[상대 비교]

랜달프 브뤼시엘

힘 97 **지** 79 **민** 92 **체** 87 **마** 98 **잠재력** (392+61/500)

(파라노말로 인한 모든 능력치+2 상태)

오쿨루스

힘 76 **지** 92 **민** 86 **체** 76 **마** 98 **잠재력** (401+26/500)

괜히 대공이 아니란 말인가?

능력치 회복의 추세가 가파르다.

공작들도 대략 400에 근접하는 능력치 총합을 보유하고 있었다. 순수 능력치가 거의 한계에 부딪혀 칭호나 아이템의 도움으로 올리고 있는 나와는 전혀 다르다. 내가 여기서 정체해 있다면 앞으로 1, 2년 안에 따라잡힐 것이다.

이를 꽉 물었다. 정체해 있을 생각은 추호도 없고 지금 또한 그들보다 앞서 있는 게 사실이다. 그러니 지금 이 자리에서 나는 내가 그들의 '대적자'임을 선포할 것이었다.

콰하학!

자연의 징벌. 거대한 초록색의 줄기를 잘라냈다. 서로의 마력이 비슷하니 공격도 잘 먹혀들었다. 하지만 그것은 나에게도 적용되는 말이다. 최대한 조심할 필요가 있었다.

오쿨루스와의 거리는 이제 200m도 안 된다. 한 번 도약하면 닿을 수 있는 거리. 나는 숨을 한 번 크게 들이마셨다.

여기까지 닿는 데에만 40분을 넘게 소비했다.

바로 그 순간, 오쿨루스의 끈적끈적한 눈이 내 전신에 닿았다.

[현안(U)이 발동했습니다. 랜달프 브뤼시엘의 약점을 찾습니다.]

[심안(Ex U)으로 간파하는 데 성공합니다. 방어율 70%]

[지능 보정! 하지만 상대의 마력이 너무 높아 그 효과가 미미합니다. 방어율 81%]

[현안(U)의 방어에 성공했습니다.]

눈살을 찌푸린다. 대공 아리엘도 언령이라는 심상 스킬을 가지고 있었다. 오쿨루스의 현안도 비슷한 것인 듯싶었다. 다만 상대를 지배하기보다 약점을 찾는다는 점이 다르다.

'심안이 없었다면 간파당할 뻔했군.'

내 약점이 무엇인지 나조차 모르겠지만 현안이라면 찾아낼 수도 있었다. 어쨌든 심안의 존재가 두고두고 도움이 되는 경우였다.

오쿨루스의 얼굴에 살짝 경련이 일었다. 상당히 놀란 표정. 그에 개의치 않고 단번에 도약하며 분노를 휘둘렀다.

사악!

무언가를 베었다. 하지만 오쿨루스는 아니다. 오쿨루스의 몸에서 솟아난 수없이 많은 줄기. 그것이 분노를 막아선 것이다. 이후 오쿨루스가 약간의 미소를 지어 보였다.

"……랜달프 브뤼시엘."

나는 분노를 겨눈 채 입을 열었다.

"용케 나를 알아챘더군."

"네놈, 제법 재밌는 짓을 했어."

잔혹한 사령관과 그 군단을 이르는 말이다. 나는 피식 웃고 말았다.

"재밌었다면 다행이다."

"후후. 재미있구나, 재밌어. 처음부터 나는 네놈을 눈여겨보고 있었다. 마계에서 내게 도전장을 내민 그날부터. 맹랑한 녀석이라 생각했는데 참으로 재밌게 성장했구나."

"……."

잠시 할 말을 잃었다.

확실히 마계에 있었을 당시, 네 명의 대공에게 도전장을 보낸 적이 있었다. 아리엘에겐 대차게 깨졌으며 우파는 아예 상대도 해주지 않았다. 판데모니엄? 나를 철저하게 고문하고 즐겼다. 오쿨루스는 여전히 알 수 없는 그 눈빛으로 손가락질 한 번으로 내 팔을 절단시켰다.

하지만 나는 그들 모두가 나를 기억하지 못하고 있다고 확신했다. 실제로 아리엘, 판데모니엄은 아예 나를 처음 만난 취급을 하였다. 우파는 마계에서 부딪힌 적도 없으니 나를 모르는 게 당연했다.

한데…….

기억하고 있다?

입이 닫힌다. 주먹이 절로 불끈 쥐어진다. 아무도 나를 기억하지 못할 줄 알았는데, 전생에서조차 아는 척하지 않던 놈이 지금에 와서 눈여겨보고 있었다는 말을 내뱉는다.

실로 오묘하다. 말로 설명하기 힘든 그런 이상한 감정이었다.

기쁨, 희열? 그런 건 아닌 듯싶다.

그렇다고 분노나 짜증도 아니니 이걸 뭐라 설명해야 할까.

"재수 없군."

그렇다. 정말이지 재수가 없었다.

오쿨루스의 표정이 미묘하게 변했다. 그래도 그 저변에는 '흥미'가 섞여 있었다.

"내 숲의 중심부까지 걸어서 들어온 놈은 네놈이 처음이었다."

아…… 그런 의미였던가.

가장 거대한 숲 올모트.

오쿨루스는 그곳의 주인이다.

도전장을 던지고 직접 찾아가기까지 무려 1년이나 걸렸다. 지금 다시 하라면 절대 못할 짓이다. 아무런 의미 없이 1년의 시간을 허공에 던져 버린 셈이었으니까.

재수가 없다는 건 여전했다. 오히려 그때의 기억이 떠올라 인상이 찌푸려졌다.

"목을 따이는 경험도 처음일 텐데 그것도 재밌어 할지 모르겠군."

그러면서 싸늘한 눈빛을 보냈다. 주변에는 세 공작이 도달해 있었고 언제든지 내 틈을 파고들 준비를 해놓았다. 이야기를 나누면서도 다크 소드로 오쿨루스의 목줄을 딸 기세를 유지했으니 무작정 덤벼들지 않았을 따름이다.

"확실히 성장은 한 듯 보인다만, 때로는 숙일 줄도 알아야 하는 법이야. 최상급의 마수를 둘이나 얻고 강해진 그 비법이 궁금하긴 하나, 오늘만이 날은 아닐 테지."

오쿨루스는 여유로웠다. 우선 세 명의 공작이 주변을 감싼 상황이다. 자신의 실력에도 믿음이 있다. 하물며 전장의 상황 역시 우세했다. 조바심을 낼 필요가 전혀 없는 것이다.

또한, 언제든지 나를 잡을 수 있다는 '자신감'도 있었다.

고개를 돌려 오쿨루스가 막시움을 바라봤다.

"나는 내 휘하 마족의 던전을 친 저 버릇없는 언데드를 혼내 줄 심산이다. 잔혹한 사령관을 놔두고 떠나라."

"그렇게는 못하겠군."

크게 부딪침 없이 떠다는 건 내가 바라는 바다. 하지만 잔혹한 사령관은 각성의 단초를 알고 있었다. 무엇보다 이대로 떠나는 건 마음에 들지 않았다.

여유, 자신감, 다 좋지만 나를 상대할 때 그런 태도를 보이는 것은 용납할 수 없다. 대공들이 긴장하고 놀라도록 만드는 게 내가 세운 1차적인 목표였다. 여기서 등을 돌린다면 처음부터 내가 약자임을 시인하는 셈이다.

하여 가볍게 읊조렸다.

"분노."

[높은 마력 보정(98)으로 힘과 민첩, 체력이 9씩 상승합니다.]

[지능이 20 하락했지만 순수 지능이 76 이상입니다. '아스트랄 코드'로 인해 고유 특성이 강화되어 상태 이상 '분노'에 걸리지 않습니다.]

힘 106, 민첩 101, 체력 96.

파라노말의 효과가 더해져 능력치 100을 넘긴 게 무려 두 가지나 되었다. 물론 파라노말의 지속 시간은 10분 남짓이 남아 있을 뿐이지만 개의치 않았다.

온몸의 혈관이 축소되고 심장이 빠르게 뛴다. 상태 이상에 걸리지는 않았다. 그러나 지능이 대폭 낮아진 탓에 분노 스킬의 기본적인 폐해를 막아내진 못했다.

'나태와 함께 사용하진 못하지만…….'

분노와 나태를 동시에 사용했다간 또다시 기억이 끊겨 버릴 것이다. 어쩌면 아군마저 공격할지 모르는 리스크를 굳이 질 필요가 없었다.

분노면 충분하다.

이성은 그대로이지만 쉽게 흥분하는 상태.

절로 이가 악물린다.

검이 바르르 떨렸다. 어둠이 더욱 짙어지며 주변의 공간을 좀먹었다.

눈을 들어 오쿨루스를 직시했다.

위험을 감지한 오쿨루스가 눈썹을 꺾었다. 그 즉시 몸에서 푸른빛의 가지가 수없이 돋아났다. 뿌리가 땅에 박히며 움직이지 않는 굳건한 나무가 되었다.

본능적인 움직임. 그만큼 내 변화가 심상치 않았다는 것이겠지. 에픽 등급의 '자연화' 스킬이었다. 움직이지 못한다는 단점이 있지만 절대적인 방어력과 공격력을 자랑하는 오쿨루스만의 특수한 기술!

수아악!

수천, 수만 개의 가지가 길게 돋아나 나를 노려왔다. 땅속에선 줄기가 뻗어 움직일 공간을 제한시켰다.

단순히 힘만 강하다면 파헤칠 수 없는 공격.

하지만 검을 들어 주변을 살피자 적지만 분명히 존재하는 틈이 보였다. 민첩은 초감각과 연계된다. 100을 넘어서자 평소에는 볼 수 없던 것들이 보이기 시작했다.

최대한 이성을 차갑게 고정시킨다. 눈은 오쿨루스에게서 떠나지 않았다.

'오쿨루스, 너는 알게 될 것이다.'

마계에서 날뛰던 미숙아는 이제 없다는 것을.

내가 자신을 위협할 진정한 '대적자'라는 사실을!

천천히, 그러나 확실한 틈을 노려 나는 움직이기 시작했다.

잔혹한 사령관 막시움.

그는 전장을 유린하는 한편 먼저 달려 나간 자신의 주인에게서 눈을 떼지 않았다. 황제 폐하임을 증명하는 심장의 마력이 먼 장소에서도 여지없이 느껴지고 있었다.

왜 마족의 몸에 들어갔는지 그런 건 중요하지 않다. 다만 압도적인 모습으로 마족들과 대치하는 모습에 막시움은 크나큰 감동을 느꼈다. 전율이 일었다.

모든 걸 깨부수는 패황. 달려드는 무수한 적의 목을 꿰뚫어버린 그 잔상이 남아 있는 듯싶었다. 위기에 빠질수록 더욱 강한 힘을 발휘하던 진정한 전신이 다시금 강림한 것이다.

"위대하신 황제 폐하를 위하여!"

막시움은 황금의 검을 휘둘렀다. 색이 바랬던 그 검이 지금은 오색찬란한 빛을 내뿜고 있었다. 위대하신 황제 폐하, 그분께서 홀로 적진에서 고군분투하고 있을진대 어찌하여 그의 기사인 자신이 어물쩍거리고 있겠는가!

달그락! 달그락!

해골 병사들이 움직였다. 그들이 향하는 곳은 그분께서 계신 곳. 막는 적이 있다면 목을 베고 전진했다. 다리가 잘리면 팔로 바닥을 짚고 움직였다. 팔마저 없다면 턱으로, 그마저도 안 된다면 몸을 접어 진군했다.

기세의 전환. 전황은 팽팽했다. 동시에 그리핀을 비롯한 마수들의 활약도 무시할 수 없었다.

마수라면 끔찍이 싫어하는 막시움이지만 그분의 휘하에 있다면 이야기가 전혀 다르다. 도리어 황제 폐하의 마수들에게 피해가 없게끔 전력을 다하고 있었다.

"흐하하! 보아라! 마족들도 꿈쩍하지 못하는 황제 폐하의 압도적인 힘을!"

검을 휘두르며 막시움은 연방 웃음을 띠었다. 네 명의 마족은 막시움이 보기에도 강력하기 짝이 없었다. 특히 그중 한 명은 전혀 격이 다름이 느껴졌다.

하지만 그래 봐야 마족이다. 감히 그분의 상대는 될 수 없다. 비록 힘을 전부 회복하지 못했다고 하더라도 그분의 승리에 막시움은 한 점 의심이 없었다.

아슬아슬한 순간은 분명히 있었지만 특정 마족 앞에 선 그분의 힘이 비약적으로 상승했음을 느꼈다. 공기가 떨릴 정도로 그 변화는 심상치 않았다.

그리고 시작된 사투.

"위대하신! 황제 폐하를! 위하여!!"

쿵! 쿵! 쿵!

모든 해골 병사가 방패와 검을 두드렸다. 그 소리가 사방에 울려 퍼졌다.

응원이다. 포효다. 그분과 그분의 전쟁의 승리를 기원하는.

결코 패배는 있을 수 없고 있어서도 안 된다. 승리하는 것만이 자신을 증명하는 유일한 길이다.

막시움은 마족과 황제 폐하의 싸움에서 눈을 떼지 못했다.

"흐하하……!"

어찌 즐겁지 않으랴.

억지로 수호자의 굴레를 덧씌웠다 하지만 황제 폐하가 마족을 상대하던 그대로의 장면이 연출되고 있었다.

나무처럼 땅에 박힌 마족, 오쿨루스는 가지가 잘려 나갈 때마다 인상을 찌푸렸다. 가지의 숫자가 많다 하여 안심할 수가 없었다. 다크 소드에 잘려 나간 가지는 결코 회복되지 않았다. 수천, 수만 번의 검을 휘두르면 결국 밑바닥을 드러낼 수밖에 없는 것이다.

나머지 세 공작은 둘의 싸움에 끼어들지조차 못하고 있었다. 그들은 전혀 틈을 찾지 못했다.

만약 막시움 본인이라면 어떨까.

저 싸움에 끼어들 수 있을 것인가.

고개를 저었다. 그만큼 싸움은 격렬했고 격이 달랐다. 절로 몸이 떨리며 호승심이 솟았지만 억지로 주먹을 쥐며 달랬다. 자신에게 주어진 전장은 이곳이다. 그분께서 싸움을 종결하시면 더는 신경 쓸 일이 없도록 하는 게 자신의 임무다.

콰학!

바로 그때, 그분의 검이 마족의 몸통을 거세게 긁었다. 치

명타는 아니었지만 타격을 주었다는 것만으로도 충분하다.

그분의 표정에 여유가 서렸다. 기억이 완전하지 않다지만 입가의 미소는 한결같았다. 오로지 강자만이 지을 수 있는, 그런 미소가 그려졌다.

그것을 본 막시움은 깨달았다.

……이겼노라고!

"우리의 신께서 귀환하셨다!"

이미 멈춰 버린 심장이 뜨겁게 뛰는 것만 같았다.

10분이 지났다.

파라노말의 축복이 풀렸다. 동시에 나는 오쿨루스의 옆구리에 기나긴 자상을 남기는 데 성공했다.

"다음은 목이다."

씨익!

이를 드러내며 웃었다.

오쿨루스의 표정에는 당황한 기색이 역력하다.

"너는…… 정말 랜달프 브뤼시엘인가?"

"그럼 뭐로 보이는가?"

"너는, 누구냐?"

쉽게 인정을 하지 못하는 태도다. 그야 그럴 수밖에 없다. 마계에 있을 때와 비교하면 완전히 다른 이처럼 보여도 이상할 게 없었다. 그로부터 수십 년의 세월을 보내고 회귀까지

한 내가 어찌 같을 수 있겠나.

적당히 강해졌다고 생각했는데 그 예상을 처참히 깨버렸다. 이제는 더 이상 '재미'를 운운하지 못했다. 여유와 자신감도 사라졌다.

"오쿨루스 님!"

공작들이 다가왔다. 하지만 오쿨루스가 손을 내밀어 저지시키며 입을 열었다.

"자연화한 나는 알 수 있다. 모든 생명의 본질에 가까워진 나는 알 수 있어. 네놈은 랜달프 브뤼시엘이 아니다."

"웃기는군. 더 할 게 없으니 현실도피인가?"

"너는……."

오쿨루스가 입을 열려다가 말았다. 무언가 석연치 않은 듯. 하지만 정작 오쿨루스 본인도 확실하지 않아서인지 그답지 않은 태도를 보였다. 대략 10여 초 정도를 그러더니 오쿨루스가 고개를 내저었다.

"더 이상 싸우는 건 서로에게 득이 되지 않는다. 너에게 걸린 스킬 하나가 풀렸고 지금의 상태도 오래가지 못한다는 걸 나는 알고 있다. 이쯤에서 물러나는 게 어떻겠느냐?"

정확하다. 당장의 상태 이상에서는 벗어났다지만 분노를 오래 지속할 순 없었다. 점점 이성이 멀어져 가고 있었다. 싸움이 길어지면 득보다 실이 많다.

"뭐? 하하!"

하지만 나는 크게 웃어 젖히고 말았다. 네 대공 중 하나인 오쿨루스가 휴전 요청을 해온 것이다.

"확실히 너는 비정상적인 성장을 이뤘다. 지금 여기서 운이 좋으면 나를 죽이는 것도 가능할 테지. 그러나 너 역시 죽음을 피해갈 순 없다."

그것 역시 맞다. 오쿨루스의 말처럼 이루어질 가능성이 압도적이었다. 전장의 전황은 치열했지만 조금씩 밀리고 있다는 걸 모를 내가 아니다. 세 공작과 나머지 마수들이 합동하면 빠져나가는 게 쉽지 않을 터.

"과연 그럴까?"

하지만 있는 그대로 인정할 수는 없는 노릇.

"끝까지 가 보자는 것이냐?"

오쿨루스가 어리석다며 작게 혀를 찰 때.

"팔 하나를 내놔라. 그러면 생각해 보마."

나는 제안했다. 이대로 가만히 보내줄 수는 없었다.

그리고 사실 오쿨루스는 죽는 것보다 사는 게 나았다.

지금 시점에서 오쿨루스가 사라지면 힘의 균형이 완전하게 배제되어 버린다. 네 대공이 존재하기에 모든 상황이 맞물려 돌아가는 것이다. 오쿨루스가 죽어서 나머지 마족들이 누군가에게 붙으면 저울이 급격히 기운다. 외에도 변수가 속속들이 등장하게 된다.

그러니 대공을 제거하고자 한다면 그 파벌에 속한 마족을 모두 죽이고 하는 게 맞다. 내가 우파를 상대로 벌이는 공작이 그러했다. 아직은 시기상조였다.

"팔 하나라…… 생각보다 싸군."

오쿨루스라 하더라도 다크 소드에 베이거든 회복이 안 된다는 걸 모를 리 없다. 그럼에도 점잖게 받아들였다. 무언가 심경의 변화가 일어났음이 분명했다.

"오쿨루스 님!"

공작들이 분개했다. 그러나 오쿨루스의 표정은 변함이 없었다.

"걱정하지 말라. 나는 오늘 아주 커다란 정보를 손에 넣었다. 고작 팔 따위는 비교도 안 될 아주 가치 있는 것을."

그 순간 공작들이 조용해졌다.

고작 말 몇 마디에 불만을 잠재워 버린 것이다.

'허세인가?'

오쿨루스는 알 수 없는 기행을 여러 번 보였다. 그래서 저 말이 진실인지 거짓인지 분간하는 게 쉽지 않았다. 개인적으로는 허세라고 생각하지만 혹시 모를 일이었다. 공작들이 저런 모습을 보이는 데에는 필시 이유가 있으리라.

"자르거라."

오쿨루스가 자연화를 풀고 오른손을 내밀었다.

어쨌거나 오쿨루스가 한 발자국 물러나 직접 팔 하나를 내민 것이다. 그가 대공이라는 걸 떠올리면 있을 수 없는 일이었다.

나는 분노를 제대로 쥐었다.

그리고…….

스윽!

툭!

전쟁이 일단락되었다. 오쿨루스와 그 휘하 마족, 마수들이 물러나기 시작하였다.

나는 검끝에 오쿨루스의 오른팔을 꽂은 채 귀환했다.

돌아와 주변을 살피니 상황은 가관이었다.

2만에 달하던 병력이 고작 한 시간 사이 절반 이하로 줄어 있었다. 얼마나 격하게 싸워댔는지 알 수 있는 대목이었다.

"황제 폐하!"

잔혹한 사령관 막시움이 한달음에 달려왔다. 말에서 내려와 무릎을 꿇으려는 걸 내가 막았다. 막시움의 어깨를 강하게 붙잡으며 두 눈을 똑바로 바라봤다.

"심장을 각성시킬 방법. 그게 무엇이지?"

Chapter 29

드보롱의 부탁

스킬 분노가 끝난 지 얼마 안 된 영향인가?

조급해졌다.

전투가 끝났으니 길게 끌 필요가 없다고 판단한 것이다.

무엇보다 오쿨루스와의 싸움은 내가 가진 힘을 어느 정도 공개함으로써 원만하게 끝났다지만 이게 전부가 아니라는 걸 안다.

이미 얽히고 전장에 들어선 이상 그 길밖에 없었다고는 하더라도 오쿨루스에게 한정하여 나만의 무기 한 자루가 사라진 셈이다.

필시 나를 재고 판단하려고 들 터. 두둑이 대비한 뒤 노림수를 만들 것이 분명했다. 대공끼리의 연합은 없다고 단언할 수 있는 게 그나마 위안점이다.

오쿨루스는 그들과 아예 접점이 없었다. 물에 물 탄 듯 술에 술 탄 듯 어중간한 위치에 있는 게 오쿨루스였다.

하나, 커다란 정보를 얻었다는 말이 못내 걸린다. 물론 허세일 가능성도 있다. 그러나 상대가 상대이니 어떤 행동을 보일지 전혀 예측이 되지 않았다.

'각성의 단초가 제대로 된 것이어야 한다.'

리스크를 져 가며 잔혹한 사령관을 구했다. 각성의 단초가 제대로 된 것이 아니라면 이 자리에서 목을 따버릴 각오였다. 그 기세를 느꼈는지 막시움도 긴장했다. 표정을 굳히며 가만히 자신의 검집을 내밀었다.

"황제 폐하께서 제게 하사하신 바로 이 검입니다."

나는 검집을 쥐었다.

동시에 심안을 열어, 검의 상태를 확인하였다.

이름 - 황제의 검(Epic, Ego)

설명 : 그림자 황제가 애용하던 검. 철 중의 철이라 전해지는 마르타늄으로 제조되고 고도의 마법, 술식, 주술 등이 합쳐지며 강렬한 에고(Ego)를 탄생시켰다.

*파괴 불가. 위엄이 크게 상승한다. 10년에 한 차례 '황제의 군세' 사용 가능.

**검의 정령이 인정한 자가 아니면 사용 불가능.

설명을 읽어봐도 각성에 대한 이야기는 없었다. 에고 소드라는 점이 눈에 띄고 황제의 군세라는 게 궁금하긴 하지만 우선순위는 아니었다.

"이 검의 무엇이?"

눈살을 찌푸리며 묻자 막시움이 설명했다.

"검에는 정령이 깃들어 있습니다. 스스로 사고할 수 있는 검. 인정한 자가 아니면 손도 댈 수 없지만 황제 폐하라면 어련히 마음을 열 것입니다."

"검의 정령이라……."

"황제 폐하께서 영면에 들기 전 그 검을 제게 맡기셨습니다. 다시 돌아오거든 돌려 달라고 말하셨지요. 그 검이 있다면 불완전한 자신이 완전해질 수 있다면서 말입니다."

그래서 각성의 단초라고 하였던가.

나는 즉석에서 검을 뽑았다.

황금으로 빛나는 찬란한 검이 자태를 드러냈다.

지이잉-!

검을 쥐자 진동을 일으켰다. 몸을 떨어대며 나를 거부하려 하였다. 그러나 그 순간.

[신검합일(Ex U, Passive)이 발동하였습니다. '황제의 검'에 깃든 자아가 사용자에게 굴복합니다.]

신검합일로 말미암아 검이 얌전해졌다.

진동을 멈추고 요조숙녀처럼 손에 착 달라붙었다. 마치 예전부터 사용하던 검인 양 익숙하기 그지없었다. 하지만 그뿐이다. 딱히 에고가 내게 말을 걸어오거나 하지는 않았다.

'원래 이런 건가?'

에고 소드. 마계에도 있긴 했지만 그 숫자가 매우 적다. 나는 만져 본 적도 없었다. 하여 검의 에고가 어떠한 반응을 보이는지 알지 못한다. 휘두르고 손가락으로 두드려 보았다. 아무런 반응도 없었다.

"아아, 역시……! 검의 인정을 받으셨군요! 믿었습니다!"

그러거나 말거나 옆에서 막시움이 감탄을 내뱉었다. 감동한 듯 주먹을 강하게 쥐었다. 나는 여전히 인상을 찌푸린 채 말했다.

"이제 무엇을 하면 되지?"

"저도 자세히는 모릅니다. 그저 검이 인도한다는 것밖에는…… 사실 저도 손을 대는 것만 허락받았을 뿐입니다."

"도움이 안 되는군."

"죄, 죄송합니다."

막시움이 크게 고개를 숙였다.

쯧.

작게 혀를 찼다.

단초는 단초인데, 이게 내게 어떤 식으로 작용할지 모르겠다. 일단 에픽 등급의 검 한 자루 얻었다는 점은 만족스러웠다. 문제는 애매한 점이 많다는 것. 어쨌든 그림자 황제가 이 검에 무언가를 남겼다면 자연스럽게 알게 될 것이다.

'황제의 군세.'

검에 달려 있는 스킬. 10년에 한 차례라는 큰 제약이 걸려 있었지만 그만큼 파괴력도 남다르리라 생각하고 상세한 설명을 읽었다.

이름 - 황제의 군세(???)

설명 : 지저의 창고에 존재하는 10만의 '혼령기병'을 불러옵니다. 혼령기병은 육체가 없고 전신 갑주로 이루어진 병종으로서 사용자를 따라 적을 섬멸합니다. 90일 뒤 그들은 본래 있었던 장소로 돌아갑니다.

이곳에 모인 해골 병사와 막시움이 전부가 아니었다는 뜻이다. 새삼 알면 알수록 이 그림자 황제라는 자의 저력이 두려워질 수준이었다.

그때, 막시움이 무릎을 꿇고 간청했다.

"황제 폐하, 이제 대륙으로 돌아가 그곳에 새로운 황조를 세울 때입니다. 신 막시움이 보필하겠으니 함께 돌아가시지요."

"그건 안 되겠군."

애당초 그림자 황제도 아니었거니와 대륙으로 들어갈 방

법도 없었다. 그러자 막시움이 슬쩍 고개를 들었다.

"혹시 남겨둔 일이 있으십니까? 이곳은 도둑들의 세상입니다. 마계는 아니지만 마계와 다를 바 없는 듯싶습니다."

"이루고자 하는 일이 있다. 그것을 이루기 전까지 나는 떠날 생각이 없다."

"무엇입니까? 제가 도울 수 없는 일입니까?"

"너는 이곳에 오래 머물 수 없지 않나?"

"……그렇습니다. 마력이 조금씩 흩어지고 있습니다. 수십여 일 후 저희는 본래 있던 창고 안으로 돌아가게 되겠지요."

막시움이 매우 아쉬운 기색을 비췄다.

예상했던 바다. 시스템이 그처럼 안이할 리 없다.

"하지만! 그 짧은 기간이나마 황제 폐하를 도울 수 있다면 그렇게 하겠습니다. 부디 신 막시움과 병사들이 도울 수 있도록 허해주십시오."

막시움이 외쳤다.

남은 시간이 꽤 된다.

해골 병사가 일만가량 있었고 사용코자 한다면 방법은 많았다. 나를 돕고자 하는 의지가 절절했으니 막 굴려도 불평은 없을 것이다.

'여기서 던전 하나를 바로 늘리는 건 그다지 현명하지 못하다.'

우선 우파의 휘하 마족이 관리하는 던전이어야 했는데, 벌써 둘이나 잃었으니 슬슬 눈치를 챌 때였다. 여기서 곤장 하나를 더 얻는다면 아직 중국의 던전을 채비도 못한 상태에서 역풍을 얻어맞을 가능성도 있었다. 적어도 중국의 던전이 궤도에 오르기 전까지 앞으로 흘러가는 형국을 살펴봐야 함이었다.

'하나, 손해를 입히는 정도는 괜찮을 테지.'

가볍게 고개를 주억였다.

"내가 지정해 준 던전을 들쑤셔라. 치고 빠지며 확실하게 마수들을 손실시키는 것이 나를 도우는 길이다."

무덤덤하게 말했다.

어차피 돌아갈 병력.

해골 병사 몇이 죽던 알 바는 아니었다.

"신 막시움, 명을 따르겠습니다."

한 치의 의심 없이 막시움이 읊조렸다.

잔혹한 사령관 막시움과 그 군단이 등장하고 정확히 90일이 흘렀다. 그간 막시움의 군단은 인간 사냥을 멈추고 내가 지정해 준 던전을 치는 데 총력을 기울였다. 모두 우파 파벌의 던전이었다. 황제를 돕는다고 여겨서인지 열정이 대단했다. 최후에 남은 병력이 일천이 안 될 정도였으니 말은 다한 것이다.

벌어들인 포인트는 400만이 약간 넘었다. 도합 200만을 손해 본 셈이었지만 사태를 진전시키고 던전을 얻고 에픽 등급의 중요한 검 하나를 손에 쥐어서 딱히 손해라는 생각은 들지 않았다.

게다가 '각성'에 대한 확증을 얻었다.

남은 시간 동안 순수 지능 2가 상승한 것이다.

이것이 무엇을 뜻하겠는가.

각성이라 할 수 있을지는 모르겠지만 결국 황제의 검이 제대로 된 열쇠가 맞았다. 그저 손에 쥐고 있는 것만으로도 검의 자아가 심장을 자극해 능력치를 올렸다. 서로 연결된 파장 같은 게 있는 게 아닐는지 예상할 따름이었다.

어쨌거나 시간은 빠르게 흘러갔고 마침내 이날이 왔다.

중국에 있는 우파 파벌의 던전 몇 곳을 들쑤시며 천여 명도 안 되는 병력만을 남긴 막시움이 이제 곧 있을 이별에 섭섭한 표정을 지어 보였다.

"황제 폐하……."

"수고했다."

"정녕 함께 가실 수 없는 것입니까?"

"말했을 것이다. 내게는 이곳에서 이루고자 하는 일이 있다고."

막시움은 나를 황제로 여기고 있었다. 신성시하는 경향도 없지 않았다. 내가 태양을 달이라 한다면 막시움은 그것을 믿고자 하염없이 고민할 것이었다. 그리고 종국에는 믿어버리리라. 거기다가 수고를 한 것도 사실이니 장단은 맞춰주었다.

막시윰의 표정이 서글프게 변했다. 잔혹한 사령관이라는 이름과는 전혀 어울리지 않는 모습. 그가 진중히 무릎을 꿇었다.

"신 막시윰, 황제 폐하의 귀환을 멀리서나마 기다리고 있겠습니다."

남은 병사들과 막시윰의 몸이 흐릿해져 갔다. 마력이 흩어지고 차원 게이트의 전송이 시작된 것이다.

잠시 후 그들은 원래부터 없었다는 양 증발해 버렸다.

"……."

넓은 황야.

그곳에 나 혼자만 남아 있었다.

오쿨루스의 팔.

나는 그것을 중국의 던전 앞에 던져 놓았다. 팔에서 싹이 돋으며 지금은 알 수 없는 꽃으로 만개한 상태였다.

'오쿨루스, 내게서 무엇을 보고 얻었는지 모르겠다만 내 전부를 파악하진 못했을 것이다. 반면에 나는 너를 조금 더 알고 있지.'

자연화 스킬이 발동되고 있다는 걸 눈치챘지만 모르는 척 넘어갔다. 오쿨루스의 팔은 뿌리를 내렸고 본체와 이어졌다. 저 팔이 눈이 되어 내 던전을 살피고 있었다.

하지만 이곳은 중국이다. 본래 사만의 던전인 곳을 내가 차지했다. 우파와 정보를 교환하지 않는 이상 그 사실을 눈치채진 못했을 것이고 영락없이 이곳을 내 던전으로 착각할 것이었다.

다른 마족의 던전을 오쿨루스가 차지하지 않으면 던전 간의 이동이 가능하다는 것도 모를 테니 떡밥, 혹은 시간벌이용으로는 충분했다. 만약 오쿨루스가 움직임을 보이거든 충분히 대처 가능했다.

던전 안으로 들어가 최상층으로 이동하자 씩씩이가 얼굴을 붉히고 있었다.

"씩씩! 이 맹랑한 계집애! 네가 나한테 어찜 그럴 수가 있어!"

"흥! 이히가 뭘 어쨌다고 그러니? 그리고 품위 없게 씩씩대지 좀 말아줄래?"

어쩐지 익숙한 얼굴도 있었다.

이히가 팔짱을 낀 채 씩씩이와 대치하는 중이었다.

'요정 간의 이동도 가능했던 모양이군.'

이동진. 단순히 육체가 있는 것만 옮기는 줄 알았는데 이제 보니 요정도 이동이 가능한 모양이었다. 구요는 그 필요성을 느끼지 못했고 씩씩이는 과거 이히와 인연이 있다 보니 직접 소통을 요구한 듯싶었다.

"그 꽃을 구하느라 얼마나 힘들었는데. 너는 그것을 무참하게 짓밟았잖아."

"어머, 이히가 그랬니? 뭐, 그럴 수도 있겠다. 고작 그런 꽃 따위에 이히가 넘어갈 리 없으니깐 말이야."

씩씩이의 어깨가 축 처졌다.

"하지만…… 꽃을 구해 오면 씩씩이랑 만나주겠다고 했잖아……."

"그건 네가 이히를 너무 귀찮게 하니깐 그랬지. 설마 미련하게 그 구하기 힘들다는 걸 구해 올 줄은 몰랐는걸! 아주 이히는 소름이 확 끼쳤지 뭐니!"

"씨익씨익. 용서 안 할 거야. 두고 봐. 요정왕은 씩씩이가 될 거야!"

"이히히! 그럴 일 없거든. 마스터께선 이히한테 푹 빠졌어. 제삼자는 빠져! 어디 굴러온 돌멩이 주제에 이히의 자리를 넘봐?"

"아냐, 마스터는 씩씩이한테도 기회를 준댔어!"

"아냐, 마스터는 이히한테 푹 빠지셨어!"

"아냐!"

"아냐!"

서로의 눈싸움이 시작될 무렵, 보다 못한 내가 나섰다.

"기회는 공평하게 줄 생각이다."

"마스터!"

"마, 마스터……."

씩씩이가 환호를 내뱉었고 이히는 찔리는 게 많은지 뜸을 들였다.

“생각보다 둘이 인연이 깊나 보군.”

“인연이 아니라 악연이야.”

“이히의 스토커예요. 혼내주세요.”

슬금슬금 다가온 이히가 친목을 과시하듯 내 어깨에 앉아 뺨을 비볐다. 그것을 본 씩씩이의 표정이 더욱 붉어졌다.

“내가 자리를 비운 동안 별다른 일은 없었나?”

“없어, 마스터.”

“이히는 있어요. 요즘 통 마스터께서 던전에 안 돌아오셨잖아요? 그래서 이히가 직접 이걸 전해 주려고 왔어요. 아니었다면 저 못생긴 애를 만나러 여기까지 오지 않았을 거예요.”

그 즉시 씩씩이가 반발했다.

“뭐!”

“흥!”

견원지간이 따로 없었다.

씩씩이를 무시한 이히가 품에서 작은 종이 한 장을 내밀었다. 그곳에는 짧은 글귀가 적혀 있었는데…… 나는 한참이나 종이에서 눈을 떼지 못했다.

「정령왕께서 만나고 싶어 하십니다. 유익한 시간이 되리라 장담합니다. 자리를 한번 만들어 보겠으니 응하시는 게 어떠신지요? -드보롱」

그 외에는 아무런 것도 적혀 있지 않은 종이.

하지만 내용이 심상치 않다. 어둠의 정령왕. 능히 대공들과 어깨를 나란히 할 수 있는 격의 존재이며 마계 옥션의 책임자인 그. 전생에서조차 거의 모습을 드러낸 적이 없었건만, 나를 보고 싶다?

'가벼이 넘겨선 안 될 사안이다.'

대량의 포인트와 세계수의 씨앗을 넘겨준 의도는 뻔했다. 정령왕은 내가 대공들을 견제하길 바란다. 아니면 그와 비슷한 수준으로 성장하길 원하고 있다.

무언가 다른 도움을 줄 셈인가.

아니면 예상치 못한 일이 일어났는가.

곰곰이 생각해 보아도 짚이는 게 없었다. 그러나 웃으며 넘길 일은 아니다. 긴장하고 대비해야 마땅한 일이었다. 어둠의 정령왕은 결코 호락호락하지 않았다. 무려 정령계의 일통을 꿈꾸는 야심가였으니 말이다. 정령계가 나타나고 단 한 번도 성사된 적이 없는 업적을 그는 꿈꾸고 있었다.

마음을 놓고 대하다간 잡아먹힌다.

거리를 두고 언제나 계산을 해야 했다.

종이를 뒤집자 정령계로 향하는 방법과 시간이 적혀 있었다.

「10일 후, 시공간의 균열을 만들겠습니다.」

이 대목에선 제법 놀랐다.

나는 당연히 마계 옥션에서 자리를 마련한다는 건 줄 알았다. 억지로 공간에 균열을 만들어 정령계로 나를 이동시키는 건 그쪽에서도 상당히 부담스러울 수밖에 없다. 본래는 불가하지만 시스템의 눈을 피해 수작을 부리는 것이다. 걸렸다간 페널티를 받을 게 자명한 일. 준비도 준비거니와 수많은 정령이 그 과정에서 소멸한다고 알고 있었다.

'급한 모양이군.'

표정을 굳혔다.

서둘러서 나를 만나고자 하는 이유.

확실히 심상치 않았다.

대충 종이를 구겨 품에 넣었다.

10일이면 어지간한 주변 정리를 끝낼 수 있는 시간이었다. 고개를 돌려 여전히 씩씩대고 있는 씩씩이를 바라봤다.

"씩씩, '녀석'은 어디 있지?"

씩씩이가 입술을 주욱 내밀며 답했다.

"바로 밑층에 있어요."

"알겠다."

발을 움직여 밑에 층으로 향했다.

'녀석'은 중국의 제단을 찾고 얻은 마수다. 문제가 있긴 했지만…… 돌아온 김에 한 번 더 찾아볼 작정이었다.

층의 입구를 틀어막은 거대한 살덩이.

갈색의 보기만 해도 혐오라는 단어가 절로 떠오르는 괴생명체!

달팽이처럼 아주 조금씩 움직이며 주변의 모든 집어삼키고 크기를 불려 나가는 중이었다.

"마스터, 이히가 봐도 이건 정말 못생긴 것 같애요."

어깨 위에 앉은 이히가 이맛살을 찌푸렸다. 심미안이 정상적이지 않은 이히조차 거부감을 느낄 정도다. 뿐만 아니라 역한 냄새까지 나서 괴롭기 짝이 없었다.

콰아악!

순간 살덩이의 틈을 비집고 촉수 비슷한 게 튀어나왔다. 나는 분노를 꺼내 촉수를 잘라냈다.

"여전히 주인을 못 알아보는군."

"감히 마스터를 공격하다니! 아주 나쁜 마수예요. 이히가 혼쭐을 내 줄까요?"

팔을 걷어붙이며 쏘아대는 이히의 모습이 퍽 웃겼다.

"되었다. 영적인 존재조차 잡아먹는 마수라고 들었다."

"흐흠! 어허험! 이히가 자비를 베풀어서 한 번만 봐주지요."

슬쩍 몸을 털곤 한 발자국 물러나는 이히였다.

'이런 걸 무슨 생각으로 기른 건지 모르겠군.'

무려 신이 기르던 마수다. 모든 걸 거부하고 모든 걸 집어삼키는 이 거대한 살덩이를 도대체 왜 기른 건지 이해가 되지 않았다.

심지어 이것을 나에게 넘김으로서 더욱 취향을 의심케 했다. 심안을 열어 녀석의 상태를 확인했다.

이름 : 무한의 살덩이

능력치 :

힘 90

지능 0

민첩 43

체력 130

마력 35

잠재력 (298/320)

특이사항 : 아누비스가 죽은 자를 인도하던 도중 실수로 '혼돈의 강'에 그들을 빠뜨리고 말았습니다. 무려 20만의 혼과 살이 합쳐지며 탄생한 혼돈의 괴물로서 주변의 모든 것을 빨아들이며 성장하는 재앙적인 살덩이입니다. 그 성향은 7대 죄악 중 하나인 '식탐'을 닮았습니다.

스킬 : 성장(Epic)

불균형의 극치를 달리는 능력치. 체력만큼은 초월자의 영역에 들어선 마수. 하지만 정작 아무런 쓸모가 없는 골칫덩어리였다.

주인마저 알아보지 못하고 그저 먹어대기 바쁜 이 살덩이를 어디다가 사용한단 말인가!

이대로 던전에 놔뒀다간 문제를 일으킬 게 분명하였다.

"골치군."

미간을 눌렀다. 그러자 이히가 손뼉을 치고 말했다.

"마스터, 마스터. 이거 버려요. 이히가 잠깐 생각을 해봤는데요. 던전의 마력까지 훔쳐 먹는 엄청 배은망덕한 놈이에요. 가만히 놔두면 제단이나 던전 코어까지 먹어버릴지도 몰라요! 이히는 상상만으로도 막 무섭고 그래요."

"맞다. 가만히 놔두면 언젠가 그리될 것이다."

작게 한숨을 내쉬었다.

'정말 버려야 하나?'

따지고 보면 버리는 것이 맞는 것 같았다. 지능이 조금이라도 있었다면 이걸로 무언가 수를 마련해 볼 텐데 그게 안 된다. 그렇다고 던전에 두자니 항상 골머리만 아파질 게 틀림없었다.

설마 신이 마련한 선물이 이런 것일 줄은.

"그런데 어떻게 버리지요?"

이히가 입술에 손을 대며 고개를 갸웃했다.

무한의 살덩이는 가까이만 다가가면 죄다 먹어버리려는 습성이 있었다.

나는 잠시 고민하다가 답을 내었다.

“이동 스크롤을 사용해야겠다.”

한 마리쯤은 스크롤을 이용해서 옮기는 게 가능했다. 포인트가 상당히 들겠지만 이런 마수는 문제를 일으키기 전에 처리하는 게 현명하다.

“이히히! 그 수가 있었지! 그런데 어디다가 버리지요?”

요정은 본래 궁금한 걸 참지 못한다. 이히는 그런 특색이 더욱 강했고, 나는 이왕지사 생각한 김에 장소까지 결정해 버리기로 마음먹었다.

‘적당히 우파 파벌의 던전 근처에 떨어뜨려 놓아야겠군.’

물론 떨어뜨린다고 무한의 살덩이가 던전에 들어가리란 보장은 없었다. 식탐의 성향을 빼닮아서 그런지 주인의 명령까지 먹어버리는 무지막지한 놈이었다. 그래도 입성하려는 각성자들을 막아서 포인트의 손해를 줄 수는 있을 것이다.

공작인 파간 그리울리의 던전 근처에 살덩이를 투입시키고 관심을 접었다. 사우디아라비아까지 무한의 살덩이를 이동시키느라 수십만 포인트를 사용했지만, 공작의 던전에 타격을 줄 수 있다면 전혀 아깝지 않았다.

어차피 보유한 포인트가 천만을 넘어섰으니 그 정도는 새 발의 피다. 티도 나지 않았다.

골칫거리 하나를 처리하고 한국의 던전으로 이동했다.

25층, 신성지대에 발을 들이자 동시에 기분이 묘해졌다.

마족과는 상극인 신성력의 영향이다. 그래도 개의치 않고 걸어 나가 타쉬말을 찾았다.

'전부 알을 깠구나.'

신성지대의 중심부. 수없이 많은 검은색의 털이 둥지처럼 뭉쳐져 있었고, 그 위에 작은 날개를 단 아기 천사들이 빨빨대며 기어 다니고 있었다.

타쉬말은 그런 아기 천사들을 돌보는 중이었는데 일이 한두 가지가 아닌지라 내가 온 것을 눈치채지 못했다.

"바빠 보이는군."

"아……! 왔느냐? 맞다. 나는 지금 손이 열 개라도 부족하다."

한데 말과는 반대로 표정은 제법 부드러워졌다. 여태껏 한 번도 보인 적 없는 '인자함'을 그 얼굴에 담아내고 있었다.

피식 웃으며 말했다.

"그런 것치곤 잘 해내고 있지 않은가."

"나도 내가 잘하고 있는 것인지 모르겠다. 본래 천사의 양육은 대천사가 도맡아 하는 것이었다. 부디 아무런 탈이 없기를 바랄 뿐……. 앗, 이 녀석! 내려오지 못할까!"

아기 천사 하나가 작은 날개를 펼치더니 허공을 날았다. 그것을 본 타쉬말이 기겁하며 아기 천사를 붙잡았다.

"따로 필요한 건 없나?"

"후우! 근원의 나무에서 잎사귀를 몇 개 가져와 줄 수 있느냐?"

타쉬말이 강제로 내려와 울먹이는 아기 천사를 달래며 말했다.

"잎사귀를 무엇에 쓸 셈이지?"

"근원의 잎사귀로 날개를 닦아주면 날개가 더욱 크게 자란다. 나도 두어 번밖에 받아본 적은 없지만 효과는 뛰어나다."

주천사였던 타쉬말이 두어 번밖에 받아본 적이 없다면 그만큼 잎사귀가 중요하다는 뜻일 것이다. 확실히 줄기나 가지는 많지만 잎사귀는 몇 개 없었다. 하지만 나는 천사들의 성장에도 큰 관심을 가지고 있었다.

"크리슬리를 통해 보내마."

"고맙다."

고개를 주억였다.

시간이 지날수록 타쉬말은 조금씩 '벽'을 깨가는 중이었다. 현실을 받아들이고 천사들을 양육해 마족들을 쓸어버리는 게 자신의 마지막 사명이라는 듯 행동했다. 그 끝에는 내가 있었지만 그 전까지 돌발 행동을 보이진 않을 터. 그러니 좀처럼 하지 않던 고맙다는 말도 쉽게 사용하는 것이었다.

"이후 필요한 게 있다면 크리슬리에게 말하라."

"알겠…… 아! 이 말썽꾸러기들! 아직 날면 안 된다고 말하지 않았느냐! 날개가 약해서 부러질 수도 있단 말이다!"

타쉬말은 바빴다.

나는 어깨를 으쓱하고 몸을 돌렸다.

아기 천사의 성장에는 이상이 없었다.

타천사 타쉬말의 영향을 받아 문제가 생길 줄 알았건만, 그렇지 않아서 다행이었다.

마족의 던전에 천사라…….

과연 이게 후에 어떠한 영향을 끼칠지 자못 기대가 되었다.

확인할 것들을 확인하고 중국의 던전에 기초적인 마수를 뿌려둔 뒤 나는 잠시 고민했다. 처리하지 않은 일이 하나 남아 있기 때문이다.

바로 데빌헌터 공격대였다.

모든 이가 나를 죽은 걸로 알고 있을 것이었다. 이대로 가만히 놔두면 공격대 자체가 와해될 가능성도 다분했다.

하여 던전을 빠져나왔다. 아직 한국의 던전 앞에는 감시하는 눈길이 조금 남아 있어서 우회할 수밖에 없었지만 어쨌든 생존을 알릴 필요는 있었다.

'이건…….'

도시로 들어서자 잠시 멈칫하고 만다.

곳곳에 '랜달프 님을 추모하며', '그의 헌신을 우리는 잊지 않겠습니다' 등의 현수막이 걸려 있었다.

내 사진이나 개인정보는 최대한 은밀하게 다뤘기에 나돌아 다니지 않았지만 현수막에 적힌 글귀는 모두 나를 뜻하고 있었다.

"영웅이 죽고 벌써 100일이 지났습니다. 그로 인해 도대체 몇 명이 구원을 받았는지요? 기억합시다. 영원토록 곱씹읍시다. 그의 희생을, 그의 영광을!"

특히 강남에선 기나긴 추모 행렬이 이어지고 있었다.

그 행렬의 가운데에는 어쩐지 익숙한 얼굴들도 보였다.

유은혜, 이지혜, 김용우와 에드워드 윈저.

특히 유은혜의 경우 상복을 입고 눈물을 뚝뚝 떨어뜨리는 게 아직도 아픔을 이기지 못한 모양새다. 밥을 많이 못 먹었는지 얼굴도 홀쭉했다.

"……."

예상보다 일이 커졌다.

여기서 나섰다간 일이 더욱 크게 번질 것 같았다.

나서는 순간 쉽게 빠져나올 수 없으리란 강렬한 예감이 들었다.

'정령계에 다녀와서 생각을 좀 해봐야겠군.'

설마 이 정도로 나의 영향력이 컸을 줄이야. 그야 최강의 각성자고 최강의 공격대를 운영하였으니 누구도 무시할 수 없을 수준이긴 했지만, 이건 상상을 벗어났다.

죽은 이를 이토록 길게 추모할 만큼 감성적인 게 인간이라는 걸 잠시 망각한 것이다. 전생에선 거의 볼 수 없었던 장면이기도 하고.

섣불리 나서선 안 될 듯싶었다.

이 문제를 어찌 처리할지에 관해선 천천히 생각을 해봐야겠다.

나는 작게 혀를 차며 다시 던전으로 돌아갔다. 드보롱과 약속한 기일이 다가오고 있었다.

Dungeon Hunter

지이잉―!

던전의 최상층.

코어의 옆에 균열이 일어났다.

불안정하기 짝이 없었고 지속 시간도 그리 길 것 같지는 않았다.

하지만 이미 결단을 내린 뒤. 망설임은 없었다. 균열에 발을 들였다. 한 치 앞이 보이지 않는 어둠이 나타났다.

그러나 빛이 아예 없진 않았다.

저 멀리, 유일하게 빛나는 곳이 출구이자 입구다.

여유롭게 걸어 나가 빛에 다다르자 넓은 방의 전경이 펼쳐졌다.

나는 시선을 돌려 앞에 선 이를 바라봤다.

"환영합니다, 랜달프 브뤼시엘 님. 오시리라고 믿었습니다."

여전히 광대 분장을 한 드보롱이 정중히 고개를 숙였다.

드보롱. 냉철한 수완가, 맹독을 품은 사기꾼, 정령왕의 제

1심복.

다른 정령도 아닌 그가 직접 나를 맞이했다. 애당초 그가 초대했으니 당연하다 할 수 있지만 과연 아무런 의도가 없다고 할 수 있을까.

내색하지 않으며 고개를 끄덕였다.

"정령왕의 독대는 나도 기대가 되었다."

"후회하지 않으실 겁니다."

"한데, 여기는 성이 아니로군."

강제 소환을 당할 때 나타난 방과 형식은 비슷했으나 흐르는 마력의 기류가 미묘하게 다르다.

드보롱이 실실 웃었다.

"눈치채셨군요. 예, 이곳은 성이 아닙니다."

"이유가 있을 테지?"

살짝 눈살을 찌푸리며 분노에 손을 댄다.

사전고지 없이 다른 장소에 소환한 게 마음에 들지 않았다. 변명이 납득되지 않는다면 분노를 휘두르겠다는 듯 무정하게 드보롱을 바라봤다.

그러자 드보롱이 찔끔 식은땀을 흘렸다.

최상급의 격을 갖춘 정령이라고는 하나 나 역시 만만치 않다. 죽이고자 한다면 죽이지 못할 이유가 없었다.

"다른 정령왕들의 첩자들이 성 내에 침입했습니다. 억지로 균열을 여는 걸 들켰다간 어둠의 정령왕께서 집중포화를 맞습니다. 양해를…….”

어둠의 정령왕은 야망가다. 정령계를 집어삼키겠다는 의욕 하나로 마신과 계약하고 마계 옥션을 열었다. 수많은 휘하의 정령을 희생시켜 가며 물건이나 마수를 구했다. 다른 정령왕들이 눈치채지 못한다면 그게 이상하다.

하지만 역시 시기가 빠르다.

전생에서 이런 일이 생기기까지 못해도 10년 정도가 걸렸다. 다량의 포인트를 모은 어둠의 정령왕이 스스로의 격을 한 단계 더 올리고 본격적인 발걸음을 시작한 직후부터 말이다.

‘내 움직임이 정령계에도 영향을 끼쳤던가.’

전생과 비교해서 유일하게 달라진 점이라면 내 움직임뿐이다. 그러나 내가 이곳에서 두각을 드러낸 일이라면 마계 옥션밖에 없다. 조금 더 많은 포인트를 사용한 게 그만한 영향을 끼쳤을까? 작은 날갯짓이 큰 태풍으로 다가올 수도 있다지만 그 극악한 확률을 뚫고 지각변동이 일어났다니…….

아이러니다.

“이상하군. 어둠의 정령왕이 그처럼 안이할 리가 없을진대?”

사실대로 말하자 드보롱이 이마를 짚었다.

“후우! 중간계에서 신화적인 존재였던 그림자 황제를 아십니까?”

익숙한 이름이다. 고개를 주억였다.

“안다.”

"그가 남긴 지저의 보물 창고는 저희들도 섣불리 손을 댈 수 없었습니다만, 아니…… 솔직히 손을 대는 게 불가능합니다만, 최근 그곳에서 차원 이동의 징조가 발견됐습니다. 어찌 된 일인지 급파를 보내 탐색을 하다가 다른 원소의 정령들에게 그만 발각되고 말았지요."

아아, 그게 원인이었던가.

이제야 안개가 걷히는 느낌이다. 정령들은 중간계에 매우 관심이 많고 셀 수 없을 정도의 숫자가 포진해 있다. 중간계에서 이변이 일어났다면 관심이 쏠리는 건 당연한 일. 하물며 그 또한 내가 직접적으로 관련되어 있지 않은가.

"마계 옥션과 관련된 일은 아니군."

"맞습니다. 그러나 어둠의 정령들이 무슨 일을 꾸미고 있다는 예상쯤은 했는지 빛의 정령과 불의 정령 측에서 첩자를 들이는 바람에 여간 골치가 아픕니다. 조심해서 나쁠 건 없지 않겠습니까?"

"더불어서 내 성장 정도도 파악하겠다는 의도겠지. 그렇지 않나?"

이 미약한 마력의 기류를 읽으려면 적당한 수준의 성장으로는 어림없다. 일부러 최대한 흡사하게 방을 만들어 놓은 것일 터. 의도가 뻔히 보여서 도리어 웃음이 나왔다. 괘씸하기 이를 데 없지만 어둠의 정령 자체가 원래 그러한 족속이었다.

"설마 그럴 리가 있겠습니까? 랜달프 님과는 엄연한 동업 관계인데요!"

드보롱은 손을 내저었다. 나는 분노에서 손을 떼고 입을 열었다.

"두 번은 없다."

"하하, 물론입니다. 자, 이러고 있을 게 아니라 이제 슬슬 이동하지요."

뻔뻔한 얼굴로 넘어간 드보롱이 안내를 시작했다.

통곡의 숲.

어둠의 정령들에게 안식처로서 더할 나위 없는 장소.

성을 둘러싸고 있었는데 곳곳에서 신음이나 비명 소리 따위가 들려왔다.

숲 자체가 가진 마력 탓이다.

드보롱이 장난기 어린 표정을 지어 보였다.

"조심하십시오. 정신을 침범당할 수도 있습니다."

씨알도 먹히지 않는 장난이다. 나는 주변을 한 차례 둘러보고 말했다.

"확실히, 정령왕이 있을 법한 장소와는 거리가 멀군."

"……제 앞에서는 몰라도 정령왕께 그런 말을 하시면 아니 됩니다."

역풍을 맞으니 드보롱의 목소리가 살짝 떨렸다. 그만큼 어듦의 정령왕에 대한 충성심이 높다는 방증이다. 팔짝 뛰거나 적대감을 보이지 않는 것만 하더라도 대단한 것이었다.

"그러도록 하지."

상호 간의 예의는 어디서나 필요한 법이었다. 대수롭지 않게 답하자 드보롱이 화제를 전환했다.

"포인트는 많이 모으셨습니까? 최근 마족들의 평균 포인트가 급증했다고 들었습니다."

"적당히 모았다. 그런데 평균 포인트는 얼마나 되지?"

직접적인 수치를 언급할 수는 없었다. 천만이 넘어가는 포인트는 나만의 무기이며 히든카드다. 아무리 동업 관계에 있다고 해도 서로가 서로를 이용하는 이상 숨기는 게 이상적이다.

드보롱은 그럴 줄 알았다는 듯 대수롭지 않은 태도로 대답했다.

"대충 85만쯤 되더군요. 아아, 저희로서는 참으로 다행스러운 일입니다. 평균 포인트가 거의 백만에 근접해서 올해엔 최상급 마수 한 마리를 구해볼까 고민을 했지 뭡니까."

정령들은 마족들이 가진 평균 포인트를 알아낼 수 있었다. 그리고 평균치가 100만에 근접하거든 최상급 마수를 잡아들일 것이라고 말하기도 하였다.

3년 차.

최상급 마수의 출현 시기도 무척이나 빠른 편이었다.

절로 궁금증이 들어서 물었다.

"점찍어 둔 마수가 있나?"

"워낙 갑작스러운 일인지라. 후보는 몇 있습니다. 최근 나이 든 티탄 한 마리가 무리에서 떨어져 나왔더군요. 고래형 마수인 굴핀도 발견했습니다. 후보로 보는 것과 잡아들이는 건 또 별개이긴 합니다만……."

드보롱이 고개를 저으며 말을 이었다.

"예전에 했던 이야기는 여전히 유효합니다. 최상급 마수를 잡아들이는 비법이 있다면 거래를 하시지 않겠습니까? 대가는 충분히 지불하겠습니다."

"생각은 해보지."

서로의 관계가 형성된 지금, 대놓고 거절할 필요는 없었다. 적당히 간을 보는 것도 중요하다. 물론 신과 엮여 최상급 마수를 구했다는 말을 할 생각은 터럭만큼도 없었다.

"제발 그 생각이 긍정적인 방향이길 바랍니다."

드보롱이 어깨를 으쓱했다.

이윽고 공터가 나타났다. 공터의 중심부에는 초가집 하나가 덩그러니 세워져 있었다.

"수수하군."

"정령왕께선 사치를 싫어하시는 분이시지요."

말도 안 된다. 마계 옥션이 열리는 성만 하더라도 그 끝이 보이지 않을 크기다. 직접 대면한 적이 없어서 정령왕의 성향을 알지는 못하지만 수수라는 단어와는 좀처럼 어울리지 않았다.
그때, 드보롱이 몸을 돌렸다. 잔뜩 굳은 표정으로 말했다.
"……부탁드리건대, 거절하지 마십시오."

Dungeon Hunter

드보롱의 안내는 입구까지였다.
문을 열고 들어서자 검은색 망토를 걸친 장신의 남자가 앉아 있었다. 열 개의 손가락에 모두 반지를 착용했으며 몸 전체에 온갖 장신구가 넘쳐났다.
이게 어딜 봐서 수수란 말인지.
찬란하다는 수식어가 더 어울렸다.
"반갑다."
내가 먼저 입을 열었다. 순간 어둠의 정령왕이 웃음을 터뜨렸다.
"반갑다? 푸하! 보자마자 한 방 먹었구나!"
거들먹거리는 자태. 누가 봐도 호들갑 떤다는 인상을 가져다주지만, 이는 겉모습뿐이다. 나는 정령왕의 맞은편에 앉았다. 그리고 심안을 열었다.

['심안(Ex U)'이 '그림자의 눈(Ex U)'에 간파당했습니다. 공격율 60%]
[높은 마력 보정(96)! 하지만 상대의 지능이 더욱 높습니다. 공격율

이 54%에 달합니다. 상대의 특정 정보가 비공개로 전환됩니다.]

이름 : 아도니스

직업 : 어둠의 정령왕

칭호 :

*어둠의 정령왕(Epic, 힘마력+6)

*전율을 일으키는 지배자(Epic, 마력+10)

*그림자의 배후(Ex U, 힘+8)

*멸시하는 자(Ex U, 체력+8)

능력치 :

힘 100(+14)

지능 100

민첩 100

체력 100(+8)

마력 100(+16)

잠재력 (500+38/???)

특이사항 : ???

스킬 : 전율(???), 그림자의 눈(Ex U), ???, ???

아도니스의 눈썹이 찌푸려졌다.

"내 무엇을 본 거지?"

"장신구가 좋아 보여서 본 것뿐이다."

태연하게 다리를 꼬고 앉았다. 하지만 속은 겉과 달랐다.

'대단하군.'

능력치 총합이 538이다. 이미 초월자 자체인 것이다. 그럼에도 아직 '한계 돌파'는 하지 못했다. 아무래도 포인트에 집착하는 원인이 한계 돌파 때문인 듯싶었다. 강해지는 데 한계를 느끼고 강제로라도 뚫어볼 작정으로 말이다.

물음표 표시가 된 것도 많았다. 마계에 있을 당시 대공들의 능력치도 이와 비슷한 수준이었을 것이니 새삼 감탄이 나오고 자극도 되었다.

"흐음, 정말 알 수 없는 놈이구나."

"나를 부른 용건을 듣고 싶군."

편안히 담소나 나눌 생각은 없었다. 아도니스가 턱을 괴었다.

"그전에 묻고 싶다. 네놈은 자신을 어찌 생각하느냐?"

"마왕."

마왕은 아니지만 내가 아니면 누구도 마왕이 될 수 없다.

그 각오로, 그 확신으로 하루하루를 보내는 중이었다.

한 치의 망설임도 없었는지라 아도니스마저 잠시 할 말을 잃었다.

"……대단한 포부다. 그런 의미에서 랜달프 브뤼시엘, 너는 나와 닮은 점이 많다."

"정령계라도 먹을 작정인가?"

"바로 그렇다. 내 자신이 진정한 정령왕, 더 나아가 정령신이 될 작정이지. 그러기 위해선 주변의 많은 도움이 필요하고 말이야."

알고 있는 사안이다. 색다를 것도 없는지라 별거 아닌 듯이 넘어갔다. 내가 무덤덤하게 앉아만 있자 아도니스가 피식 웃었다.

"이렇게 말하면 보통은 궁금해서 물어볼 텐데 랜달프 브뤼시엘, 너는 그렇지가 않구나. 마치 원래부터 알고 있었다는 듯 변함없는 태도이질 않느냐."

"궁금하지 않은 건 손대지 않는 성격이다."

"시원한 성격이군. 흐음…… 좋다. 내가 너의 생각을 물은 건 별게 아니다. 지향점이 높으면 이야기가 더욱 편해질 거라 판단해서이지. 그런고로 묻겠다. 랜달프 브뤼시엘, 나와 계약을 하지 않겠느냐?"

정령의 계약.

이게 본론이었다.

드보롱이 한 부탁, 거절하지 말라는 것은 이걸 뜻했다.

마계 옥션을 주관하는 어둠의 정령은 계약이 금기시되어 있다. 누군가를 편애하는 순간 형평성에 문제가 생기기 때문이다. 하지만 어둠의 정령은 꼼수에 도가 텄다. 시스템의 눈을 피해 계약하는 방법 정도는 연구했을 것이다.

문제는…… 그 말을 꺼낸 게 어둠의 정령왕이라는 점.

"이유는? 그런 리스크를 질 필요가 있나?"

“주변의 변화가 무척 빠르다. 랜달프 브뤼시엘, 너도 느끼고 있겠지. 적은 많고 우리는 적다. 하나 계약으로 얽혀 서로가 돕는다면 이야기는 전혀 달라지지.”

변화를 받아들이고 한층 도약하기 위한 포석. 언뜻 들으면 별 이상한 것은 없었다. 하지만 겉으로 보기에 이 계약은 오로지 내게 유리하다.

내가 정령왕을 돕는다고 그가 얻을 이득은 크지 않았다.

그런 계약을 어둠의 정령왕이 가지고 왔다……. 노림수가 있다는 거다. 더불어서 아도니스는 탐욕적인 놈이었다. 다른 건 몰라도 그것 하나만큼은 확실하다.

‘정령의 계약. 서로의 역량을 공유하는 행위. 그저 옆에서 돕는 것만으로도 마족들을 견제하기엔 충분할 터인데. 계약을 꺼내 들었다면, 내게서 따로 얻을 게 있다고 판단한 건가?’

잠시 생각해 보았다.

계약을 함으로써 내게서 얻을 수 있는 것.

내가 다른 마음을 품지 못하도록 계약으로 얽매려는 이유.

‘나를 파악했다. 그런 의미로 받아들여도 되겠군.’

아니라면 계약을 꺼내 들 필요가 없었다.

압도적인 포인트, 던전의 상황, 나의 성장 속도, 나만이 알고 있는 수많은 정보.

전부는 아닐 것이고…….

어디까지 파악을 했는지 모르겠지만, 그중 한두 개라도 알아차렸다면 나라는 존재를 아주 꽁꽁 얽매고 싶을 것이었다.

단순히 옆에서 돕는 것을 넘어서서 직접적으로 개입을 하고 싶겠지.

"거절한다."

득보다 실이 많다. 단언하며 말하자 아도니스의 표정이 달라졌다.

"왜냐? 마계 옥션의 물건도 선점할 기회를 주마. 던전에 필요한 알짜배기 정보도 몇 알고 있다. 그리고 네가 성장하여 나를 돕는다면 우리는 각자의 길에서 최고가 될 수 있거늘!"

역정을 낸다.

하지만 입장이 반대였다.

바로잡아줄 필요가 있었다.

타악!

자리에서 일어나 책상을 때렸다.

"하! 내가 멍청해 보이나? 아니면 듣기 좋은 이야기로 구슬릴 수 있다고 생각할 만큼 내가 만만해 보였던가!"

아쉬운 건 아도니스지 내가 아니었다.

이미 2년간 다른 마족과 비교하여 말도 안 되는 수준의 포인트를 사용한 나였다. 어디까지나 나는 VIP의 고객이었고 최고의 바람잡이였다. 나를 마계 옥션에서 제외시킬 수도 없거니와 핍박하지도 못한다.

아도니스가 바라는 건 정령계의 정복.

보다 많은 포인트를 모으려면 나라는 존재가 필수적이었다. 반대로 나는 정령왕 본인의 도움이 그다지 필요하지 않았다.

드보롱에게 나에 대한 것을 전해 들었을 텐데도 이런 만행을 보인 건 그가 본래 왕의 자리에 있어서다. 입장의 차이라는 걸 경험해 본 적이 거의 없을 것이었다.

아도니스의 굳은 표정이 풀렸다.

드디어 그 미묘한 차이를 깨달은 것이다.

'어찌 나올 테냐.'

적잖이 궁금했다.

깨달은 것과 행동으로 보이는 건 전혀 다르다.

과연 아도니스는 자신의 실책을 만회하고자 있는 그대로 사과할 수 있을까?

아니면 내가 나선 일을 꼬투리 잡아 화를 낼까?

찰나와 같은 시간이 흐르고 아도니스가 입을 열었다.

"흠, 사과하지. 내가 너무 앞서 나갔군."

순식간에 평정심을 되찾은 아도니스는 아무 일 없었다는 듯 편안한 자세를 취했다. 거들먹거리는 기색은 많이 사라졌으나…… 놀랐다.

이처럼 쉽게 인정하다니.

보통 저만한 자리에 있는 이들은 자신의 실수를 인정하려 들지 않게 마련이었다. 적어도 내가 경험한 바로는 그랬다.

대개의 대공들, 특히 우파는 그런 성향이 강했다.

역시 어둠의 정령왕이라고 해야 할까? 우파 따위와 비교하면 미안해질 수준이다.

나는 다시금 자리에 앉았다. 어둠의 정령왕인 아도니스가 체면을 접고 먼저 사과를 했으니 나도 강경한 태도를 유지할 순 없었다.

"정령왕, 비록 그대가 나를 도왔다고는 하나, 실질적으로 우리는 초면이 아닌가? 기본적인 예의조차 상실한 것은 다른 마족들로도 족하다."

"……그렇지. 상호 간의 예의, 별거 아닌 것 같지만 무척 중요하지. 랜달프 브뤼시엘, 너는 재수 없는 다른 마족과는 달라. 그래서 내가 너를 점찍어 본 것이야."

음음.

침음을 내뱉으며 작게 고개를 끄덕인 아도니스는 일견 만족스러워 보였다. 자신의 선택이 틀리지 않았음을 재차 깨달은 듯한 태도다.

그가 이어서 말했다.

"그럼 처음으로 돌아가서…… 내 이름은 아도니스. 어둠의 정령들을 다스리는 어둠의 정령왕이다."

내민 손을 맞잡으며 나도 답해주었다.

"랜달프 브뤼시엘. 지난번 세계수는 고맙게 받았다."

"기나긴 세월을 살아왔지만 설마 마족과 이런 교환을 하게 될 줄은 꿈에도 몰랐느니라."

아도니스가 연방 호탕하게 웃음을 흘렸다.

손을 떼고 작게 미소 지었다.

"오는 말이 고우면 가는 말도 곱다는 말이 있지. 아도니스, 처음 그대가 내게 호의를 보였듯 나도 그다지 그대를 적대하고픈 마음은 없다."

"그렇지. 실로 바른 말이다. 너와는 상당히 죽이 잘 맞을 듯하구나. 이 정도의 자에게 대뜸 계약을 하자는 말을 꺼냈으니 이는 분명히 내 실책이다."

순간 방 안에 훈훈한 분위기가 감돌았다.

잘못 꿰인 단추를 다시 제대로 끼우는 데 성공한 것이다.

이윽고 아도니스가 웃음기를 유지한 채 말했다.

"하지만 랜달프 브뤼시엘, 내가 건넨 계약의 이야기도 썩 나쁜 것만은 아니다. 정령의 계약이라는 것은 왕인 나에게조차 어느 정도 강제력을 발휘하지. 또한 정령계에서 너를 무시할 수 있는 이가 사라질 것이다. 감히 내 권위에 도전하려는 정령은 없으니 말이다."

"남의 권위에 기대는 건 내키지 않군."

"그러리라 보았다. 그러나 있고 없고의 차이는 크다. 뿐만인가? 정령계로의 출입도 보다 자유로워질 터인즉. 아무도 가지는 게 불가능했던 정령계의 보물들, 특이한 정령들을 독차지하는 것도 불가능하지 않다."

정령계의 출입.

확실한 변수다.

억지로 균열을 열 필요가 없다면 내킬 때 정령계를 오갈 수 있었다.

물론 마족의 특성상 다른 정령과 계약을 하는 건 무척이나 힘들 테지만 적어도 남들이 모르는 '길' 하나에 발을 들이는 셈이 된다.

하지만…….

"계약이란 서로에게 득이 되어야 하는 거 아닌가? 들어보면 내게만 유리한 것 같군."

"랜달프 브뤼시엘, 너의 성장은 나로서도 바라는 바다. 그리고 계약 관계를 맺어 서로가 동등해질 권리를 얻게 되는 것이다. 너는 마왕이 되고 내가 정령계를 주름잡게 된다면 이야말로 무적의 조합이 아니냐. 어느 누구도 우리를 건들지 못하리라!"

아도니스는 거칠게 콧김을 뿜었다.

결국 본심은 드러내지 않았다.

장밋빛 미래만 이야기하며 나를 쥐고 흔들려는 것.

나에 대해 얼마나 파악했는지는 끝까지 말하지 않았다.

게다가 이 계약은 쌍방이 서로 평등할 수가 없었다. 어느 쪽이던 끌려다닐 수밖에 없었고, 그건 내가 될 가능성이 높았다. '고객'의 위치에서 내려와 동등한 입장에서 판별하면 더욱 많은 열쇠를 쥐고 있는 게 아도니스인 탓이다.

나는 아쉬움이 생기고 아도니스는 애당초 아쉬울 게 없었다. 마계 옥션에서 물건을 파는 건 본래 그의 소관이다. 누가 사든 팔리기만 하면 된다. 그게 단지 내가 될 뿐이다. 정보도 몇 가지 대수롭지 않은 걸 넘겨주며 생색을 내는 게 가능하다.

반면 포인트를 사용해서 우위를 점하는 건 내가 '고객'이기 때문이다. 계약으로 얽히면 이 입장의 우위가 사라지니…….

당연히 허울뿐인 평등이 된다.

무시하면 되지 않느냐고 할 수도 있겠지만 지금 상황에서나 그게 가능하지 계약은 엄연히 쌍방의 합의로 이뤄지기에 서로가 만족할 대가를 내놓을 필요가 있었다.

"지금 결정을 내리기엔 쉽지 않은 사안 같군."

운을 뗐다.

장점도 있지만 현시점에선 단점이 더 크다. 적어도 포인트 외에 내가 우위에 설 만한 아도니스가 바라는 무언가를 손에 넣기 전까지 이 계약은 유보할 필요가 있었다. 아직은 내가 가진 열쇠가 아도니스보다 적었다.

"하면, 다음 마계 옥션에서 그 대답을 듣자. 어떠냐?"

아도니스가 말했다.

반년이 조금 더 남은 시간.

과연 그 안에 결정을 내릴 수 있을 것인가.

'부족하다.'

반년 가지고는 턱도 없다.

"아도니스, 무엇이 그대를 조급하게 만드는 거지?"

"말했지 않느냐. 주변의 변화가 너무나도 빠르다. 그에 맞춰 나도 대비할 필요가 있다."

"다른 정령왕들의 움직임 때문인가?"

"그래, 그리고 천계 또한……. 마족들도 무사하진 못한다. 그러니 그 전에 우리 둘이 연합하여 힘을 쌓아둘 필요가 있는 것이다."

그 말을 끝으로 아도니스가 입을 닫았다.

다른 정령왕들과 천계의 움직임.

엄연히 '불법'을 저지르고 있는 아도니스의 입장에선 조급해질 만하다. 이제 고작 3년이 안 되었으니 준비가 너무나도 부족한 탓이다. 그들이 아도니스의 행위를 포착하고 공격한다면 막아내는 건 불가능하다.

뭐라도 하나 확실하게 붙잡고 가고 싶은 마음은 이해했다.

성장성이 큰 나를 옭아매 자신의 취향껏 사용할 생각이겠지. 어쩌면 나를 앞세워 방패막이로 사용할 작정인지도 모르겠다. 너무 앞선 판단일 수도 있지만 변수는 최대한 파악해 두는 게 좋다. 특히 최악의 경우는 후자였다.

생각해 보면 홀로 중립이며 그런 주제에 적당히 세력이 있는 나만큼 써먹기 좋은 패가 없었다.

"아도니스, 그렇기에 더더욱 서로가 신중해질 필요가 있지 않겠나. 솔직히 나 혼자 모든 대공을 상대하는 건 벅찬 일이다. 그대의 조력이 있다면 확실히 든든하긴 할 테지. 하지만 공고한 신뢰를 쌓는 데에는 시간이 필요하다. 우리가 서로가 등을 맞대고 싸울 그날…… 그럴 수만 있다면 그게 누구이든 적이 되지 못할 것이다."

아도니스의 눈을 주시했다.

나는 마왕이 될 셈이었고 상식적으로 나 혼자 모든 대공을 상대하는 건 불가능하다. 내가 회귀라는 히든카드를 뽑지 않았다면 말이다.

그것을 아도니스는 모른다. 당연히 자신밖에 도울 이가 없다고, 자신에게 손을 내밀 수밖에 없다고 판단할 것이었다.

"허…… 랜달프 브뤼시엘, 너는 진정 마족 같지가 않구나. 거기다가 오만인지 진실인지 모를 자신감마저 보이지 않더냐. 내 등 뒤로 서려면 그저 그런 수준으로는 턱도 없음을 알고 있을 것이다."

"천만."

"천만?"

"지금 내가 가진 포인트의 총합이다."

"……마계 옥션이 끝나고 얼마 지나지 않았거늘. 정말이더냐?"

심지어 2차 마계 옥션에서도 수백만의 포인트를 사용했다.

아도니스의 반응을 보며 그가 나에 대해 파악한 범위가 완전하지 않음을 깨달았다.

겉핥기식.

그것만 가지고도 나를 탐냈다는 뜻이다. 한계를 깨줬으니 더욱 군침을 흘리며 신중이 대처하려 들 것이었다.

나는 피식 웃었다.

"거짓이라면 다음 마계 옥션에서 즉시 들통 날 일 아닌가? 그 정도로 어리석진 않다."

"말인즉, 다음 마계 옥션에서 천만 포인트 이상을 사용하겠다는 의미냐?"

"물론 그만한 물건을 준비해 놔야겠지."

아도니스의 이맛살이 살짝 구겨졌다.

고민에 휩싸인 얼굴.

그러나 곧 결정을 내렸다.

"좋다. 그만한 저력. 당장 내가 도울 필요는 없을 것 같구나. 시간을 두고 서로의 관계가 정립되거든 그때 다시 계약의 이야기를 하겠다. 서로의 등을 맞댈 수 있는 그날 말이다."

아도니스가 한 발자국 물러났다.

"양해해 줘서 고맙군."

"아니다. 실로 타당한 의견이었다. 어쨌거나…… 이 이야기는 여기까지 하지. 그보다 이런 자리에 술과 미녀를 빼놓을 순 없는 노릇 아니겠느냐."

"친구의 호의를 받아들이지."

"친구라! 푸하! 그래, 친구의 호의는 받아들여야 하는 법이다."

친구!

아도니스가 최초로 그 단어를 입에 담았다.

큰 의미는 없지만 호의적인 관계가 지속된다는 것을 뜻했다.

쿵!

아도니스가 탁자를 두드리며 크게 외쳤다.

"드보롱! 준비한 술과 여자들을 들이라!"

작은 연회가 열렸다.

상 위에 갖은 술과 과일이 널리고 수십의 미녀가 줄지어 정렬했다.

"받아라. 한 상자의 금은보화를 내놔도 한 잔조차 주지 않을 진귀한 술이다!"

아도니스는 만신창이였다. 전신의 옷을 벗어 던지고 술과 여자에 취해 방탕한 기질을 그대로 엿보였다.

하지만 그 중간중간 나를 살피는 눈빛은 결코 죽어 있지 않았다. 더욱 나라는 존재를 파악하고자 빠르게 움직이고 있었다.

받은 술을 단번에 비운 뒤 감탄을 내뱉었다.

"굉장한 술이로군."

"푸하! 말했지 않느냐! 오늘같이 특별한 날에만 내주는 술이니 영광으로 알라!"

"술은 즐기지 않는 성격이지만 이런 술이라면 날마다 마실 수 있을 것 같다."

"어디 술만 즐기려 하느냐? 옆에서 느껴지는 나긋나긋한 손길들을 죄다 거부한 채? 아니면 데려온 녀석들이 마음에 들지 않더냐!"

"본래 맛있는 것은 마지막에 먹어야 더욱 달콤하지."

나는 근처의 여자들 중 서큐버스 하나를 품에 안았다. 술과 여자. 아주 좋아하진 않지만 그렇다고 싫지도 않다. 준다면 받는 게 인지상정.

여기선 조금 망가져 줄 필요가 있었다.

술잔을 기울여 가슴골에 천천히 술을 부었다. 그리고 서큐버스의 귓불을 잘게 씹었다.

Dungeon Hunter

연회가 끝난 뒤 서큐버스가 챙겨주는 옷을 입고 밖으로 나섰다.

그 앞에서 드보롱이 우뚝 선 채 대기하던 중이었다.

"연회는 즐거우셨습니까?"

"더할 나위 없더군."

“다행입니다. 제가 드린 부탁도 문제없이 넘어간 모양이군요.”

“애당초 그대들과 나는 서로가 돕는 관계이지 않은가. 거부할 필요는 없겠지.”

적당히 진심을 담아 말했다.

드보롱이 미소 지으며 나를 안내하기 시작했다.

처음 소환된 장소로 들어섰다. 아직도 남은 균열이 일렁이고 있었다.

내가 균열 안으로 들어서자 드보롱이 깊숙이 고개를 숙였다.

“그럼, 랜달프 브뤼시엘 님. 다음 마계 옥션에서 뵙겠습니다.”

Chapter 30

이상 증식

Dungeon Hunter

던전의 18층.

산간지대이며 샤벨 타이거가 주를 이루는 장소.

600마리 이상의 샤벨 타이거가 있었지만 모두 한데 뭉쳐 다니는 것은 아니었다.

엄연한 서열이 있으며 무리의 구성도 달랐다. 대략 50마리 정도가 한 무리를 형성했고 영역을 갈라 서로 힘 싸움을 하고 있었다.

그리고 그중 최강이라 평가받는 샤벨 타이거의 우두머리. 무려 100마리를 이끄는 샤벨 타이거가 짝짓기에 성공했다.

씨를 여럿 뿌렸지만 이상하게 출산이 되지 않았는데, 꼬리가 매력적인 암컷과 짝짓기를 하고 드디어 새끼를 밴 것이다.

3개월의 임신 끝에 태어난 새끼는 한 마리. 무척이나 건강했다.

문제는 새끼의 색깔이 다르다는 것.

평범한 샤벨 타이거는 갈색의 멋진 갈기를 가져야 정상이건만 이 녀석은 하얗다. 전신이 하얘서 유별나게 눈에 띄었다.

샤벨 타이거는 민첩함과 그림자 속에서 적을 낚아채는 은신성으로 높게 평가를 받는다. 이렇게 하얘서는 표적이 되기 십상이다.

우두머리는 결심했다.

어렵게 낳은 고작 한 마리의 새끼였고 자신을 이어 이 무리를 이끌어 나가야 할 존재였다. 다른 수컷에게 이 자리를 양보할 생각은 터럭만큼도 없었다.

모질게, 엄격하게. 간혹 이 던전의 주인이 넣어주는 오크 무리를 사냥토록 하며 기술을 늘렸다. 새끼는 잘 따라줬다.

그리고 몇 개월이 더 지나자 우두머리는 자신이 착각했음을 알았다.

이놈은 일반적인 샤벨 타이거와 궤를 달리한다.

진정한 샤벨 타이거의 왕이 태어난 것이다.

하지만 이 작은 왕은 너무나도 특출했다.

던전의 주인에게마저 반기를 들 정도였으니.

하얀 샤벨 타이거. 통칭 흰색.

태어난 지 고작 수개월 만에 웬만한 성체만 한 크기로 자라 있었다. 뿐만 아니라 벌써 수십 마리의 샤벨 타이거가 따르도록 만들어 자신만의 무리를 구축했다. 그중에는 이제 막 태어난 신출내기가 많았다.

흰색이 태어나며 번식률이 크게 늘었다. 그 시기에 나타난 숫자만 무려 300에 달했다.

당연히 성장하며 서열 싸움이 본격화될 수밖에 없었다. 그 치열한 전장에서 가장 특출한 성적을 보인 것이 흰색이었다.

하지만 흰색은 그다지 감흥이 없었다. 원래 자신이 있어야 할 자리인 양 자연스럽기만 하였다. 도리어 불만은 따로 있었다.

먼저, 흰색은 지능이 높았다. 다른 놈들은 죄다 머저리라고 느껴질 정도로 수준 차이가 났다. 훨씬 민첩했고 힘도 강했다. 지금도 성체 다섯 마리는 달려들어야 겨우 맞수다. 시간이 지날수록 이 차이는 커질 터였다.

이 층을 지배하는 건 일도 아니다. 오히려 하얀색의 샤벨 타이거는 이 층이 너무나도 비좁다고 생각하고 있었다.

그래, 비좁다.

층을 벗어나 활개치고 싶다.

그러나 어른들은 말린다. 그래선 안 된다며, 던전의 주인을 거역할 순 없다며. 그 앞에 서게 되거든 거의 본능적으로 따르게 된다는 것이다.

말도 안 돼.

자신은 왕이다. 자유의 상징이다. 누군가가 억압할 순 없었다.

크롸아앙!

흰색이 울부짖었다.

자신의 무리에 속한 이들이 모였다.

그렇다면 우선 이곳을 접수한다. 진정한 샤벨 타이거의 왕이 되어 층을 이탈하겠다. 그 뒤 다른 곳을 지배해 더욱 세력을 넓혀 던전의 주인마저 넘어서겠다.

하얀색의 샤벨 타이거가 이곳의 진정한 왕이 되겠노라 선포했다.

무리의 숫자가 점점 늘었다.

흰색은 압도적인 힘의 차이로 모든 무리를 굴종시켰다.

그렇게 절반에 달하는 숫자를 손에 넣었을 무렵.

부딪쳤다.

자신과 똑같이 유별난 존재.

까만 놈!

까만 샤벨 타이거는 비슷한 시기에 태어난 특이체였다.

놈은 완전 반대편에서 세력을 늘렸으며 어느덧 비슷한 수준까지 도달했다.

또한 녀석은 강하다. 인정하는 바였다.

하지만 왕은 오직 하나.

서로 부딪치는 건 필연.

우두머리끼리 싸우기를 청하며 날카로운 이빨을 박았다.

서로의 몸에 피가 낭자할 때까지 싸웠으며 그 결과, 흰색이 승리했다.

까만 샤벨 타이거는 패배를 선언했다. 흰색은 단번에 왕의 자리에 오른 것이다.

하지만 여기서 끝낼 리는 없었다.

하얀색의 샤벨 타이거는 이 층이 아니라 이 던전 자체의 왕이 되겠노라고 다짐하며 대거의 무리와 함께 층을 올랐다.

한 층을 오르자 다크 베어가 나타났다.

숫자 자체가 많지 않았기에 이들을 물리치고 영역을 넓히는 건 간단했다. 그러나 20층은 바다였다. 흰색은 고민하다가 우회하는 길을 선택했다.

아래층에서 바다를 건널 수 있는 방법을 구해보자고 판단한 것이다. 내려가는 족족 적들을 약탈하고 굴복시키며 15층에 도달했다.

이곳은 특이하게 다크 엘프가 있는 장소였다.

흰색은 만족스러웠다. 이들이라면 바다를 건널 방법을 알려줄 것이다. 하지만 흰색은 타협을 몰랐다. 자신의 무리에 속하지 않은 짐승은 모두 적이다. 억지로 그 방법을 내뱉게 만드는 게 최선이라고 여겼다.

이윽고 다크 엘프의 무리와 부딪치게 되었다.

"하필이면 요정님이 쓰러지시고 던전 마스터께서 매우 바쁘신 지금……."

가장 선두에 선 다크 엘프.

암컷이다. 다른 다크 엘프와는 전혀 다른 채취를 흩뿌리는, 동시에 처음으로 느껴보는 압박감이 전신에 스며들었다.

크르르!

항복해라.

"어떻게 18층을 빠져나왔는지는 모르겠지만 이것도 이상 증식의 영향인 모양이군요. 어쩔 수 없지요. 예로부터 버릇없는 개에겐 몽둥이가 약이라고 배웠습니다."

"여왕님, 저희가 처리하겠습니다."

"아닙니다, 장로님. 저 백치호와 흑치호는 일반적인 샤벨 타이거와는 전혀 다른 강함을 소유하고 있습니다. 아직 성체가 아니어서 그나마 다행이에요. 여기선…… 미안하지만 제가 나서야 할 것 같습니다."

차륵. 차르륵.

크리슬리가 지팡이를 쥐자 용아병들이 걸어 나왔다.

"이럴 때 나의 던전 마스터께선 어찌 말씀을 하셨을까요?"

"이렇게 말하시지 않았을지요?"

크르아앙!

감히 내 앞에서 긴장을 풀어?

흰색은 사납게 울부짖었지만 줄리엄은 여유로운 얼굴로

피식 웃으며 말했다.

"'주제를 알라'라고 말이지요."

Dungeon Hunter

최상층.

던전 코어 앞에서 나는 팔짱을 낀 채 이히를 내려다보고 있었다.

이히는 축 늘어져 있었다. 시체처럼 힘없이 쓰러져선 가냘픈 숨을 이어 나갔다. 영체인 요정은 굳이 숨을 쉴 필요가 없고 그 '형태'를 따라하는 것에 불과하지만 저 숨이 멈추거든 다시 근원으로 돌아가 버린다.

이히가 이히일 수 있도록 만드는 자아. 그것을 잃어버릴 가능성도 있었다.

"으으으……."

이히는 몸을 잘게 떨었다.

나는 가만히 손을 뻗어 이히의 이마를 덮었다.

그제야 떨림이 조금 잦아들었다.

'이상 증식. 즉, 던전의 생태계가 망가지기 시작한 이후부터 던전 코어와 이히에게 무리가 가기 시작했다.'

정령계에 다녀오고 며칠이 지난 시점이었다.

번식률이 갑자기 팽창하여 마력의 흐름에 지장이 생겼다.

일시적인 현상이라 여기며 넘어간 게 실수다.

이히가 고통을 호소할 때 빠르게 대처를 했어야 했다.

나는 당시의 기억을 떠올렸다.

"마스터, 이히가 조금 아픈 거 같아요."

"……."

"막 어지럽고요. 몸이 으슬으슬 떨려요. 감긴가? 아! 아니면 이게 바로 사랑?"

"……."

"히잉, 진짜 아픈데. 이히는 이제 날아다니기도 귀찮아요. 마스터 어깨 위에 누울래요."

징조는 분명히 있었다.

농담으로 여기지 말고 조사를 했다면 조금은 이야기가 달라졌을지도 모른다. 하지만 대수롭지 않게 넘어간 탓에 작금의 상황에 이르렀다.

이상 번식. 이전과 비교하여 무려 500% 이상이 늘었다. 던전 코어는 던전 내 마수들의 마력에도 간섭을 하는데 그 한도를 초과해 버린 것이다.

천천히 늘어났다면 그 숫자가 몇이든 상관이 없다. 한 번 마력 조정을 해놓으면 이후부터는 크게 신경 쓸 필요가 없기 때문이다. 결국 그 조정이라는 것도 마수들이 던전에 적응할 수 있도록 만드는 게 전부였으니까.

'원인은 짐작이 간다. 근원의 나무겠지.'

맞다. 번식률에 크게 관여할 수 있는 존재는 근원의 나무뿐이었다. 하지만 어째서 이와 같은 폭주를 일으킨 것인지는 감이 잡히지 않았다.

'축복을 풀어도 이상 증식에는 변함이 없었다.'

풍요의 여신상의 축복이 계속되고 있어서 그런 줄 알았다. 하여 축복을 멈춘 채 나아지길 기다렸건만 시간이 지나도 변하는 건 없었다. 도리어 번식률이 계속해서 증가했다.

"마스터……."

이히가 잠꼬대를 중얼거렸다.

으득!

작게 이를 갈았다.

다른 이라면 몰라도 이히는 내게 있어서 상당히 중요한 위치에 있었다. 독불장군이던 전생에서조차 나를 위해 헌신한 이를 어찌 내버릴 수 있겠는가.

이히가 내 앞을 막아서지 않는 이상 내가 이히를 버릴 일은 없을 것이다.

"나의 던전 마스터시여."

"크리슬리인가."

몸을 돌리자 크리슬리가 가까이 다가왔다.

"보고드릴 게 있습니다. 괜찮으십니까?"

"괜찮다. 무슨 일이지?"

"층을 이탈한 백치호와 흑치호가 15층으로 쳐들어왔습니다."

"아아, 그 녀석들인가. 한데 층을 이탈해 15층을 습격했다?"

백치호와 흑치호의 탄생에 대해선 나도 아는 바였다. 성체가 되면 상급 5Lv, 4Lv이 되는 우수한 특이체였다. 특히 백치호는 만물상점에서도 구할 수 없는 특수한 마수였다.

그런데 층을 이탈해 15층을 습격했다?

던전 코어가 제대로 작동했다면 있을 수 없는 일이었다. 애당초 내가 허락한 존재 외에 층을 벗어나는 건 금기시되어 있을 것이었다.

의아해하며 묻자 크리슬리가 답했다.

"아무래도 이 역시 이상 증식에 따른 영향인 것 같습니다. 제압해 놓긴 했습니다만 여전히 이빨을 감추지 않더군요."

"내가 가 봐야겠군."

"나의 던전 마스터시여, 아주 급한 일은 아닙니다."

크리슬리는 이히가 걱정된다는 듯 슬쩍 시선을 던전 코어 쪽으로 돌렸다.

하나 나는 고개를 저었다.

"아니다. 보러 가겠다."

던전 내에서 코어의 영향을 벗어난 마수.

솔직히 궁금하긴 하였다. 심지어 층을 벗어나 다른 층을 습격할 생각까지 하다니. 필시 예삿일은 아니었고 평범한 놈도 아니었다.

15층. 근원의 나무 옆에 백치호와 흑치호가 묶여 있었다. 나머지 샤벨 타이거는 18층으로 다시 추방을 했는지 보이지 않았지만 사건의 주범인 이 두 놈은 확실하게 처리할 필요가 있었다.

크르르르!

크라아앙!

"흰둥이와 깜둥이로군."

나는 가만히 시선을 내려 두 놈을 바라봤다.

백치호와 흑치호는 날카로운 이빨을 드러내며 사납게 울부짖었다. 하지만 나는 그 속에 내재된 공포를 보았다.

던전 코어의 영향에서 벗어났대도 나로부터 완전히 벗어날 수는 없었다.

"보아하니 내게 큰 반감이 있는 듯한데……."

나의 던전에 자리 잡은 마수가 내게 반기를 든다. 어이가 없었지만 재밌기도 했다.

그때, 백치호가 억지로 얼굴을 들어 나를 물려고 했다.

크롸앙!

"이제 알겠군. 그래, 한 산에 왕이 둘 있을 순 없지."

피식 웃고 말았다.

녀석의 태도를 보니 조금은 알 것 같았다.

18층을 지배한 걸로도 모자라 던전의 주인이 되고 싶었던 모양이다.

하나, 어림도 없다.

이 던전의 주인은 나다. 당연히 백치호의 주인도 나다.

"나의 던전 마스터시여, 저 배은망덕한 놈을 제가 죽여도 될는지요? 그런 마음을 품고 있다니 용서할 수 없습니다."

크리슬리가 살짝 뿔이 난 표정으로 내게 다가왔다.

하지만 나는 손을 들어 크리슬리를 막았다.

"왕이 되는 게 얼마나 어려운지 왕인 내가 직접 알려줘야 깨달을 것 같군."

이어 분노를 꺼내 들며 말했다.

"주제를 알라."

백치호는 쉽게 굽히지 않았다. 비록 이빨 한 번, 손톱 한 차례 스치지 못했지만 자신의 패배는 있을 수 없었다. 왕은 본래 그러한 법이니까. 그러나 상대는 강했다.

살이 발라지는 고통. 탈진하여 쓰러지자 다크 엘프 여인이 치료해 주었다.

몸을 충분히 움직일 수준이 되면 다시 싸웠다.

하지만 몇 번을 싸워도 마찬가지였다.

쓰러지면 치료해 주고 치료를 받아 나으면 던전의 주인은 다시 검을 휘둘러 왔다.

그 과정을 열 차례쯤 반복하자 백치호가 꼬리를 내렸다.

크르…….

잔인한 놈!

백치호는 울었다. 난생처음 겪어보는 설움이었다. 왕으로 태어나 무리를 이끈 자신이 이처럼 허무하게 깨질 줄은 상상도 하질 못한 것이다. 하물며 상대는 너무나도 잔인했다.

"크리슬리, 백치호를 치료해 주어라."

만신창이로 바닥을 뒹구는 백치호를 가리키며 던전의 주인이 입을 열었다. 그러자 다크 엘프 여인, 크리슬리가 조심히 의견을 개진했다.

"나의 던전 마스터시여, 포션에 기대는 것도 한계가 있습니다. 목숨에 지장이……."

"저 눈빛을 봐라. 저놈은 아직 매가 부족하다."

크릉!

충분하다!

백치호가 구슬프게 읊조렸다. 최대한 적의를 없애고 꼬리를 낮게 내렸다.

"보아라. 뛰어들 자세를 잡았다. 아직 더 할 수 있다는 뜻이지."

"……그냥 포기한 게 아닐는지요?"

이대로는 진짜로 죽겠다는 생각에 백치호는 자존심을 버렸다.

아예 배를 뒤집고 벌러덩 드러누웠다.

"내 방심을 유도할 작정인가? 어림도 없는 짓을 하는군."

트집이다. 그러나 이곳에서 약자는 백치호였다. 약자의 의견 따위가 스스럼없이 받아들여질 리 만무했다.

결국 그로부터 다섯 번 더 사경을 헤맨 뒤에야 처절한 전투가 끝을 맺었다. 일방적으로 두드려 맞은 것에 불과했지만 백치호는 확실히 깨달을 수 있었다.

하늘 위의 하늘. 진정한 왕이 있다는 것을!

자신은 왕이 아니었다.

왕이고 싶은 한 마리 짐승일 따름이었다.

검집에 검을 집어넣던 진짜 왕이 슬쩍 다시 검을 빼 드는 시늉을 했다.

끼이잉!

이제는 저 자세만 봐도 경기가 일어난다.

그를 본 던전의 주인이 말했다.

"사냥개로는 쓸 만하겠군."

나는 백치호와 샤벨 타이거를 이용해 한 가지 계획을 세웠다.

이상 증식을 일으키는 종을 최대한 적은 숫자로 유지시키는 작업이다.

그러기 위해선 보다 많은 사냥꾼, 그리고 사냥꾼을 통솔할 지휘자가 필요했다.

샤벨 타이거 역시 이상 증식한 종 중 하나였지만 이 과정에서 상당수가 떨어져 나가리라 보았다.

어찌 보면 잔인하기 짝이 없는 작업. 그러나 던전의 유지와 생태계의 선순환을 위해선 필수불가결한 일이었다.

'부족하다.'

하지만 일의 진행 속도가 번식률을 따라가지 못했다.

중간에 업적 하나가 떠오르긴 했지만…….

[우수한 업적! 던전 마스터 스스로 아무런 의미 없이! 휘하의 마수 2,000마리를 학살했습니다.]

[200,000pt가 지급됩니다.]

[업적 점수 800점이 추가됩니다.]

지금 중요한 건 이런 자잘한 업적이 아니었다.

당장 던전이 유지되느냐 마느냐의 기로에 서 있었다.

최고의 사냥꾼이라 일컬어지는 샤벨 타이거로도 부족하니 특단의 조취가 있어야 할 듯싶었다.

'던전 코어의 여력이 남아 있을 때 몬스터 웨이브를 일으켜야겠군.'

안에서 해결이 불가능하다면 바깥으로 내보낼 수밖에.

결단을 하자 행동은 빨랐다.

이후 나는 칠천에 달하는 마수를 방생시켰다.

던전을 빠져나온 마수들이 마구잡이로 진격했다.

지휘하는 자도, 미리 내려온 명령도 없다. 거리낌 없이 주변의 모든 것을 포식할 수 있다는 의미. 더불어서 던전 밖을 감시하던 타 마족의 마수들도 자연스럽게 처리가 되었다.

마수의 급도 가지각각이었다. 최하급에서부터 중급에 이르는 다수의 마수는 보는 이로 하여금 오금을 저리게 만들기에 충분하였다.

그러나 인간들도 마냥 당하고 있지만은 않았다.

유은혜, 그리고 에드워드 윈저가 선봉에 섰다.

"다 죽여 버릴 거야!"

"누나, 등 뒤는 나한테 맡겨요."

둘의 콤비는 나날이 좋아졌다. 특히 유은혜의 경우 전투에 있어서 극성으로 변모했다. 마수만 보면 미쳐 날뛰기 시작한 것이다.

에드워드도 마수에겐 좋지 않은 감정이 가득하니 중급의 마수조차 쉽사리 둘을 상대하지 못했다.

게다가 다른 길드의 각성자들도 빠르게 성장하는 중이었다.

인류의 적. 공통으로 분노할 상대!

쉴 새 없이 몰아붙인 탓에 적응하고 나아간 것이다.

그 옆에서 천명회의 길드 마스터 김용우가 검을 크게 들었다.

"이길 수 있습니다! 이겨야 합니다! 우리에게 패배는 없습니다!"

'그날'이 기점이었다.

영웅이 죽은 그날.

자신들을 대신해서 막아줄 사람이 없어진 그때.

본격적으로 위협이 피부에 와 닿자 그들은 변했다.

대한민국의 사람들은, 각성자는 이제 더 이상 바라만 보거나 도망만 다니는 존재가 아니었다.

다수의 마수를 방생했지만 나는 그게 임시방편일 뿐임을 알았다. 조금의 여유는 얻을 수 있을지언정 영원한 평안은 얻지 못한다.

근본적인 원인을 제거하지 않는 한 같은 문제가 계속해서 터져 나올 것이다.

번식률은 꾸준히 늘어나기만 했다. 결코 줄어들질 않았다.

시간이 흘렀다. 내 초조함이 극에 달했다.

이히는 아예 깨어나질 않았고 던전 코어의 빛은 나날이 약해졌다.

'근원의 나무.'

원인이 뭔지 알고는 있다.

알고는 있지만 손을 쓸 수가 없었다.

하나…….

나는 분노를 뽑았다.

15층으로 향해 근원의 나무와 대치했다.

"던전 마스터시여, 화를 가라앉히십시오. 분명히 해결할 다른 방도가 있을 것입니다."

내 기세를 읽은 줄리엄이 무릎을 꿇은 채 간곡히 빌었다.

이 나무가 그들의 염원임을 모르진 않았다.

하지만, 하지만 말이다.

이미 내 인내심은 바닥이 나버렸다.

"줄리엄, 원인을 제거하면 뒤탈이 없다. 조금 더 빨리 결정했어야 했는데 오히려 늦은 감이 있지."

수욱!

파삭!

검을 휘둘렀다. 근원의 나무의 모퉁이가 잘려 나갔다. 그것을 본 줄리엄이 몸을 크게 떨고 내 바짓가랑이를 붙잡았다.

"아아……! 아니 됩니다! 제발, 제발 근원의 나무만은!"

"던전이 무너지면 이곳도, 이 나무도 없는 것과 같다. 막지 마라. 한 번 더 그러한 행동을 보인다면 너도 함께 베어버리겠다."

구우우우우우―!

바로 그때였다. 근원의 나무가 비명과 같은 소리를 내질렀다. 가지를 넓게 펼쳐 자신을 방어했다.

그러나 부질없는 행위일 따름이다.

파사삭!

수백의 가지가 덧없이 잘려 나갔다. 다크 소드까지 발현한 상태. 잘려 나간 가지는 다시 자라지 못한다.

구우우우우!

"닥쳐라. 참을 만큼 참았다. 제아무리 특수한 존재라도 내게 방해된다면 필요치 않다."

무덤덤하기 그지없는 표정.

내가 검을 들자 줄리엄과 주변의 다크 엘프 모두가 아예 눈과 귀를 막았다. 더는 들을 수 없다는 듯이 눈물을 흘리는 이들도 있었다.

근원의 나무는 그들의 꿈이며 희망이다. 이 던전에서의 유일한 안식처다. 그것이 지금 무차별하게 잘려 나가고 있었다. 한데도 막지 못한다. 그 무력감이 전신을 휘감았다.

아예 숨통을 끊어놓을 기세로 검을 정중앙에 박아 넣을 찰나.

"……나의 던전 마스터시여, 찾았습니다. 자연과 소통할 수 있는 이를요."

던전을 나갔던 크리슬리가 급히 돌아왔다.

작은 인간 여자아이를 대동한 채로.

인간 여자아이.

이제 아홉 살 정도나 되었을까?

던전과는 전혀 어울리지 않는 존재.

주변의 다크 엘프가 두려울 법도 하건만 의연하다.

한데 여자아이는 근원의 나무를 바라보더니 대뜸 눈물을

흘렸다.

"아아……."

근원의 나무 근처로 다가간 여자아이가 자리에 주저앉았다. 그리고 근원의 나무를 작게 안으며 보듬기 시작하였다.

나는 여자아이가 각성자임을 단번에 꿰뚫어 봤다. 흐릿한 눈동자. 이지가 정상적이지 않다는 것 역시 알아보았다.

"자폐아인가?"

"예, 하지만 자연과 소통할 수 있는 건 확실합니다."

크리슬리는 자신이 이번 일을 해결해 보이겠다며 던전을 나갔었다. 그게 2주일 전이다.

그렇다면 저게 해답이라는 뜻.

나는 심안을 열었다.

이름 : 이사랑

직업 : 용사(자연인)

칭호 :

*자연을 위로하는 자(Ex U, 마력+8)

능력치 :

힘 21

지능 3

민첩 15

체력 18

마력 55(+8)

잠재력 (114+8/425)

특이사항 : 지능이 매우 낮습니다. 하지만 이로 인해 자연과 더욱 긴밀하게 소통하는 것이 가능해졌습니다.

스킬 : 위로(Ex U), 자연동화(R), 자연소통(U)

익숙한 이름. 익숙한 스킬. 아주 높은 잠재력.

'자애의 여왕.'

유은혜가 전생에서 '번개의 여왕'으로 이름이 드높았다면 눈앞의 이사랑 또한 다른 의미로 매우 유명했다.

후반기. 지구의 식량이 매우 부족해지자 인간은 인간을 먹었다. 각성자들도 서로가 쉬이 믿지 못할 그 시기에 나타난 게 이사랑이다.

그녀는 강력한 자연동화 스킬로 죽어버린 땅을 살아나게 만들었다. 식물들이 뿌리를 박고 열매를 맺을 수 있도록 지대한 공헌을 했다.

식량 문제가 해결되자 각성자들은 다시 뭉쳤고 결국 마족들과 제대로 한판 벌일 수 있는 여력을 쌓게 되었다.

그리하여 이사랑에게 붙은 이름이 '자애의 여왕'이다.

거리낌 없이 평등하게 사랑을 전파해 인간 모두가 우러러봤다.

한국인이라는 건 알고 있었지만 느닷없이 나타나고 사라

진 인물이라 솔직히 별 기대는 없었는데, 전혀 의외의 장소에서 맞닥뜨리게 된 것이다.

'자연과의 소통이라…….'

확실히 이사랑의 움직임은 범상치 않았다.

던전에서 별 영향을 받지 않고 오로지 근원의 나무만 신경을 쓴다. 게다가 이사랑이 보듬자 근원의 나무도 비명 소리를 없앴다.

"하지만 자폐아라면 대화가 어려울 텐데? 우리의 문제를 해결할 수 있을 것 같지는 않군."

자연과 대화가 가능하대도 그뿐이라는 게 걸린다.

크리슬리도 그 부분에 있어선 난색을 표했다.

"해결의 열쇠임은 틀림없는 듯싶습니다. 나의 던전 마스터시여, 조금만 더 시간을 주신다면……."

"아! 아!"

크리슬리가 말을 하던 도중이었다.

이사랑이 한 손으로 나무를 보듬고 자신의 가슴을 마구 때렸다.

무언가 답답한 듯이.

"……일주일을 주겠다. 저 아이의 행동을 분석하고 나무가 폭주를 멈출 방법을 강구하라."

"감사합니다, 나의 던전 마스터시여. 실망하시지 않도록 하겠습니다."

크리슬리가 고개를 숙였고 그 옆에서 줄리엄이 안도의 한숨을 내쉬었다.

스륵!

검을 집어넣었다.

이후 몸을 돌려 최상층으로 올랐다.

정확히 일주일이 지났다.

그리고 나는 이히를 한 손에 쥔 채 근원의 나무 앞에 서 있었다.

내 왼편에 선 크리슬리가 점잖게 말했다.

"근원의 나무에겐 반드시 필요한 존재가 있는 것 같습니다. 지금은 그게 없어서 자신을 절제하지 못하는 것 같더군요."

"그게 이히다?"

"정확히는 근원의 정령입니다. 타쉬말이 증언해 주었습니다."

타쉬말도 함께하고 있었다.

"맞다. 나도 처음에는 이상하게 생각했지. 근원의 나무와 근원의 정령은 서로가 한 쌍을 이룬다. 아직 어려서 없다고 여겼는데, 아예 처음부터 빠져 있었던 모양이군."

나는 이히와 근원의 나무를 한 차례 번갈아 보았다.

"이히는 요정이다. 비슷하지만 정령과는 분명히 다른 존재이지. 과연 대체제가 될 수 있단 말인가?"

정령은 정령계에서 태어난다. 하지만 요정은 자연 속에서 오랜 시간 숙성하여 자아를 갖는다.

당연한 물음을 던지자 크리슬리가 답해주었다.

"나의 던전 마스터시여, 요정님은 매우 특별하십니다. 무려 던전 코어와 엮여 있지요. 그 방대한 마력으로 이어져 있는 겁니다. 근원의 나무를 제어할 힘은 충분할 겁니다."

"좋다. 방법은?"

"인간 여자아이의 스킬 중 '동화'가 있습니다. 중간에서 여자아이가 매개체 역할을 해준다면……."

"아! 아!"

이사랑이 쪼르르 다가와 까치발을 세워 이히를 올려다봤다.

마치 자신에게 달라는 듯 손을 뻗었다.

"잘해야 할 것이다. 여기서 살아 나가고 싶다면."

위협하며 이히를 건넸지만 씨알도 먹히지 않았다.

이히는 영체지만 던전 코어의 권한을 내가 새로이 받았다. 그 권한으로 허락된 자에게 영체를 만질 기회를 주는 게 가능하다.

이사랑은 이히를 받아 들고 쪼르르 근원의 나무로 달려갔다.

그 사이에서 눈을 감더니 곧 '자연동화' 스킬과 '자연소통' 스킬을 본능적으로 사용했다.

고오오-

근원의 나무가 작게 울었다. 공명이 시작된 것이다.

Chapter 31

던전 파괴

주변의 모든 이가 숨을 죽였다. 나 역시 마찬가지. 조용히, 그러나 강렬하게 이사랑과 이히를 바라봤다.

전생에서 자애의 여신으로 이름이 드높았던 이사랑.

크리슬리가 그녀를 데려왔다. 전혀 예상하지 못했고 하물며 근원의 나무가 가진 문제를 해결할 수 있는 카드일지는 더더욱 몰랐다.

운명? 인연?

그런 추상적인 것들은 믿지 않는다. 그저 크리슬리의 공을 높게 살 뿐.

하지만 해결이 되지 못하고 문제가 더욱 커지기만 한다면…… 잠재력 수치가 425나 되는 이사랑이라 할지라도 책임을 면할 수 없다. 죽이진 않겠지만 그에 준하는 고통이 따르게 되리라. 아예 마음을 잃고 인형이 되도록 만들 작정이었다.

그러니…… 잘해야 할 것이다.

"나의 던전 마스터시여, 시간이 많이 지체될 듯싶습니다. 이곳은 저희들이 지키겠으니 편히 쉬시지요."

하루가 흘렀다. 크리슬리가 말했지만 나는 고개를 저어 보였다.

"아니다. 이 과정 자체가 매우 흥미롭다. 한 장면도 놓칠 수 없다."

또한 중요하다. 이런 중대사에 내가 빠질 수는 없었다.

만약의 사태, 예컨대 던전 마스터로서의 권한이 필요한 일이 생기거든 실시간으로 처리할 필요가 있었다.

실제로 나는 던전 코어의 남은 역량을 이곳에 쏟아붓고 있었다.

그렇게 이틀, 총 삼 일이 지나갔다.

슬슬 이사랑의 몸에 무리가 가기 시작했다. 고작 열 살 정도의 신체. 삼 일간 먹지도 마시지도 않고 용케 버텼다. 자폐아이기 때문이긴 하겠지만 아직도 그녀는 이히와 근원의 나무 사이에서 공명하는 중이었다.

여기서 먹을 걸 반입하여 집중력을 깰 수는 없다.

다시 하루가 더 지났을 때.

고오오오오—!

근원의 나무가 잘게 떨었다.

가지를 뻗어 이히와 이사랑을 안았다.

지난 사 일 중 처음 보이는 작태.

모두가 집중했다. 모든 다크 엘프가 한숨도 안 자고 이 상황을 지켜보고 있었다. 나라고 다르진 않았다.

곧 근원의 나무가 이사랑을 쓰다듬으며 이히를 완전히 품었다.

[근원의 나무가 던전 코어의 요정을 '혼의 동반자'로 인정합니다.]

[근원의 나무가 보다 완전해졌습니다.]

[던전 코어의 요정이 '근원의 요정'으로 승격되었습니다!]

[최초로 요정의 격을 올리는 데 성공했습니다.]

['근원의 요정'은 근원의 나무와 함께하는 존재입니다. 근원의 나무가 사라지면 그 격 역시 원래대로 돌아갑니다.]

[판정 불가. 비슷한 업적을 조명하여 보상을 계산 중입니다.]

[5,400,000pt를 획득했습니다.]

[업적 점수 5,000점이 추가됩니다.]

'훌륭하군.'

여태껏 얻어본 적이 없었던 수치의 보상. 혀가 내둘러질 수준으로 엄청났다.

이히도 조금씩 변해갔다. 날개가 길어지고 팔다리도 조금씩 길쭉해졌다. 머리카락도 자랐다. 여전히 통통한 상이긴 했지만 한 살 정도는 더 먹은 느낌이 되었다.

근원의 나무 중심부에서 이히가 천천히 눈을 떴다.

“……?”

영문을 몰라 하는 표정.

여기가 어디인지 제대로 감조차 못 잡은 듯 주변을 두리번거렸다. 그러다가 나와 눈이 마주치자 이히가 예의 바보 같은 미소를 지어 보였다.

“이히~”

이상 증식이 멈췄다. 예상대로 근원의 나무가 폭주한 영향이었던 것이다.

격이 상승한 이히는 보다 다재다능해졌다. 물리력을 강하게 행사할 수 있었고 근원의 나무를 제대로 활용하는 게 가능했다. 예컨대 뿌리를 강화시켜 그것을 장비의 재료로 활용하게 한다거나 하는 식이었다.

“오오! 세상에 이런 재료가 있다니!”

드워프들은 신이 났다.

신비한 재료를 사용하여 무구를 만드는 게 그들의 낙이다.

최소 레어 등급, 나아가 유니크 등급의 무구조차 심심치 않게 나왔다.

“잎을 이렇게 많이…… 천사들의 양육에 많은 도움이 될 것이다."

그게 전부가 아니었다. 본래 근원의 나무가 가지고 있던 잎사귀는 그 숫자가 적었다. 하지만 이히가 잎이 많이 돋아나도록 조율하여 순식간에 배가 늘었다. 그것을 타쉬말에게 양도하거나 포션의 재료로써 사용하기도 했다.

근원의 나뭇잎은 치료에 강한 효과가 있었다.

게다가 갈아서 장기간 복용하면 능력치가 오르는 것을 확인했다. 반복 효과는 없었지만 덕분에 지능이 2가 올랐다.

"마스터! 이히가 드리는 선물이에요. 이히히."

"이상하게 생긴 구슬이로군."

내정으로 던전의 상황을 확인하고 있을 때 이히가 불현듯 나타났다. 엄지손톱 크기의 영롱한 구슬 하나를 내줬는데 느껴지는 마력이 심상치 않았다.

"이상한 거 아니에요. 이히가 물어봤는데요. 근원의 정수래요. 1년에 하나쯤 만들 수 있대요. 먹으면 아주 좋대요."

이런 것도 있었나?

하여간 근원의 나무가 1년에 단 하나 생성하는 것이라면 대단한 물건임은 분명하다.

심안을 열었다.

이름 - 근원의 정수

설명 : 근원의 나무가 1년간 마력을 집약해 만들어낸 정수. 신에게

진상되지만 구하는 게 거의 불가능해 신들도 특별한 날 복용했다고 전해진다.

*복용 시 잠재력 상한선을 +1 높인다.

'한계 돌파……!'

가만히 정수를 주시했다.

잠재력 상한선을 높인다는 의미는 한계 돌파뿐이 없었다.

마족들의 잠재력 한계치는 500. 모든 능력치를 정확히 100씩 올릴 수 있는 수준이다. 그리고 100부터는 1이 올라갈 때마다 체감이 될 만큼 차이가 크다.

'전생에서 대공들은 한계 돌파를 했었지. 하지만 그 방법은 전혀 알려지지 않았어.'

당연히 근원의 정수로 한계 돌파를 한 건 아닐 테다.

다른 방법을 사용했을 터.

'근원의 정수는 한계 돌파를 할 수 있는 여러 방안 중 하나다.'

고개를 주억였다.

어쨌든 중요한 정보다. 당장 내게는 필요가 없었지만 아도니스라면 어떨까?

잠재력 상한선을 모두 채워서 1의 능력치가 아쉬운 그.

내가 이것을 거래 재료로써 사용한다면 아도니스는 낚일 수밖에 없다.

'중요한 열쇠 하나가 생겼군.'

입꼬리가 절로 올라갔다.

"고생했다."

"이히히, 그럼 이히의 머리를 쓰다듬어주세요."

이히가 머리를 내밀었다.

나는 잠시 머뭇하다가 이히의 머리를 쓰다듬었다.

근원의 요정이 된 뒤로 이히는 더욱 응석둥이가 되었다. 예전이라면 조금이라도 숨기는 기색을 보일 텐데 이제는 거리낌이 없었다.

"이히히히. 아이 좋아. 이히는 이제 꿀벌들 산책시키러 갈래요."

뺨을 붉힌 채 웃어 보인 이히가 쌩하니 날아갔다.

홀로 남은 나는 가만히 손을 내려다봤다.

"흠……."

근원의 요정.

격이 올랐지만 이히는 여전히 이히였다.

Dungeon Hunter

살덩이는 배가 고팠다. 풀과 흙 따위로는 배가 차지 않았다. 지나다니는 벌레, 쥐 따위를 먹어대기 시작했고 그게 더 맛이 있음을 깨달았다. 이후 살아 있는 것들을 찾아다녔다.

시간이 지날수록 살덩이의 몸집은 점점 커졌다. '인간'이

가장 맛있다는 것도 깨달았다. 마을 하나를 통째로 집어삼키자 더욱 많은 인간이 찾아왔다. 그들도 먹었다. 맛있었다.

주변의 모든 인간을 먹어치우자 다시 먹을 게 없어졌다. 살덩이는 원래 있던 장소로 돌아왔다. 커다란 성. 던전은 들어가기가 쉽지 않다. 크기 때문에 입구에서부터 막혔다.

입구를 늘릴 필요가 있었다.

벽에 붙었다. 그런데 단맛이 났다.

던전의 배리어. 던전의 외부를 감싼 그것이 감칠맛을 더한 것이다. 살덩이는 던전의 배리어를 흡수하기 시작했다.

"저 망할 살덩이를 당장 떼어내란 말이다!"

파간 그리울리가 발을 동동 굴렀다.

던전 외벽에 붙은 이상한 살덩이 하나가 배리어를 흡수하자 경고 메시지가 뜬 것이다. 내구도가 시시각각 내려가고 있었다.

하여 공격을 감행했지만 단단했다. 아무리 쳐 내도 수없이 회복했다. 체력 130의 위용이다.

이동 스크롤을 이용해 위치라도 옮길 수 있다면 좋을 텐데 포인트가 없었다.

파간 그리울리는 인상만 찌푸렸다.

[배리어 내구도 410,233/1,000,000]

"이런 빌어먹을! 죽여! 죽이란 말이다!!"

모든 마수를 동원했다. 하지만 살덩이는 떨어지지 않았다. 반대로 공격하는 마수를 흡수했다.

"하하하! 이 끈질긴 새끼! 드디어 죽었구나!"

수십 일간의 사투 끝에 무한의 살덩이를 죽였다. 파간 그리울리가 크게 웃었다. 피해는 상당했고 배리어도 결국 박살이 났지만 놈을 죽였다는 게 중요하다.

하지만 파간 그리울리는 전혀 모르고 있었다.

배리어가 박살 난 그 시각, 모든 각성자에게 메시지 창 하나가 떠올랐다는 것을!

Dungeon Hunter

난데없이 떠오른 메시지 창.

각성자들은 어리둥절해할 수밖에 없었다.

[사우디아라비아에 위치한 던전의 배리어가 깨졌습니다. 배리어가 회복되는 데 30일이 소요됩니다.]

"이게 뭐야?"

"배리어?"

"사우디아라비아에 던전은 하나밖에 없는데?"

모든 각성자가 이 메시지의 의미를 파악하고자 머리를 맞댔다. 온갖 각성자 커뮤니티에 의견이 오가자 제법 신빙성 있는 견해 몇 가지가 나왔다.

—던전 안의 마수들이 대거 쏟아진다는 뜻이 아닐지.

—던전은 모든 물리 공격이 통하지 않았잖아. 그걸 배리어가 막고 있었던 거라면 지금은 통하지 않을까?

엎치락뒤치락. 의견만 오가던 도중 사우디아라비아의 정부가 군대를 파견해 던전에 화력을 집중시켰다는 뉴스가 떠올랐다.

—던전이 무너진다!

—말도 안 돼! 내가 보고 있는 게 사실이란 말이야? CG 아니고?

—오, 세상에. 마수들이 뛰쳐나오잖아! 마치 겁에 질린 듯이!

—베이비! 구경만 할 셈이야? 지금이야말로 우리 영웅들이 나설 때잖아!

던전이 조금씩 무너져 내리자 각성자들은 희망을 보았다. 그간 고통만 당했는데 드디어 되갚아줄 차례가 온 것이다.

대거의 각성자 무리가 움직이기 시작했다. 개중에는 던전 안에서의 이득을 노리는 이들도 있었지만, 모든 이의 주안점은 '던전 파괴'에 있었다.

나는 그 소식을 조금 늦게 접했다.

어질러진 던전의 내정을 살피고 근원의 나무를 이용할 궁리를 하느라 하루 24시간이 부족했기 때문이다.

이사랑의 거취 문제도 아직 논의 중이라 여러모로 신경 쓸 게 많았다. 바깥을 외유하던 크라스라가 아니었다면 모든 상황이 종료된 뒤에야 알았을 것이다.

"배리어가 깨졌다? 그게 파간 그리울리의 던전이라 이거로군."

"그렇습니다."

크라스라가 읍하자 나는 턱을 쓸었다.

'공교롭군. 무한의 살덩이가 배리어마저 먹어치운 것인가?'

걸리는 게 그것밖에는 없었다.

아니라면 이런 시기에 배리어가 박살 날 일은 없을 것이었다.

애당초 배리어의 내구도를 깎는 건 천사만 가능한 일이 아니었던가? 설마 무한의 살덩이에게 그런 일이 가능하리라곤 전혀 예상치 못했다.

"한국의 길드들도 움직이고 있습니다. 특히 데빌헌터 공격대와 몇몇 공격대가 던전 입성에 성공했다고 합니다."

"배리어가 사라지면 던전은 취약해지지. 하지만…… 무모하군.”

겉으로 보이는 던전과 내용물은 다르다지만 서로 연계되어 있었다. 배리어가 사라지고 던전이 무너진다면 단번에 층이 축약된다.

예컨대 본래 30층의 층이 있었다면 3층 정도로 줄어드는 것이다. 이 차이는 실로 크다. 또한 마수들의 움직임에도 차이가 생긴다. 배리어가 생성되고 던전이 모두 고쳐지려면 족히 3개월은 걸린다.

하지만 각성자들의 수준이 높지 않다. 한 4, 5년 뒤였다면 수월했겠지만 지금은 몰살당할 가능성이 높았다.

파간 그리울리. 공작 중에서는 최약체이나 그래도 공작인 것이다.

여러 변수를 떠올린 나는 입을 열었다.

“움직여야겠다. 준비하도록.”

“마스터의 명을 따릅니다.”

크라스라가 급히 무릎을 꿇었다.

파간 그리울리.

대공 우파의 휘하 마족이며 공작의 지위를 가진 귀족.

그 품성은 호전적이고 호쾌하다고 할 만하나, 그만큼 단순한 탓에 여러모로 손해를 보는 마족이었다. 당장 우파 본인이 마계 옥션의 출입을 위해 그를 버렸음에도 ‘대의를 위하여' 같은 생각만 하고 있었으니 이 얼마나 우직하단 말인가.

물론 마계 옥션의 출입을 거부당한 덕에 그만큼 던전의 투자를 늘릴 수 있긴 하였다. 그로 인해 업적 몇 개도 얻었고 마수의 양이나 질적인 측면에선 크게 나쁘다고 할 수 없는 수준이었다. 오히려 그 부분에 있어선 선두권에 속했다.

문제는 여전히 살덩이다.

무한의 살덩이.

느린 데다가 움직이는 패턴도 단순했지만 체력이 우월했다. 수천의 마수로 때리고 파간 그리울리가 직접 나섰음에도 좀처럼 결판이 나지 않았다. 체력 높은 슬라임을 연상케 했으나 슬라임과는 비교도 안 될 크기와 맷집이었다.

두 달 정도를 내리 때린 결과 퇴치할 순 있었다. 24시간, 1초도 쉬지 않고 몰아붙인 결과다. 단순히 공격만 하는 게 이처럼 힘들 줄은 상상도 못했다.

하지만 입은 피해가 너무나도 컸다.

그나마 모았던 포인트도 모두 사용했다.

한데, 배리어마저 지키지 못하였다.

위험에 노출되자 파간 그리울리는 급해졌다. 다른 마족이 쳐들어온다면 막아낼 여력이 부족했던 것이다.

그런데 웬걸? 전혀 예상하지 못한 인간의 공격이 시작됐다.

"이 같잖은 인간 놈들이!!"

파간 그리울리가 이를 바드득 갈았다.

[던전의 외벽이 파괴되었습니다! 37층의 던전이 4층으로 축약됩니다. 공간이 겹쳐지며 671마리의 마수가 죽었습니다. 혼란에 빠진 마수들이 던전을 탈출하기 시작합니다.]

쿵! 쿠쿠쿵!

쉴 새 없이 던전이 흔들린다.

키익! 키에엑!

배리어가 사라지니 마력의 순환이 어그러지고 던전 코어의 권한도 약해졌다. 지능이 낮은 마수들이 던전을 빠져나가는 것조차 강제하질 못했다.

그를 바라보며 파간 그리울리가 주먹을 불끈 쥐었다.

"고작 인간 주제에……!"

약자들. 자신의 자비로움이 없었다면 진즉에 사라졌을 잡것들!

휘하의 강력한 마수를 내보내 인간들이 사용하는 무기를 완전히 파괴시켰다. 수많은 마수를 잃었다고는 하지만 그래도 그는 공작이었다. 평범한 인간들을 상대하기에는 충분한 숫자의 마수가 있었다.

하지만 거기서 끝이 아니었다.

인간의 화력은 죽였지만 다수의 각성자가 난입했다. 끊임없이 들이닥쳤다. 세계 곳곳에서 모여든 각성자 무리가 던전의 최상층을 향해 꾸역꾸역 전진하고 있었다.

이 역시 그저 각성자만 있었다면 괜찮다. 평범한 인간들이 무기를 들고 그들을 보조하자 상대하기가 까다로워졌다. 한국에서 군인들이 던전을 칠 때와는 전혀 상황이 다르다.

배리어가 정상적으로 작동하면 현대 문명의 이기는 던전 안에서 무용지물이겠지만 배리어가 사라진 지금, 살덩이가 과도하다 싶을 만큼 던전의 마력을 갈취해서 모든 게 정상적으로 작동하지 않았다.

약한 마수들은 각종 무기에 하릴 없이 죽어 나갔다.

강한 마수는 절대다수의 공격에 대처하지 못하고 죽거나 발을 뺐다.

파죽지세!

고작 며칠 만에 인간들은 2층에 발을 디뎠다. 이대로 가만히 있다간 3층, 그리고 자신이 있는 4층에까지 올라올 게 분명했다.

“다 죽여 버리겠다!”

끝내 파간 그리울리가 흉포한 이빨을 드러냈다.

“천천히 전진합니다. 군인들을 보호하세요.”

세계 각지의 각성자들, 그중 선두를 달리는 건 한국의 천명회였다. 번역 마법이 걸린 장신구 따위를 착용했기에 소통에는 무리가 없었다.

그 뒤를 미국, 중국 등이 따랐다. 다소 불만스러운 기색이 없지 않아 있었지만 가장 유명세를 떨치는 게 데빌헌터 공격대였으니 어쩔 수 없는 일이었다.

이곳은 던전. 뭉쳐야 산다. 그리고 뭉치려면 앞에서 지휘할 자가 필요했다. 암묵적인 동의 아래에 이런 정렬이 생긴 것이다. 물론 천명회의 지휘를 거부하고 나아간 각성자도 많았다. 지금 이 시각에도 곳곳에서 뛰쳐나간 각성자들의 비명소리가 퍼지고 있었다.

"공격대장이 죽었다고 들었는데. 사실 데빌헌터 공격대는 그가 전부였잖아? 지금은 그저 그런 공격대에 불과해. 당연히 우리 중국이 앞서야 하는 거 아닌가?"

"맞아. 허울뿐인 공격대가 우리를 지휘해? 웃기는 일이지!"

그리고 들려오는 비명 소리를 무시한 채 불평불만을 늘어놓는 무리도 있었다. 특히 중국 쪽이 시끄러웠다. 잘하면 던전을 무너뜨릴 수 있는 기회다. 그 기회를 한국에 뺏길 수는 없다고 생각한 흑사회가 준동한 것이다.

선두에 서서 가장 많은 공을 세우는 것은 흑사회여야 했다.

"뭐……? 허울뿐인 공격대?"

유은혜가 발끈하며 나서려고 하자 천명회의 길드 마스터인 김용우가 참다못해 나섰다.

"조용하십시오! 이미 던전 앞에서 정한 일을 가지고 왈가왈부하는 거, 보기 좋지 않습니다. 이곳은 던전이고 우리는 뭉쳐야 합니다. 괜한 다툼을 일으키지 마세요."

가만히 있으면 이대로 분열될 판이다. 모처럼 천명회가 기회를 얻었는데 여기서 종칠 수는 없는 노릇이었다.

가뜩이나 천명회의 얼굴이던 데빌헌터 공격대의 공대장이 죽은 뒤 시름이 많았던 김용우다. 그의 존재가 있었기에 길드 마스터의 자리를 유지할 수 있었고, 그의 존재가 있었기에 보다 많은 일을 벌이는 게 가능했다.

그런데 데빌헌터의 공대장이 죽자마자 하이에나처럼 주변에 꼬이는 이들이 생겨났다. 사사건건 실행하는 일에 시비를 걸었다. 외부에서의 압박도 강해졌다.

'내가 부족해서이지.'

내심 씁쓸하게 웃었다.

김용우는 이제 강자가 아니었다.

자신보다 강한 이들이 길드에 넘쳐났다.

길드 마스터의 자리에 욕심이 생기는 것도 어찌 보면 당연하다.

강자 우대의 사회가 도래했다. 약자는 도태되었고, 김용우는 겨우 버티고 있을 따름이다.

'이번 기회를 잘 살려야 해. 그래야 천명회가, 그리고 내가 산다.'

그러나 그의 존재를 만회할 수 있다면 바로 지금뿐이다.

던전을 파괴하는 것!

그 일의 주도자가 되어야만 했다.

그러면 이 일을 진행한 자신에게도 큰 힘이 생긴다. 잡음, 불미스러운 움직임 모두 통제할 권한이 말이다.

실패하면?

상상도 하기 싫다.

어떻게든 자신을 끌어내리려 할 것이다.

자신의 세력을 조금이나마 일궈놨고 그나마 근래에 데빌 헌터 공격대가 7층 드워프 마을을 발견해 큰 성과를 이뤄서 버팀목이 되어주고 있다지만, 이번 한 번의 실패로 모든 걸 잃을 가능성이 높았다.

하지만 흑사회는 여전히 시끄러웠다.

"흥! 허수아비 길드 마스터가 입은 살았군."

"……입조심하십시오. 지금은 서로 트집 잡을 때가 아닙니다."

"뭐야? 사실을 말한 게 트집이라고? 이거 무서워서 입도 뻥긋 못하겠군!"

하하하!

명백한 비웃음.

김용우는 필사적으로 참았다. 여기서 화를 내는 건 밑바닥을 보이는 짓밖에 되지 않는다. 저들의 장단에 놀아날 수는 없었다.

"여기가 문화 광장인 줄 아나. 아니면 숫자가 너무 많아서 생명 감각이 사라진 건가? 하여간 이래서 떼놈들은."

하지만 한국의 다른 길드는 참지 않았다. 특히 미스릴 길드는 젊은 층으로 구성된 만큼 참을성이 부족했다.

일본과 미국 쪽은 조용했지만 은근히 그러한 시류에 편승했다. 중국인을 바라보는 시선이 마냥 좋지만은 않았다.

흑사회의 대원 모두가 웃음을 지웠다.

"말조심해라. 지금 한판 붙어보자는 거냐?"

"어이구, 말로 안 되니 폭력으로 나서겠다 이건가?"

걸음이 멈추고 길드와 길드가 대치했다.

"그만!"

그 사이로 비집고 들어간 김용우가 내심 한숨을 내쉬었다.

서로가 도와도 부족할 판국에 나눠지려고만 하니 앞날이 깜깜했다. 고작 2층이건만, 만약 이때 마수들이 나타나면 꼼짝없이 당할 판국이다.

쿠르르릉!

쿵! 쿵!

그리고 안 좋은 예측은 언제나 들어맞는 법이었다.

트윈 헤드 오우거, 켈베로스, 수십의 아이스 트롤…… 기타 수백 마리의 마수가 나타났다.

"감히 내 던전에 쳐들어오다니! 인간 잡종들! 살아 돌아갈 생각은 마라!"

그 중심부에 파간 그리울리가 있었다.

전투는 격렬했다.

전황은 좋지 않았다. 각성자와 군인이 많아서 일반 마수는 어떻게든 처리할 수 있었지만 시시각각 죽어 나가는 숫자가 장난이 아니었다. 고작 수백의 마수 앞에서 수천의 각성자와 일만에 달하는 군인이 고전을 면치 못했다.

비명, 비명, 그리고 또 비명.

하지만 마수의 숫자도 빠르게 줄어들었다. 특히 한국 각성자들의 활약은 눈이 부셨다. 한국의 각성자들은 전체적으로 레벨이 높았고 상급 마수를 어떻게 상대해야 하는지 조금이나마 감을 잡고 있었던 것이다.

사용하는 아이템의 질도 남달랐다. 유니크 등급의 무구를 착용한 각성자의 숫자도 제법 되었다. 하여 상급의 마수에게도 어느 정도 타격을 줄 수 있었다.

"젠장! 저것도 던전의 주인인가?"

김용우가 몸을 부들부들 떨었다.

그래, 일반적인 마수라면 이쪽의 숫자가 많아서 상대하지 못할 건 없다.

그러나 한 명. 마수들을 진두지휘하는 존재는 이길 자신이 없었다.

날카롭고 기다란 손톱, 늑대의 그것을 연상시키는 강렬한 이빨!

각성자와 군인들을 '학살'하며 전투를 벌이는 모습은 전율이 일 정도다.

급이 다르다. 상대가 안 된다. 트윈 헤드 오우거도 힘들긴 마찬가지지만 저 수준은 아니다.

던전의 주인이라면 납득이 되는 강함이다. 하지만 여전히 상식을 벗어났다.

"크악!"

"정렬! 틈을 주면 안…… 아악!"

보이지 않았다. 잔상이 남았다. 눈 깜빡하면 어느새 지척에 닿아 있다.

"저놈을 죽여! 저놈만 죽이면 돼!"

눈치 빠른 각성자들은 저 막강한 존재가 이 던전의 '끝판왕'임을 알아봤다.

하지만 알아본다고 끝일 리 만무하다. 몇몇 공격이 성공했지만 옷을 그을리는 수준에서 멈췄다. 반대로 놈의 손톱에 닿으면 종잇장처럼 모든 게 찢겨 나갔다.

'어쩌지? 어떡하지?'

김용우도 공황상태에 빠졌다. 반칙급의 강함이다. 저와 같은 존재가 있을 수도 있다고 각오를 하긴 했으나 막상 현실로 다가오자 아무것도 할 수가 없었다.

대체 몇 명이 희생되어야 저 존재를 잡을 수 있을까?

천 명? 만 명?

생각만으로도 정신이 아득하다. 한 가지 확실한 건 이 던전 안에서 모두가 몰살당할 수도 있다는 사실이다.

다른 마수들을 모두 처리한대도 저 한 존재를 어찌할 수 없어서 말이다!

"악!"

"누나……!"

유은혜가 옆구리를 길게 관통당했다.

빠르게 전류를 흘려 살기는 했지만 그래 봐야 찰나의 시간을 번 것에 불과하다.

에드워드가 상황을 알아차리고 검을 겨눴다. 하지만 몇 번 휘두른 게 전부다. 순식간에 심장을 관통당한 에드워드가 바닥에 쓰러졌다.

"쿨럭!"

천명회에서 가장 두각을 나타내는 두 명이 끝났다. 즉사하지 않은 게 다행이다. 물론 그것도 시간문제이긴 했다.

"안 돼!"

김용우가 검을 뽑았다. 저 둘은 데빌헌터 공격대의 주축이다. 자신을 받쳐 주는 힘이었다. 미래에는 천명회의 중심이 되리라고 장담하는 이들.

여기서 저런 반칙급의 존재 때문에 잃을 수는 없었다.

던전의 주인이 싸늘하게 웃었다. 손톱을 펴서 쓰러진 둘의 목숨을 취하려 했다.

그리고 바로 그 직전.

콰르르릉!

던전 안에서 용의 형상을 한 번개가 내리꽂혔다.

수만의 사람이 던전 안으로 들어왔다. 통합된 숫자는 소수이며 각자가 각자의 목표를 위해 나뉘어졌다. 그리고 그중 고작 수천이 살아남았다.

살아남았다?

이 말도 어폐가 있었다.

마수들은 호락호락하지 않았다. 상대하는 게 불가능하진 않지만 그것도 통합이 되었을 때의 이야기다. 대규모 전투가 벌어지자 중국의 흑사회를 비롯한 몇 개의 길드가 전장을 이탈했다. 던전 안으로, 혹은 가망이 없다 여기고 후퇴를 했다.

"개새끼들!"

남은 각성자 모두가 욕지기를 내뱉었다.

결국 대열을 따르는 척하면서 자신들을 방패막이로 이용한 것이다.

흑사회는 교묘하게 전장을 이탈해 던전을 올라갔다. 아마도 이득을 선점하고 남은 마수를 처리한 뒤 모든 것을 독식하려는 작정일 터.

암묵적인 동의. 그러나 말뿐이었다. 알고는 있었지만 현실로 닥치자 괘씸해지는 건 어쩔 수가 없었다.

하기야 국적도, 인종도 다를진대 만난 지 얼마 안 된 이들이 어찌 서로를 믿겠는가. 그저 형식상의 절차에 불과했다. 하물며 견원지간의 국가를 가진 각성자도 많았다.

군인들 역시 자국의 이득을 위해 움직일 따름이었으니 분열된 힘은 각개격파당하기에 딱 좋았다.

일견 치열해 보이는 전장도 조금씩 한쪽으로 기울어지는 중이었다. 추를 기울이는 데 가장 많은 공헌을 한 것은 당연히 던전의 주인이었다.

압도적인 강함. 마치 신이라도 되는 듯하다.

질리며 발을 빼려 해봤지만 늦었다. 전 방위에서 몰려온 마수들이 사람들을 둘러싸고 있었다. 도망가려면 아예 처음부터 그랬어야 했다. 몇몇 길드가 그러했듯이. 흑사회가 그러했듯이!

더 이상은 희망이 없다. 각성자들도 피부로 느끼고 있었다. 상황의 긴박함, 머지않아 자신들이 전멸하리란 사실을 말이다. 들리는 것이라곤 비명밖에 없는 이곳에서 희망을 찬가하기엔 적이 너무 강했다.

"살려줘……."

몸이 잘리고 장기가 빠져나왔다. 눈앞이 깜깜해지며 무기를 쥔 손에서 힘이 풀렸다. 조금씩 기울던 추가 완전히 자리를 잡아버렸다. 이것을 역전시킬 방법이 도무지 떠오르질 않았다.

좌하학!

모두의 뇌리에 절망이 들어찰 그때.

입구 방향에서 마수를 가르며 달려오는 이가 있었다.

까만 피부의 붉은색 창을 든 자.

크라스라!

순식간에 십수 마리의 마수를 헤치며 막힘없이 비집고 들어온다.

저런 이가 있었던가?

모두의 눈에 의문이 서렸다. 하지만 그 의문도 오래가진 않았다. 그런 게 중요한 상황이 아니기 때문이다.

"길이 뚫렸다!"

계속 싸울 것이냐, 뚫린 길을 토대로 후퇴를 할 것이냐의 문제가 남아 있었다.

"후퇴! 후퇴하라!"

군인들이 가장 먼저 던전을 빠져나갔다.

상대의 저력을 확인했으니 더 단단히 채비하여 들어올 작정이다.

사우디아라비아의 자국 군인들이 빠져나가자 더는 고민할 게 없었다. 타국의 길드들은 썰물처럼 우르르 도망가기에 바빴다.

새롭게 등장한 창잡이는 강했지만 그뿐이었다. 죽어버린 희망을 되살릴 정도는 아니었다. 가슴을 들끓게 만드는 무언가가 부족했다.

그러나 모두 빠져나갈 순 없었다. 전방에 있었던 한국인들, 부상자들, 소수의 길드들. 그들은 버림받았다.

빛은 완전히 사라졌고 그 자리에 죽음이 들어찼다.

하지만…….

뚜벅.

뚜벅.

검을 쥔 한 남자.

검은색의 반쪽짜리 해골 가면을 쓴 이.

그가 창잡이가 겨우 만든 길의 정중앙을 걸어온다.

그의 주변은 이상하게 흐릿하여 아지랑이가 피어오르는 것 같았지만 등장만으로도 주변의 모든 것을 압도하며 좌중의 시선을 끌기에는 충분했다.

그저 눈만 돌려 전황을 파악한 그 남자가 손을 들었다.

치이이익.

콰르르릉!

동시에, 용 형상의 번개가 솟구쳐 오르더니 던전의 주인을 집어삼켰다.

유은혜가 입을 벌렸다. 지금의 상황은 그녀의 이해 범주를 넘어섰다.

눈에 익은 모습. 검을 휘두르는 것까지 판박이건만 아직도 믿기지가 않았다.

'공대장님……!'

깊게 베인 상처 탓에 제대로 말을 할 수 없었다. 하지만 유은혜는 보았다. 보고 또 보았다.

착각할 리가 없었다.

몸 전체가 흐릿해 형상만 파악한 게 전부지만 저 모습, 저 당당함을 잊을 리가 없다.

모두가 절망을 노래할 때 나타난 남자.

과거, 그는 한국의, 천명회의, 유은혜의 길잡이가 되어준 존재다.

멸망의 위기에서 모두를 이끌고 마수를 처리했으며 천명회의 실질적인 지주가 되었다. 뿐만 아니라 유은혜 본인의 깊은 문제까지 별거 아니라는 듯 처리해 버렸다.

랜달프 브뤼시엘.

그는 죽었다.

죽었다고 모두가 생각했다. 천사와 함께 던전 안으로 끌려간 그는 상처가 매우 심했으니까. 살아나오지 못하리라고 유은혜마저 은연중 믿었을 정도다.

추모식을 진행할 때 그녀는 울었다. 함께한 시간은 1년이 조금 넘었을 뿐이지만 그녀에게 있어서 랜달프 브뤼시엘은 리더였다. 따라야 할 사람이었다. 언제나 그녀의 한계를, 지평선을 넓혀준 존재였다. 항상 사라지지만 언제고 나타나 자신을 이끌어주리라 믿었던 남자였다.

마음 깊은 곳에 '잊을 때쯤 돌아오겠지' 하는 생각도 있긴 있었다. 하지만 허망한 망상으로 치부하고 매번 고개를 저을 따름이었다.

그런데…….

돌아왔다.

살아서 이곳에 왔다.

또다시 모두가 곤란에 처해 있을 때.

자신이 위험에 닥쳤을 때!

이번에도 예의 무덤덤한 얼굴을 하고서 나타났다.

반쪽밖에 보이지 않는다지만 유은혜는 나머지 반을 상상할 수 있었다. 차갑게 웃고 있을 테지. 뭐 이런 걸 가지고 고민하느냐는 듯 호쾌하게 해결해 버릴 것이다.

"받아라. 너 따위가 사용키엔 매우 소중한 포션이나, 마스터의 명령은 절대적이니 건네주는 것이다. 옆의 꼬마와 함께 치료해라."

어느새 붉은 창을 꼬나 쥔 크라스라가 옆에 섰다. 몇 번 본 적은 없지만 공격대장을 따르던 사람이다. 그는 작은 잎사귀가 동동 떠 있는 포션을 건네주었는데 범상치 않아 보였다.

바로 근원의 나뭇잎을 사용해 만든 최상급의 포션이다.

엘릭서에는 약간 못 미치나 그럼에도 회복력은 발군이다. 신체 절반이 떨어졌대도 살아만 있으면 이어붙일 수 있었다.

유은혜가 포션을 받아 들었다. 그리고 먼저 에드워드를 치료했다. 자신보다 에드워드의 상태가 더욱 막중하였다.

포션을 붓자 상처가 눈 깜빡할 사이에 아물었다. 이 정도의 효과라니. 놀랐지만 애써 내색하지 않으며 고개를 돌렸다.

"……이길 수 있겠죠?"

"대답할 가치도 없군."

크라스라가 몸을 돌렸다.

이어 전장에 합류했다.

매정하다면 매정하지만 이미 대답을 한 것과 마찬가지였다.

'맞아. 이기는 게 당연한 일인데 그걸 굳이 말할 필요가 어디 있겠어?'

유은혜의 입가에 미소가 생겼다. 옆구리의 상처에 포션을 들이붓는데도 고통 따윈 느껴지지 않았다. 솔직히 그간 너무 힘들었다. 그의 빈자리를 채우려고 이지혜가 노력하는 것도 슬슬 한계였다. 자신도…… 마구 폭주했었고.

'살아 돌아와 줘서 고마워요.'

"……네놈은!"

파간 그리울리의 눈이 커졌다. 크라스라와 나를 알아본 듯싶었다. 크게 상관은 없었다. 이 상황이 새어 나가지 않도록 모든 조치를 취해둔 뒤였다. 던전의 주변을 내 휘하의 마수들로 감싸고 백치호와 소수의 강력한 마수를 투입했다. 지금쯤 던전의 최상층에 도달했을 것이다.

던전 코어를 지키는 가디언쯤은 간단하게 처리할 수 있을 터. 인간들이 문제이긴 한데, 어차피 한 번은 겪을 일이었다.

모든 힘을 보이진 않겠지만 파간 그리울리를 상대하려거든 아주 대충은 할 수 없었다. 그러니 뒤처리를 김용우에게 맡김과 동시에 내가 직접 담판을 지을 필요가 있었다.

썰물처럼 빠져나간 인간들의 숫자가 제법 되었다. 이곳에 남은 이들이라고 해봤자 천이 되지 않았다. 그중 절반이 한국인이었으니 완전히는 아니지만 적당히 입을 막아 상황을 은폐시키는 건 충분히 가능한 일이었다.

물론 일천 전부가 살아나가지도 못할 것이었다.

"오랜만이군."

차갑게 웃었다.

나는 주변 환경을 왜곡하고 소리를 차단시키는 아이템도 착용하고 있었다.

'이상한 메아리'라 불리는 레어 등급의 반지다. 진즉에 나를 아는 존재가 아니거든 내가 누구인지 짐작할 뿐, 파악하진 못할 터였다. 소리도 들리지 않고 입모양도 보이지 않으니 지금의 대화가 새어 나갈 걱정 또한 없었다.

콰악!

검게 물든 분노를 휘둘렀다.

파간 그리울리가 가까스로 피해내며 말했다.

"네놈이 왜 이곳에? 아니…… 왜 인간 따위를 돕는 것이냐!"
"무슨 소리를 하는지 모르겠군. 내 목적은 어디까지나 너다, 파간 그리울리."
손은 쉬지 않았다. 검과 손톱이 오갔고 서로가 대등한 상황이 연출됐다. 하지만 표정의 차이는 심했다. 파간 그리울리가 대뜸 눈썹을 찌푸렸다.
"네깟 놈이 나를? 하!"
"우습군. 과거의 영광에 취해 자신의 위치조차 깨닫지 못하고 있는 꼴이라니. 지금의 너는 내 밥 그 이상도 아니다."
심안을 열었다. 곧 상태창이 떠올랐다.

이름 : 파간 그리울리

직업 : 마계 공작(던전 마스터)

칭호 :

*늑대의 왕(Ex U, 힘민첩+4)

*살육자(Ex U, 힘민첩+4)

능력치 :

힘 87(+8)

지능 75

민첩 79(+8)

체력 72

마력 78

잠재력 (390+16/500)

특이사항 : 척박한 늑대의 땅, 그리울리의 주인.

스킬 : 최후의 늑대(Epic), 재생력(Ex U), 맹렬함(U)

[상대 비교]

파간 그리울리

힘 95 지 75 민 87 체 72 마 78 잠재력 (390+16/500)

랜달프 브뤼시엘

힘 95 지 81 민 90 체 85 마 96 잠재력 (396+51/500)

전과 비교하여 파간 그리울리도 꽤나 가파른 성장을 했다. 칭호가 생겼고 스킬의 등급도 올라갔다. 하지만 능력치 총합 자체는 내가 우월하다. 황제의 검으로 말미암아 나락군주의 심장이 자극되어 지능 2가, 세계수의 나뭇잎을 장기간 달여 마셔 지능 2가 더 오른 바가 있어서 지능도 크게 부족하지 않았다.

"뜨내기 놈이 입만 살았구나! 오냐, 누가 밥인지 이 파간 그리울리가 제대로 보여주겠다."

전신이 변화하기 시작했다.

최후의 늑대(Epic) 스킬이 발동한 것이다.

크르르르르!

곧 3m 크기의 청색 늑대로 변한 파간 그리울리가 낮게 울었다. 진득한 살기가 주변을 가득 채웠다.

나는 검 하나를 더 꺼냈다.

황금빛으로 찬란하게 빛나는 '황제의 검'이었다.

쌍검술은 익숙하지 않지만 에고 소드라서 그런지 손에 착착 감긴다. 스스로 일어나 내 손에 들어온 그런 느낌이었다.

절대로 파괴되지 않는 옵션.

장기간 사용할수록 나락군주의 심장이 자극되는 능력도 있었다. 그러니 이제부턴 좋으나 싫으나 함께 사용해야 함이었다.

"연습하기에 딱 좋은 상대로군."

작게 읊조리며 늑대화한 파간 그리울리와 격돌했다.

손에 익지 않은 쌍검술.

내 모든 걸 보일 수 없다는 제약.

그럼에도 싸움은 할 만했다. 크라스라가 옆에서 돕고 각성자들이 다가오는 마수들을 처리하자 도리어 승기가 내 쪽으로 기울었다.

그에 따라 사람들도 희망을 느끼고 더욱 적극적으로 나섰다. 덕분에 마음 편히 파간 그리울리와의 싸움을 즐길 수 있었다. 대공, 혹은 두 명 이상의 공작이 아닌 한, 나를 이기지 못한다. 그리고 머지않아 메시지 창 하나가 떠올랐다.

[대단한 업적! 공작, '파간 그리울리'의 던전을 파괴했습니다!]

[잔여 포인트 1점을 얻었습니다.]

[1,500,000pt가 지급됩니다.]

[업적 점수 1,100점이 추가됩니다.]

백치호와 소수의 마수가 던전 코어를 파괴하는 데 성공한 것이다. 이미 이 던전은 배리어가 사라져서 얻어봤자 무소용이다. 회복되기까지 시간이 너무 오래 걸린다. 다른 마족의 표적이 되거나 인간들에 의해 결국 함락당할 게 뻔했다. 그 이상으로 투자하면 손해가 난다.

크르르……!

파간 그리울리가 당황했다.

나름 강력한 마수를 코어 옆에 붙여놨을 텐데 이처럼 쉽게 함락당하리라곤 상상하지 못했을 것이다.

쾅! 콰앙!

던전이 무너지기 시작했다.

천장의 바위들이 내려앉으며 사방을 위협하였다. 하지만 파간 그리울리는 내게 시선을 던지고 이빨을 들이밀었다.

크롸앙!

나도 피하지 않았다.

도리어 이런 상황은 반가웠다. 극한으로 몰릴수록 파간 그리울리는 한계를 쥐어짜 낼 것이고 그것은 내게 소중한 경험이 되리라.

"파간 그리울리, 이곳이 너의 무덤이 될 것이다."
슬슬 끝장을 볼 시간이었다.

쿠웅!
파간 그리울리가 쓰러졌다. 한쪽 다리를 잃고 가슴을 꿰뚫린 채로.
조금씩 늑대화한 형상이 풀렸으나, 이미 죽은 시체는 말이 없는 법이다.

[대단한 업적! 공작, '파간 그리울리'를 사냥하는 데 성공했습니다!]
[잔여 포인트 1점을 얻었습니다.]
[1,500,000pt가 지급됩니다.]
[업적 점수 1,100점이 추가됩니다.]

던전 코어를 사냥했을 때와 똑같은 업적 창이 떠올랐다.
이어 크라스라가 파간 그리울리의 목을 창으로 잘랐다. 치유력이 만만치 않음을 알고 만약의 상황을 대비한 것이다.
잘린 얼굴이 데굴데굴 바닥을 굴렀다.
"흠……."
나도 상태가 멀쩡하지만은 않았다. 크라스라와 함께 전신이 만신창이였다. 체력이 조금만 낮았어도 몸이 동강 날 상황이 여러 번 반복되었다.

파간 그리울리의 한계를 끌어내기 위함이다. 더불어서 쌍검술을 연습하고자 나 스스로를 몰아붙였기 때문이다. 기술이란 위험한 상황일수록 상승하는 법. 전생에서 전쟁터를 구르며 터득한 나름의 신념이다.

"공대장님!"

유은혜와 김용우를 비롯한 천명회의 길드원들이 다가왔다. 사지 멀쩡한 몇몇 길드도 천천히 이쪽으로 발을 옮겼다.

하나, 나는 손을 내밀어 그들을 저지했다.

"아……."

그 순간, 반대편에서 백치호와 흑치호, 샤벨 타이거, 용아병 등이 나타났다.

남은 인원은 바짝 얼 수밖에 없었다.

내게 있는 상처. 다른 각성자들의 상태도 극악하기 짝이 없었다. 이 상태에서 다시금 싸우면 가망이 없다고 판단한 것이다.

나는 쌍검을 들어 발을 옮겼다. 그리고 길드원들을 지키는 위치에 섰다.

잠시간의 대치.

이윽고 마수들이 내 주변에 없는 다른 각성자의 목을 물거나 발톱을 휘둘러 목숨을 앗아갔다.

"도와줘야 해요!"

"나서지 마라. 여기서 움직였다간 더 큰 피해가 나올 것이다."

유은혜가 뛰쳐나가려는 걸 막았다. 그녀는 입술을 깨물며 발을 굴렀다. 냉정히 생각하면 저들을 구하려다가 소중한 이들을 잃을 가능성이 높았다. 결국 수수방관할 수밖에 없다는 사실에 유은혜는 주먹을 꽉 쥐었다.

이윽고 짧게 포식한 마수들이 흘끔 나를 돌아보며 던전을 빠져나갔다.

'됐군.'

고개를 주억였다.

이 역시 사전에 정해놓은 계획 중 일부다.

목격자는 적을수록 좋았다. 그래야 뒷공작이 쉽다. 물론 이야기가 새어 나가더라도 나 자신이 전면에 나서지 한 크게 문제가 될 건 없었다. 나의 얼굴을 아는 이 자체가 적은 데다 던전 파괴라는 적절한 이벤트로 '부활'해 이미 상징성을 얻었지 않나.

김용우에게 힘이 실릴 건 자명한 사실. 여기에 내가 조금만 힘을 더 보태면 이름 외에 더 흘러갈 이야깃거리는 없을 것이었다.

"서두르지. 던전을 빠져나갈 수 있는 시간이 얼마 남지 않았다."

쿠르릉!

던전은 조금씩 함몰되어 가는 중이었다.

내가 앞서자 남은 길드원들이 뒤따랐다.

Chapter 32

파티

천명회.

강남에 자리 잡은 대한민국 명실상부 최고의 길드.

누구도 이견을 가지는 이가 없었다.

김용우의 눈이 짠해졌다. 공격대를 꾸리고 사우디아라비아에 발을 디딜 때만 하더라도 온갖 걱정이 다 들었건만 지금은 아무렇지도 않다.

그가, 그분이 돌아왔다.

이 한마디면 족하다.

"공대장님……!"

와락!

비행기에서 내려온 즉시 유은혜가 나를 끌어안았다.

지난 며칠간 조용하더니 한국 땅을 밟자 돌변한 것이다.

가만히 등을 쓸며 주변을 돌아보았다.

다들 궁금해하는 표정이다. 인터뷰를 요청하는 수많은 기자를 외면한 채 돌아왔으니 어쩔 수 없었다. 여태껏 침묵으로 일관했기에 말을 해주었으면 하는 분위기였다.

"길드 마스터, 돌아가서 할 이야기가 있다."

이곳에서조차 미리 손을 써서 기자들이 들어오지 못하도록 만들었다. 조용히 돌아가 김용우와 함께 각본을 하나 짜볼 작정이었다.

"기다리고 있겠습니다."

김용우가 빙그레 미소를 지었다. 본래 다른 사람이 있는 곳에선 자신의 위치를 지키며 위엄 있는 척을 했지만 지금은 아무래도 좋다는 태도다.

나도 개의치 않았다.

어깨를 으쓱하자 가만히 유은혜 뒤에 서 있던 에드워드 윈저가 입을 열었다.

"이번이 마지막이에요. 한 번 더 누나를 울리면 내가 용서 안 할 거예요."

"그동안 정이 많이 든 모양이군."

"누나는 내 은인이에요. 내 목숨도 내줄 수 있어요."

실질적으로 구해준 건 나인데 유은혜가 성심성의껏 간호를 한 탓일까?

피식 웃고 말았다.

"내가 반갑지 않나?"

"없는 것보단 나아요. 은혜 누나가 그래도 웃기 시작했으니까……."

유은혜의 뒷모습을 바라보는 에드워드의 눈빛이 심상치 않다. 아무래도 에드워드의 모든 시작과 끝이 유은혜인 듯싶었다.

'평생 못 벗어나겠군.'

요컨대, 유은혜를 꽉 잡으면 에드워드는 나를 따를 수밖에 없다는 뜻이다. 시간이 지날수록 저 집착은 더욱 강해질 것이다.

미래의 용사 10강 중 일인. 막상 데려오고 신경 쓸 겨를이 없었건만 의외의 복병이었다. 성장 속도도 과연 나쁘지 않았고, 이대로 3년 정도가 더 흐르면 레벨 높은 상급의 마수와도 맞설 수 있을 것 같았다.

"다들 각오 단단히 하십시오. 이번 일로 세계가 북적북적해질 겁니다. 던전을 파괴한 건 최초의 일이니까요."

김용우가 장난스럽게 말했다.

이지혜가 작게 한숨을 내쉬었다.

"앞으로 한 달은 쉴 겨를이 없겠군요."

"유일하게 쉴 수 있는 기회는 오늘뿐입니다. 일부러 기자도 다 물렸으니 오늘은 돌아가서 푹 쉬세요."

다른 대원들이 기지개를 쫙 켜고 비명을 내질렀다.

"으아아! 집이다! 침대다!"

"엄마가 끓여주는 찌개 먹고 싶다."

이어 전용 버스가 도착해 사람들을 나르기 시작했다.

그럼에도 유은혜는 껌 딱지처럼 달라붙어 있었고, 그 행동은 버스 안으로까지 이어졌다. 에드워드의 질투 서린 눈빛이 더욱 강해졌다. 겸사겸사 나도 제지하진 않았다.

하지만 강남에 들어선 다음에는 강제로 떼어낼 수밖에 없었다.

"……아, 좀 안고 있으면 어때서!"

눈물을 닦은 유은혜가 항의했다.

"내일 보지."

"흥, 글쎄요. 내일 또 없어지는 거 아니에요?"

워낙 자주 자리를 비워서 그런지 말에 가시가 돋아 있었다.

버스는 멈췄고 김용우가 나를 기다리는 중이었다. 주변 대원들의 시선이 쏠렸지만 유은혜는 아랑곳 안 했다.

"한동안 그럴 일은 없을 것이다."

"확실하죠?"

"믿어라."

"흐흥, 못 믿겠는데요. 손가락 걸고 약속해 주세요."

"내일 보자."

내밀어진 손가락을 무시하며 걸어 나갔다. 나를 본 김용우가 씁쓸히 웃었고 내 뒤에서 유은혜가 크게 외쳤다.

"진짜 내일 와서 없으면 알아서 해요! 또 말없이 사라지기만 해봐! 계급장 떼고 확 불살라 버릴 테니까!"

다음 날부터 길드 하우스의 주변에 인간의 벽이 생겨났다.

수많은 기자, 용사들의 귀환을 축하하는 시민들, 그리고 내 '부활'이 알려지며 모여든 다수의 각성자까지.

하지만 나는 얼굴을 내보이지 않았다. 다른 이들은 몰라도 내 신상에 관해서는 철저히 비밀에 붙여져 있었다. 대외적인 일을 해결할 땐 항상 반쪽의 해골 가면을 착용하고 있었고, 김용우도 보안에 상당히 신경을 쓴 덕분이다.

그렇다고 무시만 하고 있을 수는 없는 노릇.

던전에서 살아 돌아온 걸 믿지 못하는 사람들도 있을 테고 이런 종류의 강렬한 궁금증은 누르면 누를수록 튀어나오는 법이었다.

나는 비공개로 공신력 있는 한 기자와 인터뷰를 가졌다.

인터뷰 내용이 담긴 테이프가 방송국에서 공개되며 한국은 다시금 큰 파란에 휩싸였다.

—안녕하세요. 본인 소개를 부탁드립니다.

"천명회 길드 소속 데빌헌터 공격대의 공격대장 랜달프다."

—랜달프 공대장님, 반갑습니다. 그럼 바로 본론으로 들어가죠. 수개월 전 천사들이 출현했고 세계 각지의 마수들이

한국에 집결한 적이 있었습니다. 당시 랜달프 님께선 마수들을 막다가 큰 상처를 입고 던전에 끌려갔다고 들었는데요. 사실입니까?

"맞다. 한 천사와 함께 던전 안으로 끌려갔다."

—신기한 일이군요. 혹시 이후에 무슨 일이 일어났는지 알려주실 수 있으신지요?

"던전의 주인을 만났다."

—예……?

"던전의 주인을 만났다."

—혹시 몬스터 웨이브가 일어났을 때 나타났던 귀가 긴 여인을 말하는 겁니까?

"그렇다. 던전의 주인은 무척 호기심이 많았으며 나를 치료해 주었다."

—직접 치료를 해주었다고요?

"사실이다. 그녀는 강한 자가 최상층에 올라서 자신의 심심함을 달래주길 바랐고 그 적임자를 나로 보고 있었다. 아니었다면 그대로 방치해서 죽게 했을 테지."

—기억이 납니다. 던전의 주인이 했던 말은 전국에 퍼져 나갔었죠. 그때에도 랜달프 공격대장님이 없었다면 큰일이 날 뻔했습니다. 그런데 그러면 함께 들어간 천사는……?

"던전의 주인은 결코 선하지 않다. 천사를 악랄한 방법으로 타락하게 만들었다. 차마 입에 담기 어려운 장면에 나도 몸을 잘게 떨 정도였지.”

—천사의 타락이라니……. 허어, 믿기지가 않는군요. 또 특별한 일은 없었습니까?

“던전을 둘러볼 수 있었다.”

—그, 그런 일이 가능했습니까? 던전의 주인이 허락을 했는지요?

“그렇다. 하지만 그것도 15층까지였다. 올라갈수록 강한 마수가 있었고 지형이 변했다. 간혹 보물들을 발견할 수 있었다. 가져올 순 없었지만, 아래층과는 비교가 되지 않을 만큼 강력한 아이템이 많았다. 최상층은 31층이라 하더군. 던전의 주인은 인간들의 일에 매우 관심이 있는 듯하였다.”

—잠깐만요. 들어보면 던전의 주인이 충분히 마수들을 통제할 수 있는 것 아닙니까?

“모두 통제하는 건 불가능하다고 했다. 그리고 놔두는 편이 각성자들의 성장에 더욱 도움이 되지 않겠느냐고 말했다. 아마도…… 머지않아 몬스터 웨이브가 일어나지 않을까 싶다.”

—점점 더 암담해지는군요. 대체 그녀는 우리 인간에게 무엇을 바라는 걸까요?

“강자. 그리고 다른 던전을 처리할 수 있는 자. 던전의 주인은 각성자들이 그 수준까지 성장하길 바란다. 그 이상은 모르겠다. 하지만 던전의 주인은 매우 엄격하다. 내게도 이번이 마지막이라며 경고를 했지. 이번과 같은 우연은 다신 없을 것이다."

—어디까지 성장해야 할지 감도 잡히지 않습니다. 지금도 일반 시민이 보기에 각성자들은 슈퍼맨과 다르지 않은데요.

"던전을 오르라. 보다 빠르게 강해질 수 있는 길은 그것밖에 없다고 했다. 그리고 던전 코어를 통해 강력한 무구를 만들 수 있다고도 하였다. 이번 기회에 그것을 확인해 볼 생각이다."

—아아, 사우디아라비아의 던전이 무너졌다고 들었습니다. 거기서 천명회와 랜달프 공격대장님이 혁혁한 공을 세웠다는 것도 말입니다. 그런데 던전 코어는 금시초문이군요.

"던전을 유지시키는 마력 저장로인 것 같다. 그곳 던전의 주인을 죽인 뒤 다음 날 반파된 던전 코어를 회수했지만 그 기일이 짧아 아직 밝혀진 게 없다."

—잠깐! 정말 사우디아라비아 쪽 던전의 주인을 죽인 겁니까?

"맞다. 물론 나 혼자서는 아니다. 수많은 이의 도움이 있었기에 가능했다. 그 한 명 때문에 천 가까운 각성자가 죽어나갔다."

—예, 안타까운 일입니다. 특히 중국의 흑사회는 한 명도 살아가지 못했다고 하더군요. 중간에 이변을 당했다고 합니다.

"어쩔 수 없다. 그곳에 모인 모두가 각자 뜻이 달랐으니까."

—심심한 조의를 표합니다. 그런데 사우디아라비아에서

가능했다면 혹시 이곳 한국의 던전도…….

"그건 불가능하다. 한국 던전의 주인은 격이 다르다. 감히 검을 겨눌 생각조차 하지 못했다. 아무래도 던전들마다 특색이 다르듯이 그곳의 주인들도 그런 듯싶다."

—그래도 기념비적인 일입니다. 72개의 던전 중 하나를 줄였고 우리 인류는 거기서 희망을 보았습니다.

"모든 각성자가 빠르게 성장한다면 그들을 몰아내고 지구의 평화를 지키는 것도 불가능하진 않다. 그들은 시련이다. 시련은 인간을 성장하게 만들지."

—좋은 말씀 감사합니다. 그리고 오늘 시간을 내주셔서 정말 감사합니다.

인터뷰의 내용은 이게 전부였다.

5분 남짓. 하지만 그 파급력은 시간과 반비례했다.

워낙 많은 정보가 담겨 있었기 때문이다.

데빌헌터 공격대 공대장의 '부활'은 확실히 상징적이었으나 그것을 덮을 정도의 해일이 들이닥쳤다. 던전의 층, 천사의 타락, 예견된 몬스터 웨이브, 그리고 던전 코어의 존재까지.

무엇 하나 놀랍지 않은 게 없었다.

이 인터뷰는 세계 각지에 흘러들어 갔다.

동시에, 세계의 거목들이 움직이기 시작했다. 그들의 눈이 한국으로 향했다.

반파된 던전 코어.

백치호가 직접 부숴 버려 빛을 잃었지만 아직도 짙은 농도의 마력을 포함하고 있었다.

본래 있어야 할 요정도 자연으로 돌아간 것 같았다.

나는 반파된 던전 코어를 최고의 대장장이 집단에 맡겼다. '블랙 스미스'란 간판을 내걸은 대장장이 길드로, 드워프보단 못하지만 인간들 중에선 발군의 실력을 가지고 있었다.

'대공의 던전이라면 모를까 공작이 머무는 던전의 던전 코어로 만들 수 있는 최고 등급의 무구라 봐야 익셉셔널 유니크 정도다. 차라리 이걸 정치적으로 이용하는 게 낫다.'

여러 계산을 한 결과였다.

천명회, 특히 김용우에게 힘을 확실하게 실어줄 수 있는 무기인 셈이다.

아직까지 인간들 중 익셉셔널 유니크(Ex U) 등급 무기를 착용한 자는 없었다. 군침 흘리는 자가 많을 것이고 천문학적인 액수에 거래될 가능성이 높다. 그사이 간을 보며 시선을 외부로 돌려 버릴 것이었다.

"으으, 그러지 말고 나가요. 답답해서 못 살겠어요."

유은혜가 축 늘어졌다.

지난 며칠 기자들의 공세에 시달린 탓이다.

그걸 못 참고 결국 길드 하우스 내에 틀어박혀 농성을 하는 중이었다. 나야 나가서 득이 될 게 없으니 그간 공격대의 성장을 눈으로 확인하고 인간들의 돌아가는 정세를 파악하고 있었다.

"떨어져라. 덥다."

"에이, 공대장님도 좋으면서. 저한테 한 번 말이라도 걸어보려는 짐승들이 얼마나 많은데요. 우리 솔직해지자구요."

유은혜는 내 옆에 거머리같이 붙어 있었다.

살아 돌아온 뒤로 더욱 적극적이었다.

미래에 번개의 여왕이라 불릴 여인. 거기다가 에드워드 윈저까지 덤으로 껴 있으니 그저 담담하게 귀찮음을 감수해 주었다.

"맞다. 오늘 파티는 어떡하실래요? 정장 있어요?"

거대 길드들이 모이는 파티가 오늘 저녁에 벌어질 예정이었다. 그간 몇 번 벌어진 것 같지만 내가 참여하는 건 처음 있는 일이었다.

그 사실이 퍼져 나가 모든 길드 마스터나 중요한 인물들이 대거 참석할 예정이라고 했다.

계속해서 유은혜가 참새처럼 조잘거렸다.

"이래 봬도 그동안 돈 많이 벌었거든요. 이참에 제가 한 벌 맞춰줄게요. 어때요?"

"필요 없다."

"에이~ 그러지 말고요. 가요, 네? 이동 스크롤 써서 가면 기자들이 달려들 걱정도 안 해도 되니까요. 이전에 200m쯤 이동하는 것으로 하나 꼬불쳐 둔 게 있거든요!"

엄청난 말을 아무렇지도 않게 한다.

김용우가 들었다간 뒷목을 부여잡을 일이었다.

'정장이라.'

하긴, 그동안 던전에 있어서 맞출 시간이 없었다.

가볍게 고개를 끄덕이며 자리에서 일어났다.

Dungeon Hunter

그 시각.

길게 돌아 원정을 떠났던 마수들이 귀환했다.

백치호의 경우 던전을 빠져나간 게 처음이라 제법 지친 기색이었다.

그래도 전리품 하나를 물어왔다.

특이한 생명체. 어디서도 본 적 없는, 막대한 마력을 품은 괜찮은 놈이다.

주인도 매우 좋아하리라!

이전 일을 겪고 아예 굴종한 백치호였다.

"어어? 살덩이가 왜 이렇게 작아졌지?

백치호가 물어온 것을 본 이히는 대번에 눈살을 찌푸렸다.

사람 주먹만 한 크기로 작아졌지만 무한의 살덩이가 분명했다. 작아진 무한의 살덩이는 꼼지락대며 움직이고 있었다. 그 모습이 마치 슬라임 같았다.

헥헥!

백치호가 살덩이를 물면서 놀았다. 그것을 본 이히가 소리를 질렀다.

"지지! 흰둥아, 이런 거 물고 놀면 안 돼."

백치호가 다시 살덩이를 바닥에 늘어놓았다.

이히는 고민했다.

이걸 어떡해야 하나.

일단 크기가 작아져서 그런지 예전처럼 위험해 보이지는 않았다. 물고 있어도 별 저항을 못 하는 걸 보니 힘도 약해진 상태인 것 같았다.

"이히가 결정하면 안 될 문제 같아. 마스터가 돌아오시면 물어봐야겠어."

근원의 요정이 되면서 나름 사려가 깊어진 이히였다.

하지만 그 본성까지 어디 간 것은 아니었다.

"그 전까지 이히가 가지고 놀아야지. 이히히!"

이히가 살덩이를 손가락으로 푹푹 찌르며 악동과 같은 미소를 지어 보였다.

근처의 유명 정장 매장으로 들어간 유은혜는 나를 마네킹

삼아 옷 갈아입히기를 시작했다.

“아, 이거 멋있다. 이걸로 한번 갈아입어 볼래요?”

“벌써 다섯 벌째다.”

처음에는 군말 없이 갈아입었지만 오냐오냐하다 보니 끝이 없었다. 유은혜는 물 만난 고기처럼 이것저것 골라보며 입맛을 돋우는 중이었다.

덕분에 피곤한 건 나와 매장의 직원들뿐이었다.

“손님, 손님께선 비율이 좋으셔서 이런 스트라이프 슈트도 어울리실 것 같은데요~”

“어머! 완전 제 취향 저격이에요! 대장님, 대장님. 빨리 갈아입어 봐요! 어서요!”

“아니면 이런 색깔의 네이비 슈트는 어떠세요?”

“직원 언니, 센스가 너무 좋은 거 아니에요? 어쩜 가져오는 것마다 마음에 쏙 들지?”

“이것도 한번 입어보시면…….”

피곤한 줄 알았는데 아닌 모양이다.

여직원들은 특히 신이 났다.

작게 한숨을 내쉬며 입히는 대로 입어줬다.

마족이 인간과 어울리는 일 자체가 매우 드문 일이지만 내 목적과 효율 등을 따져 보면 여기선 어울려 주는 게 맞는 듯 싶었다.

무엇보다 나는 파티를 가 본 적이 거의 없다. 인간의 파티는 아예 무지하다. 이럴 땐 조금이라도 아는 이를 따르는 게 현명한 선택일 것이다. 정장을 갈아입고 나올 때마다 유은혜가 보여주는 행동은 비슷했다.

"굿 잡."

엄지를 척 드는 것.

여직원들도 흘끔흘끔 나를 바라보며 감탄을 흘렸다.

인간이나 마족이나 아름다움의 관점은 비슷했고 이런 시선은 제법 익숙해져 있었다. 별로 대수롭지도 않았다.

스무 벌 가까이를 갈아입은 뒤에야 나는 자유로워질 수 있었다.

"아…… 전부 마음에 드는데. 어떡한담?"

유은혜가 침음을 흘리며 정장들을 주욱 훑어봤다.

하지만 고민하는 시간은 짧았다.

생각하는 걸 포기한 유은혜가 통 크게 말했다.

"에이, 몰라. 입어본 거 전부 주세요."

"과소비 아닌가?"

내가 묻자 유은혜는 콧대를 높이 세웠다.

"대장님, 저 돈 많아요. 삼대가 써도 남을 만큼 있어서 이 정도는 써도 돼요. 티도 안 나요."

"그렇군."

업적 달성을 위해 어느 정도 손실을 감수하고 포인트를 뻥뻥 써대는 것과 같은 이치였다. 지금 유은혜의 실력이면 천명회 내에서도 최강자에 속할 터. 돈을 갈퀴로 쓸어 모아도 이상할 게 없었다.

마수들이 판을 치는 세상. 강자는 그만한 대우를 받기 때문이다.

내가 납득하니 유은혜가 실실 웃고는 계산대로 향했다.

"계산은 어떻게 해드릴까요?"

"일시불!"

"따로 배송해 드릴까요?"

"오늘 저녁 6시 이전까지 가능할까요? 강남인데."

"물론이죠. 특급으로 보내드릴게요."

"그럼 배송지는…… 여기로 해주세요."

다행히 천명회의 길드 하우스의 주소를 적지는 않았다. 이에 의아해하며 물었다.

"일전에 빌렸던 카페 아닌가?"

"그 건물 한 달 전에 제가 샀어요."

유은혜는 별거 아니라는 듯이 시크하게 대답했다.

랭킹전이 있기 전, 대원들을 뽑고 모였던 카페. 그곳을 아예 통으로 사들였다는 의미다.

그 씀씀이에 나도 조금 놀랐다. 처음 길드에서 봤을 때만 하더라도 소박한 삶을 살고 있었던 유은혜다. 버는 수준에 따라서 쓰는 게 달라지는 건 당연한 거지만 건물 하나를 통째로 사들이기까지의 시간을 생각해 보면 놀라운 변화라고 할 수 있었다.

"나한테 장가올 남자는 참 복 받았어요. 이렇게 젊고, 예쁘고, 능력까지 있잖아요."

보브컷의 머리를 찰랑대며 유은혜가 장난스럽게 말했다.

시간이 지체된 터라 나는 가볍게 무시하며 입을 열었다.

"이제 가지."

대답은 기대도 안 했다는 듯 옅은 웃음을 띤 유은혜가 벽에 걸린 시계를 바라보곤 고개를 끄덕였다.

"그러고 보니 시간이 없네요. 다음은 구두 보러 가요."

"……."

"정장만 살 순 없잖아요?"

쇼핑은 아직 끝나지 않았다.

장장 네 시간에 걸친 쇼핑이 끝난 뒤 길드로 돌아간 우리는 다급히 강북으로 이동했다.

한눈에 보기에도 억! 소리가 나오게 큰 마당이 딸린 저택.

대원 몇몇은 입을 크게 벌리며 구경하기에 여념이 없었다.

이곳이 바로 파티가 벌어지는 장소였다.

입구에서부터 수십의 경비원이 교대로 돌아가며 초대받지 않은 자의 출입을 엄격하게 금했다. 하지만 이미 정식으로 초대장을 받은 천명회의 간부들은 별다른 제지 없이 입구를 통과할 수 있었다.

"와, 진짜 크다. 이만한 집에 살려면 돈이 얼마나 필요할까?"

"널 팔아도 안 될걸."

"난 아직 개발도상국이라고. 어디까지 발전할지는 아무도 몰라. 두고 봐."

이지혜의 우스갯소리를 받아친 유은혜였지만 살짝은 압도된 표정이다.

천 평은 되어 보이는 넓은 부지. 저택도 하나만 있는 게 아니라 네 개가 조금씩 떨어져서 배치되어 있었다.

주변에는 잘 다듬어진 풀이 무성했고 사람이 걸어 다닐 수 있도록 길이 예쁘게 나 있었다. 정원사가 열심히 나무를 가다듬는 모습도 생소했다.

"길을 벗어나지 않게 조심해 주세요."

일행을 안내하던 여자 안내원이 점잖이 입을 열었다.

길을 벗어나 풀을 밟지 말라는 뜻이다.

그녀의 뒤를 따르던 김용우, 유은혜, 이지혜 등은 어깨를 움찔하며 작게 고개를 주억였다. 천명회의 길드 마스터 정도 되는 위치면 거드름을 피울 법도 하건만 가장 밑바닥에서부터 올라온지라 이런 상황이 익숙하지 않은 모습이다.

유일하게 꿈쩍도 하지 않는 자는 나와 김태환뿐이었다.

김태환. 길드 내에서 제대로 입지를 다진 공격대장이었으며 김용우와는 우호관계에 있었다. 우직한 마초를 떠올리게 만드는 인물로서 일전 내가 돌아왔을 때 '충고'를 해주는 등

나쁘지 않은 인상이 남아 있었다.

'검소해.'

이번 파티는 규모가 남다르다. 무려 대한민국 최고 재벌인 '일성 그룹'의 회장이 직접 개최한 것이다.

대통령도 그 앞에선 벌벌 떤다고 했던가.

물론 내 기억에는 없었다. 유은혜와 김용우가 전해 준 정보다. 하지만 한 나라의 최고 부자가 사는 곳치곤 작다. 그야 여러 별장 중에 하나겠지만 마계의 공작이나 대공이 사는 성에 비하면 비교조차 되지 않았다.

"그 가면은 좀 벗는 게 어때? 보는 내가 다 답답하군."

김태환이 인상을 구기며 내게 말했다.

그는 인상이나 몸집과는 어울리지 않는 캐주얼한 정장을 입고 참가했는데, 칙칙하기 그지없는 내가 마음에 들지 않는 것 같았다.

"신경 쓰지 마라."

"젠장, 이런 놈이 최강의 각성자라니. 신비주의가 밥 먹여 주나?"

"나를 꺾으면 신비주의도 사라지겠지."

김태환이 고개를 저었다.

"분하지만, 나는 나를 잘 안다. 그리고 너는 확실히 강하다. 마치 전혀 다른 세계에서 온 전혀 다른 존재인 것처럼……."

"내 얼굴에 금칠을 해주니 몸 둘 바를 모르겠군."

"하지만 지금뿐이다. 언제까지고 그 자리에 머물 수 있을 거라고 생각하지 않는 게 좋을 거다."

피식 웃었다.

격차가 너무나도 뚜렷했다. 당장은 상대가 안 된다는 걸 그도 알고 있었다. 그러나 포기는 안 했다. 열혈남다운 부분이다.

머지않아 파티장으로 준비된 건물의 지근거리에 섰다. 안에선 시끌벅적한 노랫소리며 웃음소리가 적나라하게 들려오고 있었다.

"대장님, 저 어때요? 저 괜찮죠?"

유은혜가 호들갑을 떨며 옷매무새를 정리했다. 가슴골이 파인 붉은색의 원피스를 입은 유은혜는 누가 보더라도 아름다웠다.

"나쁘지 않군."

"화장은요? 안 떴어요?"

"잘 모르겠다."

"그럼 됐어요."

잘 몰라야 맞는 화장인 듯했다.

이어 허리를 곧게 세운 유은혜가 도도한 표정을 지어 보였다. 방금 전 호들갑을 떨어대던 인물과 동일한 이라곤 생각할 수 없는 변신이다.

"즐거운 시간 보내십시오."

끼이익-

파티장에 도착한 안내인이 문을 열었다. 동시에 수백 쌍의 눈이 이쪽으로 향했다.

익숙한 얼굴이 몇몇 보인다.

오대 길드의 길드 마스터들.

그중 한 명은 나와도 안면이 있는 이였다.

아린.

담비 길드를 이끄는 여자.

전생에서 던전을 치던 도중 화염의 마수에게 깊은 화상을 입었고 이후 죽을 때까지 내 뒤를 좇은 악귀 같은 각성자다.

2년 전 어중간하게 나를 스카우트하려다가 실패한 인물이기도 하였다. 흰색 드레스를 차려입은 아린이 가장 먼저 다가왔다.

"반가워요. 오랜만이군요."

김용우가 손을 맞잡으며 머쓱하게 답했다.

"하하, 잘 지내셨습니까?"

"잘 지냈다면 거짓말이겠지요. 올해는 좀…… 일이 많았잖아요?"

천사의 출현, 마수들의 집결, 몬스터 웨이브.

눈코 뜰 새 없이 바쁜 나날이었다. 수많은 각성자가 죽어나갔고 대부분의 길드도 적지 않은 타격을 입었다.

"그래도 담비 길드는 잘 버텨낸 것 같아서 다행입니다."

"운이 좋았죠. 그나저나 뒤에 분들은 소개시켜 주지 않을 셈인가요?"

그러면서 은근슬쩍 나를 바라본다.

아린의 눈빛은 복잡했다. 다 잡은 물고기를 놓쳤다는 아쉬움? 짜증과 자조도 섞여 있었다. 여러모로 애증이라 할 만하였다.

"이런! 제가 생각이 짧았군요."

김용우가 막 몸을 돌려 일행을 소개하려는 찰나.

"어험, 나도 좀 껴줄 수 있겠는가?"

선글라스를 착용한 대머리의 남자가 다가왔다.

이후 내게 시선을 옮기곤 씨익 웃었다.

"오늘은 밥맛 떨어질 일 없을 거야."

친근한 척 구는 대머리다. 나는 눈썹을 찌푸렸다.

"누구지?"

"이런, 기억 못하는 것 같군. 나름 강렬한 인상의 소유자라 생각했는데……. 하긴 2년 전의 일이니 잊을 만도 하지. 2년 전 자네를 스카우트하러 갔다가 대차게 욕먹은 '아리랑 길드'의 길드 마스터 박민우라고 하네."

아리랑 길드.

이 역시 오대길드 중 한 곳이다.

기억에 없는 걸 보면 그다지 비중이 있는 인물은 아닌 듯싶었다.
그때 또 다른 인물이 끼어들었다.
"어머머, 자기네들끼리만 그러기야?"
웨이브진 긴 머리칼과 농염한 입술. 30대 중반 정도로 추정되는 여인이 다가오자 박민우가 작게 한숨을 내쉬었다.
"김 여사, 내가 먼저 왔어. 순서 몰라?"
"인사에 순서가 어디 있어?"
"물도 위아래가 있는데 인사에 순서가 왜 없어?"
"나한테는 없어!"
박민우의 옆구리를 꼬집으며 그를 옆으로 밀쳐 낸 김 여사가 이어 간드러지게 미소 지었다.
"호호. 데빌헌터 공격대의 공격대장이죠? 나는 '쓰리고 길드'의 총책임자 김숙수라고 해요. 제가 2년 전에 편지 한 통도 보낸 적이 있는데…… 혹시 기억 안 나요?"
쓰리고 길드도 오대길드 중 한 곳이다.
"기억에 없군."
하지만 여전히 오리무중이었다. 내 기억에 없다는 건 정말 별거 아닌 일이었다는 걸 뜻했다.
"분홍색 봉투, 입술 자국, Love. 떠오르는 거 없어요?"
"그런 게 왔다면 버렸겠지."
"아…… 너무 강렬한 게 문제였나?"
김숙수가 혼자 고민에 빠지자 참다못한 김용우가 버럭 소리를 질렀다.

"아니, 뭣들 하는 겁니까?"

박민우가 안타깝다는 듯이 말했다.

"미안하지만 이해 좀 해주게. 데빌헌터 공격대의 공격대장이라면 한국에서 만나고 싶은 각성자 1순위야. 좀처럼 모습을 드러내지 않아서 우리가 얼마나 가슴 졸였는지 아나?"

"당신네들은 체통도 없습니까? 길드 마스터면 길드 마스터답게 순서를 지키란 말입니다."

"김 여사, 들었지? 천명회의 길드 마스터께서도 순서를 중요시한단 말이야."

김용우의 얼굴이 붉어졌다.

어쩐지 익숙해 보이는 걸 봐선 이게 평소 모습인 듯싶었다.

쨍그랑!

그때 파티장의 중심부에서 접시 깨지는 소리가 우렁차게 들려왔다.

"퉤! 오늘 음식 맛이 왜 이래!"

자연스럽게 시선이 향하자, 한 젊은 청년이 무언가 마음에 들지 않는지 마구 인상을 구긴 채로 불평불만을 쏟아내는 중이었다.

주변에는 젊은 층의 인사들이 모여 있었고 청년은 그 중심부에 있었다. 그리고 모두가 한결같이 안절부절못하고 있었다.

"또 터졌네. 에휴~"

유은혜가 작게 혀를 찼다.

그다지 청년 자체에 관심은 없었지만, 주변에 흐르는 기류가 의아하여 물었다.

"무슨 말이지?"

"잠시 귀 좀."

살짝 자세를 낮추자 유은혜가 까치발을 들었다.

"……저 패기 넘치는 젊은이가 성 회장님의 유일한 자식이거든요? 반년 전에 각성해서 돈으로 길드를 꾸리고 있는 진짜 관심종자예요."

"관심종자?"

"뭐, 자기한테 관심이 전부 쏠리길 바라는 거죠. 미스릴 길드의 길드 마스터가 비슷한 나이인데 오대 길드라서 관심을 독차지하니까 일전에도 한 번 난리를 일으켰어요. 오늘은 아예 초대도 안 한 것 같네요. 그냥 관심 끄는 게 답이에요. 상대도 해주지 마세요. 괜히 골치만 아파질라. 알았죠? 절대 상대하면 안 돼요."

유은혜가 누누이 강조했다. 하지만 나로서는 이해가 안 될 따름이었다.

잠시 싸늘해진 분위기는 금세 누그러들었다. 서로가 손을 잡고 춤을 추거나 와인을 마시며 대화를 나누는 등 교류가 활발해졌다. 하지만 내 표정은 변함없이 딱딱했다.

'인간의 파티는 내가 아는 것과 조금 다른 것 같군.'

그렇다. 여태껏 느껴왔던 이질감. 그것은 서로가 아는 '파티'의 정의가 달랐기 때문이었다. 이런 화기애애한 분위기의 현장일 줄은 전혀 몰랐다.

기본적으로 나는 인간의 파티를 참여해 본 적이 없다. 알지도 못한다. 그래서 유은혜가 마음껏 나를 지도하도록 내버려 둔 것이다. 일단 기본적인 '규칙'은 지켜야 한다고 생각해서 말이다.

한데 그냥 춤추고 담소를 나누는 게 파티라니, 실망스럽기 짝이 없었다.

나는 마계의 전장에서 태어났다.

삭막하기 그지없는 그곳에서도 하급의 마족들은 어련히 잘 살아갔다. 특히 1년에 한 차례 열리는 파티는 삶의 구원이라 할 정도로 여파가 컸다.

"대장님? 어디 가세요?"

유은혜의 눈이 커졌다. 나와 이야기를 나누려 했던 길드의 마스터들도 내가 움직이자 의아해하는 분위기였다.

하지만 나는 아랑곳 않고 걸어가 여전히 인상을 쓰고 있는 청년의 앞으로 다가갔다.

한국 굴지의 기업 일성그룹. 그곳 성 회장의 유일한 혈손이라면 오만하고 방자한 게 맞다. 세상 무서울 게 없으니 안하무인한 행동도 많이 취했을 터. 고작 오대 길드이니 길드 마스터니 하는 사람들이 눈에 찰 리 없었다.

그저 주변에서 띄워주는 것을 즐길 뿐이겠지. 나는 이런 녀석을 싫어한다. 마계에 있을 당시 내가 죽였던 백작 브뤼시엘도 이와 비슷한 성격의 소유자였다.

실력도 없는 주제에 '좋은 피'만 믿고 나대는 녀석. 그런 녀석이 위에 있으면 주변이 고달파진다. 아군이면 쳐 낼 것이고 적이라면 격이 맞지 않는다며 조소를 흩뿌려 줄 것이다.

"어제 혼자서 오크를 사냥했거든. 취익취익거리는 게 얼마나 시끄럽던지. 멱을 따주니까 그제야 조용해지더라고."

"규택 씨, 정말 혼자서 오크를 사냥한 거예요? 되게 무섭게 생겼던데…… 저는 도저히 못 잡겠더군요."

"와아~"

성규택. 그게 이름인 것 같았다. 여인들한테 둘러싸여 자신의 무용담을 늘어놓기에 바빴다.

"그런 놈들은 내 상대가 안 돼. 다음은 공격대를 꾸려서 5층을 올라볼 생각이야. 알지? 5층이 어떤 곳인지."

"예, 머드골렘이나 하피가 있다고 들었어요. 데빌헌터 공격대도 고전을 면치 못했다고요. 규택 씨, 무리는 하지 마세요."

"뭐야? 그따위 것들 잡는 게 왜 무리야? 너 지금 나 무시하냐? 데빌헌터 공격대가 성공한 거라면 나도 할 수 있어. 운이 좋아 이름만 유명해진 각성자들보다 내 길드의 대원들이 훨씬 강하니까."

열등감이 폭발했다.

한마디로 데빌헌터 공격대 역시 '운이 좋아서 유명해진 곳' 일 따름이라는 말이었다. 괜히 입을 열었던 여인은 식은땀만 줄줄 흘렸다. 그러나 성규택의 집권 시간은 그리 길지 않았다.

주변의 눈이 쏠린다. 여자 남자 할 것 없이 모두가 나를 바라봤다.

"아……."

그리고 성규택의 주변에서 장단을 맞춰주던 여인들은 '아뿔싸' 하는 표정을 지어 보였다. 그녀들도 각성자였고 데빌헌터 공격대가 가지는 위치를 잘 알았다. 그럼에도 맞장구를 쳐 준 건 그가 성규택이기 때문이다. 별다른 이유가 있을 리 없다.

내가 지근거리에 서자 성규택도 시선을 돌렸다. 이 상황이 마음에 들지 않는다는 듯 오만 인상을 찌푸리며 입을 열었다.

"뭡니…… 커헉!"

퍽!

하지만 끝맺음을 맺지는 못했다. 짧고 간결한 소리가 주변에 울려 퍼졌고, 너 나 할 것 없이 모든 이가 눈을 동그랗게 떴다.

성 회장이 애지중지하며 키워온 외아들이 쌍코피를 줄줄 흘리며 바닥에 널브러진 것이다!

그것도 성 회장의 저택에서 벌어진 파티장에서 벌어졌으

니 여파가 작지 않았다.

'왜?'라는 의문이 머릿속을 가득 채웠지만 쉽사리 입을 여는 이는 없었다.

"이, 개새끼가!"

코피를 손등으로 닦아낸 성규택이 자리를 박차며 일어났다. 얼굴을 붉힌 채 어느새 오른손에는 검을 쥐고 있었다.

"재미있군."

입가에 미소를 띴다.

내가 아는 파티란…….

서로가 기량을 겨루는 핏빛의 행위이다.

1년에 하루. 그날만큼은 같은 전장에 속한 모두가 평등해진다. 위에 있는 자에게 결투를 요청해 그를 죽이면 상급자가 될 수 있었다. 만약 결투를 거부한다면 주변의 모든 마족에게 공격을 받아 싸늘한 시체가 되고 만다.

인간들이 그 정도로 악이 있다 여기진 않지만, 그래도 비슷한 장면이 연출되리라 기대했는데 전혀 아니어서 실망이 컸다. 그래도 직접 나서서 판을 깨자 그제야 조금은 재미가 생겼다.

"뭐? 재미있어?"

성규택의 눈에 분노가 서렸다. 그가 언제 이런 취급을 받아봤겠는가.

그가 내게 검을 겨눴다. 하지만 그다음 행위로는 이어지지 못했다.

빠악!

"어어?"

눈 깜짝할 사이 성규택은 중심을 잃고 쓰러졌다. 그러면서도 자신이 왜 쓰러졌는지 이해를 하지 못하는 모습이다. 이어 강렬한 고통이 후두부에서 느껴진 뒤에야 내게 맞았음을 깨달았다. 어떻게? 라는 의문이 잠시 눈에 맴돌았지만 성규택은 곧 완전히 정신을 놓았다.

채엥!

성규택의 근처를 배회하던 사람들, 허리춤에 검집을 차고 다니던 성규택의 길드원들이 빠르게 검을 뽑았다.

"더 이상의 폭력행위는 용서할 수 없습니다."

"폭력행위라…… 용서할 수 없다면 어디 한번 막아보아라."

이를 드러내며 웃었다. 너희들은 안중에도 없다는 '여유'가 주변에 있는 그대로 비쳐졌다. 그리고 이곳에서 내가 강자임을 모르는 각성자는 거의 없었다. 성규택 같은 이가 아니라면 말이다.

팽배해진 긴장감.

속속들이 검을 겨누는 인원이 많아졌다.

"제아무리 데빌헌터 공격대의 공격대장이라도 이 많은 인원을 상대할 수는……!"

"없다?"

나는 땅을 밟았다. 내게 검을 겨눈 각성자는 모두 어중이떠중이에 불과했다. 숫자도 수십이 전부였다. 본신의 힘을 조금만 보여도 충분하다.

파티가 재미없다면 재미있게 만들면 되지 않겠나.

잠시 뒤 벌어진 장면에 남은 이 모두가 기겁하지 않을 수 없었다.

수십의 각성자가 단 한 명에게 무릎을 꿇었다.

5분이 채 걸리지 않았다. 게다가 아직도 지치지 않는 모습이다. 내가 움직이는 것을 처음 보는 이들은 하마처럼 입을 벌려 넋을 놓기에 바빴다.

"그만!!"

상황이 종결되고 머지않아 입구에서 다수의 보디가드가 나타났다. 그리고 흰머리가 인상적인 배불뚝이 남성이 그들의 맨 앞에서 소리를 내지른 것이다.

그는 바닥에 쓰러진 각성자들과 자신의 아들을 바라보곤 몸을 부르르 떨었다. 급히 보디가드 한 명을 보내 생명에 지장이 없다는 걸 확인했지만 얼굴에 서린 분노는 사그라질 줄 몰랐다.

"누군데 이런 난동을 피우는 것이냐?"

하지만 즉시 행동으로 옮기진 않았다. 현명한 판단이다.

"랜달프, 데빌헌터 공격대의 공대장."

턱!

멀리서 김용우가 이마를 짚는 소리였다.

그러거나 말거나 성 회장은 주먹을 쥐었다.

"요 근래 유명세를 조금 떨친 이름이구나. 하지만 그 이름이 면죄부는 될 수 없다. 제대로 해명하지 않으면 살아서 돌아가지 못할 것이다."

보디가드들이 일사분란하게 총을 꺼내 들었다. 본래는 불법이지만 세상이 세상이었다. 알게 모르게 총기를 소지한 사람은 많았다. 하물며 성 회장이다. 모든 보디가드가 실제 총을 소유해도 이상하지 않았다.

그러나 저런 총 따위는 내게 상처 하나 낼 수 없었다.

"이 파티가 마음에 들지 않았다고 해두지."

"……뭐?"

"웃고 떠들 때가 아니란 뜻이다."

척.

한 발자국 다가선다. 긴장감이 더욱 바짝 조여졌다.

"한국은, 세상은 시시각각 멸망의 길로 들어서고 있다. 오크를 잡는 것 따위와는 비교도 안 될 커다란 재앙이 곧 있으면 다가온다. 그런데 바삐 움직여야 할 자들이 이 호화스러운 저택에서 술을 마시고 노래를 부르며 춤을 추고 있다. 심지어 아무도 이 문제를 지적하지 않더군. 통탄할 노릇이라 아니할 수 없다."

작게 혀를 찼다.

기자와 인터뷰를 나눈 이야기는 전국에 흘러나갔다. 곧 몬스터 웨이브가 일어날 것이란 사실도 전했다. 성 회장 정도의 인물이라면 듣지 못했다고 모른다고 할 수는 없을 것이었다.

그런데 놀고 즐기는 장소를 만들었다. 한시가 바쁜 이때, 던전을 경계하며 작전을 세워야 할 모든 이를 초대했다.

회합의 장이라 할 수도 있겠지만 결국 껍데기에 불과하다. 당장은 전혀 쓸모가 없었다.

"모르는 건가? 아니면 모르는 척을 하는 건가? 한국의 힘은 절벽에 다다랐다. 천사가 등장하고 마수들이 집결한 걸로도 모자라 몬스터 웨이브가 일어난 지 몇 달이 지나지 않았다. 사우디아라비아로 출정하며 잃은 숫자도 무시할 수 없다. 그런데 앞으로 몇 달, 짧으면 며칠 뒤에 또다시 몬스터 웨이브가 일어난다면 과연 무사할 수 있을까?"

만약 그리 되거든 수많은 인간이 죽어 나갈 게 자명했다.

여기서 이러고 있을 때가 아니라 허리띠를 졸라매고 전력을 가다듬어야 할 시기였다.

모두가 침묵했다.

돌아가는 상황을 잘 아는 이일수록 표정에 암담함이 서렸다. 대표적으로 길드의 마스터들이 그러했다.

나는 한 발자국 더 나아갔다.

"대비하고 마음의 준비를 해놔도 부족한 시간이다. 이때

위 곳에서 희희낙락거리며 낭비하고 있을 때가 아니다. 나는 던전에서 몬스터 웨이브가 일어날 징조를 직접 눈으로 확인했다. 그것을 무사히 막을 수만 있다면 불속에라도 뛰어들 것이다. 나와 같은 각오를 가진 자들이 있을까 싶어서 참여했지만…… 실망스럽기 그지없군.”

캬오오오—!

용의 형상을 한 뇌신이 울부짖었다.

모든 이가 그 형상에 압도되었다.

놀라는 이들도 적지 않았다. 번개의 용. 천사들이 출현했을 때 마수를 끔찍이 괴롭혔던 그 용의 정체가 무엇인지 논란이 많았다. 설마 그것을 가지고 있는 자가 나일 줄은 상상조차 못한 모습이다.

나는 한 발자국 더 나아가 성 회장의 앞에 서서 말했다.

“비켜라. 안주하는 자에게 볼일은 없다.”

Dungeon Hunter

그 시각.

이히는 열심히 살덩이를 찔러대는 중이었다.

“애애, 너 이히한테 뭐를 숨기고 있는 거니?”

근원의 요정으로 격이 상승하며 이히는 사물의 본질을 보다 확실하게 꿰뚫어 보는 게 가능해졌다. 그리고 살덩이와 놀던 도중 그 사이에 숨겨진 '무언가'가 있음을 깨달았다.

"말해보렴. 이히는 해치지 않아요~"

꾸욱! 꾸욱!

열심히 살덩이를 눌러대자 살덩이가 계속해서 움찔거렸다.

하지만 숨겨진 것을 내놓지는 않았다.

"흥, 너 말이야. 계속 그러면 이히한테도 다 방법이 있거든?"

강제로 배를 갈라 버려야겠다고 잔인한 다짐을 한 이히가 근원의 나무로 돌아갔다. 던전 마스터에게 의견을 구하겠다는 생각은 벌써 사라진 지 오래다.

이어 근원의 나무에게 양해를 구해 가장 날카롭고 단단한 뿌리 하나를 얻을 수 있었다.

"말하려면 지금밖에 없어. 이히히. 안 그러면 조금 아플 거야!"

꿈틀!

본능적으로 생명의 위협을 알아차린 살덩이가 보다 빨리 움직이기 시작했다.

하지만 어림도 없다.

"살덩아, 네가 자초한 거야. 이히는 아무런 잘못 없어."

이히가 날카로운 뿌리를 손에 쥐었다. 근원의 나무가 꽁꽁 숨겨두었던 뿌리 중 하나다. 살덩이를 가르고 숨겨진 것을 빼내는 것쯤은 간단한 일이었다.

푸욱!

잔학한 미소와 함께 이히가 살덩이의 중심부에 뿌리를 꼽았다. 하지만 배를 가를 수는 없었다. 뿌리를 꼽은 즉시 환한 빛 무리가 살덩이의 중심부에서 쏟아져 나왔기 때문이다.

화아아악!

Chapter 33

인피니티 아머

Dungeon Hunter

"이게 뭘까?"

빛이 사라진 직후.

이히는 한참 동안 허둥대다가 겨우 안정을 되찾곤 제자리로 돌아왔다.

괜히 심술이 나서 살덩이를 발로 찼는데 얻어맞은 것처럼 발가락이 아팠다. 다시 발동 동동 구르며 사방팔방을 굴러다녔고 인상을 잔뜩 찌푸린 채 살덩이를 살핀 결과…… 방금 전과는 조금 형태가 달라진 걸 깨닫게 되었다.

"으음, 뿌리를 흡수했네."

가장 날카롭고 단단한 뿌리였다. 그것을 흡수하며 빛을 뿜어낸 것과 지금의 변화는 관련이 있는 게 분명했다. 살덩이에서 은은히 근원의 마력이 풍겨왔던 것이다.

"살덩아, 이히한테 화가 난 건 아니지?"

괜히 양심이 찔린 이히가 살금살금 다가가 살덩이를 눌렀다. 전이었다면 딱 누르기 좋은 탄성으로 손가락이 튕겨 나와야 했건만 왜인지 딱딱하기 그지없었다.

마치 화가 나서 몸을 경직시킨 모양새다.

"움직이지도 않고 말이야. 에이~ 재미없어."

툭!

심통이 난 이히가 경직된 살덩이를 발로 찼다.

"아야!!"

발이 아픈 건 당연한 일이다.

이히가 바닥을 데굴데굴 굴렀다. 불과 수십 초 전 같은 일을 반복했음에도 학습 효과가 전혀 없는 이히였다.

"히잉, 너랑 안 놀아!"

울상을 지은 이히가 꿀벌들을 괴롭히러 날아갔다.

스테인.

던전의 7층을 배정받은 드워프들의 장로이자 가장 연로한 남자. 그는 지금 몇몇 건장한 드워프와 함께 15층으로 향하는 중이었다.

"스테인 장로님, 이번에도 질 좋은 뿌리를 얻을 수 있을까요?"

"목소리에 근심이 묻어나는구나. 우리가 구걸을 하러 가는 것도 아닌데 말이다."

"그래도…… 다크 엘프이지 않습니까. 솔직히 조금 껄끄럽습니다."

"흥, 제깟 것들이 우리를 무시해 봤자 우리는 던전 마스터의 명령으로 정당하게 뿌리를 얻는 것이다. 그리고 내가 여기저기서 정보를 모아봤다만 근원의 나무는 그들이 틔운 게 아니야. 모두 던전 마스터의 위대함 덕분이지!"

스테인이 노기를 일으켰다.

드워프와 엘프는 서로가 천적인 종족이다.

만날 때마다 분위기가 어두워지는 건 어쩔 수 없는 일이었다. 하지만 근원의 나무에서 얻는 뿌리는 무구를 만드는 데 아주 좋은 재료다. 드워프들의 실력 향상도 빠르게 꾀할 수 있었고, 괜찮은 무구를 진상하면 던전 마스터의 신뢰도 높일 수 있었다. 하여 근원의 뿌리는 반드시 얻어야만 하는 중요한 것이었다.

그런데 다크 엘프는 근원의 나무를 무기 삼아 항상 협상을 해왔다. 가소롭고 가당찮다. 던전 마스터가 아니었다면 그 모습조차 보일 수 없었을 터였다.

스테인이 코웃음을 치며 이어서 말했다.

"우리 드워프는 매우 생산적인 일을 하고 있지 않느냐. 반대로 그들이 하는 것이라곤 식물 조금 키워내는 게 전부다. 그 정도는 우리도 할 수 있다."

"여러모로 던전 마스터의 대행자 행세를 하는 게 아니꼽긴

합니다.”

“두고 봐라. 지금은 크리슬리라는 여자의 비중이 높지만, 뿌리를 보다 완벽하게 다루거든 반드시 역전된다. 하다못해 ‘드워킹’의 재목만 태어난다면 우리 드워프는 던전에 없어선 안 될 최정상의 위치에 서게 될 거다.”

“맞습니다. 그날이 손꼽아 기다려집니다.”

건장한 청년 드워프들의 눈가가 풀렸다. 던전 마스터의 신임을 얻으며 권위를 떨치는 드워프의 모습을 상상만 해도 전율이 일었다.

한참 숲속을 걷다가 스테인이 인상을 찌푸렸다.

“그나저나 슬슬 마중을 나올 때가 됐는데…… 에잉, 게으른 놈들 같으니.”

“그들의 천성이 원래 그렇지 않습니까?”

“쯧쯧. 이래서 다크 엘프는…… 응?”

혀를 차고 욕지기를 내뱉으려는 그때 스테인이 한쪽 방향을 바라보며 고개를 갸웃했다.

반짝이는 무언가가 수풀에 숨겨져 있었다.

짧은 발을 놀려 다가가자 드워프 몸통만 한 금속 하나가 덩그러니 놓여 있는 게 아닌가.

“이건…….”

조심스럽게 금속 철판을 들었다.

만져 보고, 두드려 보고, 가만히 철판에 귀를 가져다 대는 등의 행위를 반복하다가 스테인이 턱을 쓸었다.

"장로님, 그게 뭡니까?"

"처음 보는 재질의 철이다. 느껴지는 마력도 심상치 않아. 이건 두드려 봐야 알겠어."

청년 드워프들이 눈을 크게 떴다.

"장로님께서도 모르는 철이 있었습니까?

"당연하다마다. 오히려 모르는 것이 더욱 많지."

스테인은 천성적으로 모든 철을 알고 다루는 '드워킹'이 아니었다.

모르는 걸 연구할 수밖에 없는 존재.

하지만 그렇기에 흥미가 동한다.

'심상치 않아. 뭔가 작품 하나가 탄생할 것 같군.'

자신의 손에서 새롭게 태어날 정체불명의 금속.

결과물을 상상하는 것만으로도 절로 마음이 들떴다.

까앙! 까앙!

화로 앞에 앉은 스테인이 열심히 망치를 두드렸다.

벌써 40시간이 넘도록 식음을 전폐한 채 같은 행위만 반복하는 중이었다.

'대단한 금속이다. 세상에 이런 금속이 있을 줄이야!'

우연찮게 주운 금속은 여태껏 스테인이 만져 본 적도, 본 적도 없는 그런 재질로 이루어져 있었다. 신화나 전설 속에서나 등장할 법한, 그저 대단하다는 말로는 설명 불가능한 영역에 존재하는 금속이었다.

'부서지면 원상태로 돌아온다. 본래의 성질을 유지하려는 특성이 매우 강해.'

단단한 건 둘째 치고 그 성질이 놀랍다.

그래서 형태를 변화시키고 고정시키는 작업이 까다롭기 그지없었다.

'갑옷을 만들자. 세상에 다시없을 그런 갑옷이 될 것이다.'

왜 하필 갑옷인지 그조차 알지 못했다.

그냥 갑옷을 만들어야만 할 것 같았다. 그런 기분이 들었다.

까앙-!

스테인은 자신의 모든 역량을 쏟아부었다.

조금이라도 눈을 떼면 형태가 돌아가 버리기에 수십 시간을 뜬눈으로 보냈다. 망치와 모루는 붉게 달아올랐으며 공방 안은 화끈한 열기가 가득 찼다.

반대로 그는 하루하루 말라가는 중이었다. 근육질의 몸매가 조금씩 앙상해져 갔다. 말 그대로 생명을 깎아 작품을 만들고 있는 셈이다.

초인적인 정신력과 집착으로 버텨낼 뿐. 하지만 조금씩 금속의 형태가 잡혀가고 있었다. 눈가의 열기는 처음과 다를 것 없이 그대로였다.

삼 일, 사 일…… 일주일.

주변의 드워프들이 걱정했지만 스테인은 자신의 공방에 누군가가 들어오는 걸 금지했다.

어쩌면 자신이 만든 최고의 역작이 완성될지도 모르는 일.

누구의 방해도 받고 싶지 않았다.

대략 10여 일이 흐르자 갑옷의 형태가 조금씩 잡혀가기 시작했다. 일이 진행될수록 스테인의 몸은 메말라 갔으며 정신도 조금씩 침식당했다.

침이 흘렀다. 눈은 실핏줄이 가득하다. 머리와 수염이 더욱 하얗게 세어버렸다.

그럼에도 손은 쉬지 않았다.

의지가 마모되며 어느덧 스테인은 금속의 노예가 되었다.

금속이 시키는 대로 움직이고 있었다.

그렇게 한 달여간의 대장정이 끝이 났을 때.

'이 물건은…… 나의 것이다. 누구에게도 건넬 수 없어.'

갑옷을 쥔 그의 눈이 탐욕으로 일렁거렸다.

Dungeon Hunter

파티가 끝나자 한차례 폭풍이 불었다.

하지만 입과 손이 닳도록 바쁜 건 김용우뿐이었다.

시간은 빠르게 지나갔고 정작 나는 평소와 다를 바 없이 일상을 영위하는 중이었다. 물론 일상이라고 해봤자 별건 없었다. 주로 유은혜와 에드워드를 훈련시키는 일이었다. 에드워드는 크라스라가 대부분 도맡았지만, 유은혜의 경우 같은 번개의 속성을 다루기에 내가 적합했다.

"아직도 검이 전뢰를 머금도록 하는 게 약간 어색하군."

"그쵸? 계속 반복해도 잘 안 되더라고요."

"내가 길을 유도해 보겠다."

"벗을까요?"

"필요 없다."

"정말?"

"……."

유은혜가 능글맞은 고양이처럼 웃어 보였다.

예전과 달리 크게 성장을 이룬 터라 직접 살결을 부딪치며 길을 유도해 줄 필요는 없었다. 나는 유은혜의 배에 살짝 손을 대, 강렬한 전류를 흘려보냈다.

"으음……."

몸을 배배 꼬며 유은혜가 애써 인내했다.

배를 타고 흘러오는 전류가 묘하게 성감을 자극한 탓이다. 다른 사람이었다면 몇 번은 뒤집어졌을 것이건만 번개의 정령에게 가호를 받은 유은혜는 논외였다.

유은혜의 몸속에 내재된 전류가 내 흐름을 따라 이동했다. 이어 쥐고 있던 검에 조금씩 스며들었다. 다른 사람의 기운을 움직이는 작업은 굉장히 섬세한 일이다. 제아무리 나라도 엄청난 집중력을 요할 수밖에 없었다.

—마스터! 큰일 났어요. 한 드워프가 미쳐 날뛰고 있어요!

"아악!"

집중력이 깨졌다. 흐트러진 전류가 유은혜를 펄쩍 뛰게 만들었다. 다행히 큰일은 벌어지지 않았지만 위험천만한 순간이었다.

"왜, 왜 그러세요?"

"잠깐 기다려라."

자리에서 일어나 룸을 나섰다.

그와 동시에 이히에게 연락을 보냈다.

'이히, 무슨 일이지?'

—이히도 잘 모르겠어요. 드워프 장로가 살덩이를 입고 있어요. 이히가 말려봤는데도 말을 듣지 않아요. 막 이히랑 근원의 나무를 흡수하려고 해요. 그리핀은 쓰러졌고, 기간테스가 막아서고는 있지만 언제까지 버틸 수 있을지…….

'스테인이로군. 한데, 살덩이를 입고 있다?'

—살덩이를 갑옷으로 만든 것 같아요. 어떡하죠? 이히는 무서워요, 마스터.

살덩이라 함은 무한의 살덩이밖에 떠오르는 게 없었다.

하지만 무한의 살덩이는 파간 그리울리의 던전에서 죽지 않았던가?

그것이 어떻게 살아 있고 어째서 돌아왔는지, 하물며 그 살덩이가 갑옷으로 둔갑했는지 전혀 감이 잡히지 않았다.

그러나 이히의 목소리는 불안정하기 그지없었다. 천성이 낙천적인 이히가 저 정도로 떨고 있다면 예삿일은 아니었다.

'그리핀이 쓰러졌다고…….'

미간을 눌렀다. 그리핀은 최상급의 마수다. 가장 낮은 레벨에 위치하긴 했지만 쉬이 쓰러질 존재와는 거리가 멀었다. 게다가 그로도 모자라서 기간테스마저 고전을 면치 못하고 있다고 한다.

그리핀과 기간테스는 내가 보유한 최강의 마수들이다. 그 밑으로 크라스라, 크리슬리, 백치호 등이 있기는 했지만 둘과 비교하면 역부족인 게 사실이었다.

'버텨라. 당장 가마.'

사태의 심각성을 깨달은 나는 즉시 움직이기 시작했다.

Dungeon Hunter

스테인…… 아니, '탐욕'은 배가 고팠다. 목이 말랐다.

자신을 각성시킨 근원이 무척이나 탐이 났다.

저것을 흡수하면 이 허기가 조금은 가실 듯싶었다. 목이 마른 자가 우물을 찾는 것처럼 탐욕은 쉴 새 없이 앞으로 향해 나갔다.

그러나 쉽지는 않았다.

막아서는 이가 너무나도 많았다.

"너! 못 지나간다!"

커다란 새에 이어서 이번에는 거인이었다.

탐욕은 마음에 들지 않았다. 왜 자신을 막아서는 것인지 이해도 되지 않았다. 하지만 막는다면 뚫고 지나갈 따름이었다.

거인과의 전투는 격렬했다. 커다란 새보다 까다롭고 공격력이 강했다. 몇 번이나 갑옷이 찌부러지는 타격을 입었다. 그러나 금세 본래의 형상으로 회복할 수 있었다.

지치지 않는 무한한 힘. 그것이 탐욕의 진정한 실체다.

기간테스는 강력했지만 그게 전부였다. 단순히 힘과 힘으로 부딪치는 거라면 탐욕도 지지 않았다.

꽈르릉!

격돌했다.

놀랍게도 기간테스가 밀렸다.

"쿨럭!"

역류한 피가 기간테스의 입을 타고 흘러나왔다.

주변에서 전투를 바라보던 모두의 눈에 안타까움이 서렸다.

다크 엘프와 드워프 무리가 모여서 다음 차례를 대비했다.

이제 자신들마저 뚫린다면 뒤는 없었다.

그 중심부에 선 크리슬리가 지팡이를 강하게 부여잡았다.

리치, 용아병, 백치호 등등이 모였지만 지치지 않는 존재를 이길 수 있으리란 생각이 좀처럼 들지 않았다.

탐욕이 한 발자국 걸을 때마다 긴장감은 배가 됐다.

이윽고 탐욕이 지척에 다다랐을 시점.

"재미있군. 아주 재미있어."

던전의 진정한 주인이 입가에 미소를 띤 채 모습을 드러냈다.

심상치 않은 일. 내가 의도하지 않은 일이 던전 안에서 일어났다. 이는 매우 불쾌한 경우이며 따라서 조속하게 해결할 필요가 있었다.

이동 마법진을 이용해 15층에 도달하자 곳곳에 쓰러진 휘하 마수들이 보였다. 마치 태풍이 휘몰아치고 지나간 것만 같은 광경. 누군가가 압도적인 힘을 발휘해 주변 경관을 아예 진창으로 만들어버렸다.

그리고 바닥에 널브러진 그리핀을 발견했을 땐 호기심마저 일었다. 다행히 목숨을 붙어 있었지만 몸 전체에 난 상처를 보아하니 상대의 전투력이 실감이 되었다.

'그리핀의 생명력이 강해서 다행이로군.'

괜히 최상급의 마수이겠는가.

가냘프지만 분명히 숨을 쉬고는 있었다.

급한 상처에 포션을 부어주며 그리핀을 뒤로했다.

앞으로 반나절은 버틸 수 있으리라.

그 안에 해결을 할 셈이었다.

'무한의 살덩이. 스테인, 뭘 한 거지?'

길을 향하는 와중에도 계속 드는 의문이었다.

무한의 살덩이가 살아서 돌아온 것도 놀라울진대 어찌하여 스테인에게 양도되고 이번과 같은 일을 일으켰는지 전혀 감이 잡히지 않았다.

별수 없다.

직접 확인할 수밖에.

머지않아 던전이 흔들리며 쿵! 하고 부딪히는 소리가 들렸다.

바로 앞에서 싸움이 벌어지고 있는 것이다. 조금 더 걸음을 빨리하자 기간테스가 피를 토하고 쓰러지는 장면을 목격할 수 있었다.

'허…….'

일대일에서도 최강을 자부하던 기간테스가 패배할 줄이야!

침음을 삼켰다.

그리고 그 앞, 드워프 스테인이 검은색의 갑주를 착용한 채 오연히 걸어 나가는 중이었다.

갑주는 특이했다. 각이 잡히고 포효하는 뱀의 문신이 새겨져 있었다. 어둠의 마력을 발산하며 스테인의 이성을 완전히 잡아먹은 상태였다.

갑주가 원인임을 본 즉시 알아보고 심안을 열었다.

이름 - 인피니티 아머(폭주)

설명 : 무한한 탐욕으로 얼룩진 갑옷. 근원의 나뭇가지로 핵이 각

성했으나 대장장이의 실력이 부족하여 제대로 핵을 정제하지 못했다. 폭주를 막으려면 한 차례 '해체'시킬 필요가 있다.

*형상 복구. 공격을 흡수하여 마력으로 전환한다. 일정 이하의 타격을 무효화시킨다.

**칠 대 죄악 중 '탐욕'과 관련된 것이라면 모두 대체 가능.

절로 미소가 지어졌다. 어떻게 만들었는지는 모르겠지만 옵션이 훌륭하기 그지없었다. 일정 이하의 타격을 무시하고, 공격을 흡수해 마력으로 전환하는 것. 사용키에 따라서 스킬을 무한히 연발할 수 있다는 뜻 아니겠는가.

장기전을 이끌고 가는 데 있어선 최고의 아이템이었다.

하물며 칠 대 죄악으로 대체가 가능하다고 한다. 인피니티 아머를 착용하면 분노, 나태, 탐욕으로 3세트를 완성하는 것이다.

"재미있군. 아주 재미있어."

인간들과 함께한 파티 따위와는 비교도 안 된다. 진정으로 나를 즐겁게 하는 건 이와 같은 일이었다. 계획에 없었지만 내가 결정한 행동에 따라 손해도 되지만 큰 이득이 될 수도 있는 일들.

무조건 정해진 길로만 걷다 보면 자극이 부족하다. 정체, 혹은 쉽게 나태해질 가능성이 높다. 그런 것을 나는 바라지 않는다.

스테인이 나를 돌아보았다. 붉게 물든 눈이 매섭게 일렁거렸다. 그 뒤쪽에서 크리슬리와 이히를 비롯한 휘하의 마수들이 긴장하며 지켜보고 있었다.

입가의 미소를 지우지 않은 채 말했다.

“잘도 내 던전을 휘저었더구나. 이제 죗값을 치를 때가 왔다.”

“막지…… 마라!”

파악!

땅을 밟고 이동하는 속도가 빠르다. 드워프라면 절대로 낼 수 없는 움직임. 하지만 당황하지 않고 분노를 꺼냈다.

촤아앙!

두꺼운 롱소드를 마구잡이로 휘두르며 공격을 감행한다. 기교는 없었다. 그저 휘두르는 것에 불과하다. 그러나 위력적이었다. 자칫 잘못 맞았다간 나라도 무사하지 못할 것 같았다.

그럼에도 웃는다. 스테인 따위가 갑옷 하나를 걸쳤다고 이와 같은 위력을 낸다. 어찌 흥분하지 않을 수 있겠나. 어찌 즐겁지 않을 수 있겠는가!

‘다크 소드에도 형상 복구를 할 수 있는지 보자.’

치유 불가의 저주를 내리는 다크 소드에 상처를 입고도 복구를 할 수 있는지 자못 궁금해졌다. 동시에 분노가 검게 물들었다.

따앙!

갑옷에 박았지만 단단하다. 검이 튕겨 나갔다. 짧게 코웃음 치며 한 발자국 물러나 태세를 정비했다. 그 빈 공간을 스테인이 찌르고 들어왔다.

그저 무작정 하고 보는 공격. 기간테스에겐 먹히겠지만 내게는 어림도 없다. 마계의 전장, 그리고 전생에서 수없이 갈고 닦아진 기교는 초심자가 어찌할 수 없는 것이었다.

수악!

스테인의 왼쪽 팔을 베어냈다. 그러자 갑옷이 검은 연기를 뿜어내며 상처를 감쌌다. 이어 왼쪽 팔이 조금씩 재생되기 시작했다.

아니, 아니다. 나는 급히 생각을 수정했다.

"치유가 아니라…… 하하! 창조였던가!"

그것을 보고 깨달았다.

재생이되 재생이 아니다. 팔을 다시 재구성해 버린 것이다. 치유 불가의 다크 소드가 효력을 발휘하지 못할 수밖에 없었다.

크게 한 방 얻어맞은 느낌이다.

복구와 창조는 전혀 다른 영역이었다. 업적 상점 때에도 한 번 겪었지만 이래서 설명을 곧이곧대로 믿으면 안 된다. 원래 있었던 형상을 그대로 재현하는 기능밖에 없는 것 같았지만 그것만으로도 놀랄 노 자다.

'그러나 창조라면 막대한 마력이 필요할 터. 어디까지 재생할 수 있는지 심히 궁금하군.'

궁금한 건 참지 못하는 성격이다.

어디까지 막을 수 있는지, 어디까지 흡수가 가능한지, 어디까지 복구할 수 있는지…….

"파라노말."

[파라노말의 다섯 가지 축복 중 하나, '30분간 마력+5'가 적용되었습니다.]

지능이 높아진 탓인가? 예전과 달리 쓸 만한 축복이 자주 걸린다.

"분노."

[높은 마력 보정(101)으로 힘과 민첩, 체력이 10씩 상승합니다.]

[지능이 20 하락했지만 순수 지능이 76 이상입니다. '아스트랄 코드'로 인해 고유 특성이 강화되어 상태 이상 '분노'에 걸리지 않습니다.]

이로써 내 힘은 100을 넘겼다. 105에 달하는 초월적인 수치. 나태와 함께 사용하려거든 지능이 96은 넘겨야 비로소 가능할 듯싶었다. 아직 그 정도는 되지 않았고 지금은 그다지 함께 사용할 필요가 없었다.

분노면 충분하다.

저 갑옷을 '해체'시키기에는 말이다.

왼팔을 모두 복구한 스테인을 향해 비릿하게 웃으며 말했다.

"나를 실망시키지 마라."

쾅! 쾅! 콰르릉!

분노가 갑옷을 때린다. 그럴 때마다 조금씩 갑옷에 균열이 생기며 파멸을 야기하고 있었다. 이에 스테인의 표정이 바뀌었다. 조급한 듯 몸을 떨곤 자리에서 멀어졌다. 오로지 탐욕뿐이 없는 갑옷이 공포를 느끼며 도망치기 시작한 것이다.

"너는 우수한 대장장이다. 죽이진 않겠노라. 하나……."

실제로 드워프 중에 스테인만 한 실력자가 없었다. 그를 죽이기엔 너무 아깝다. 인피니티 아머를 만들어낸 만큼 잘만 키우면 더한 물건도 생산하지 말라는 법이 없다.

하나, 갑옷은 확실하게 손을 본다.

저 괘씸한 버르장머리를 고쳐 줄 필요가 있었다.

"너무 느리군."

스킬 분노를 사용하며 민첩 역시 100에 도달한다. 스테인이 아무리 빠르다고 하더라도 나를 벗어날 수는 없었다.

"크아아아!"

결국 도망치는 걸 포기한 스테인이 나를 노려보며 검을 휘둘렀다.

누누이 말하지만 기교 없는 움직임은 내게 통하지 않는다.
비웃으며 분노를 높이 들었다. 전력을 담으려는 셈이다.
과연 이 공격도 흡수할 수 있을까?
있는 힘껏 갑옷을 때렸다.
콰아앙!

Dungeon Hunter

스테인이 쓰러졌다.
갑옷이 반파되었다.
억지로 벗겨내 반파된 갑옷을 살폈다.
'조금씩 복구가 되는군.'
그러나 방금 전과 달리 폭주한 기색은 사라졌다. 이에 다시 심안을 열어 갑옷의 상태를 확인했다.

이름 - 인피니티 아머(성장)
설명 : 무한한 탐욕으로 얼룩진 갑옷. 근원의 나뭇가지로 핵이 각성했으나 대장장이의 실력이 부족하여 제대로 핵을 정제하지 못했다. 한 번 해체되며 가진 바 능력이 토막 났지만 인피니티 아머는 사용자의 마력을 주축 삼아 '성장'이 가능하다.
*형상 복구. 공격을 흡수하여 마력으로 전환한다. 일정 이하

의 타격을 무효화시킨다.

*성장 정도에 따라 특수한 옵션이 개발된다.

**칠 대 죄악 중 '탐욕'과 관련된 것이라면 모두 대체 가능.

성장?

처음 보는 문구다.

'무한의 살덩이가 가진 스킬이었지.'

하지만 납득은 되었다.

그 핵을 이용해 만든 게 인피니티 아머렀다.

성장하면 무슨 스킬이 나타날지 심히 기대가 되었다.

"스테인을 치료하고 뒷정리를 하도록. 특히 그리핀의 상태는 빨리 살피는 게 좋다."

"알겠습니다, 나의 던전 마스터시여."

크리슬리가 정중히 답했다.

나는 갑옷을 든 채 최상층으로 향했다.

'됐군.'

그렇게 이틀 정도가 흐르자 갑옷이 형태를 완전히 복구하였다.

'3개의 세트 아이템.'

세트 아이템은 모으면 모을수록 모종의 효과가 더해진다.

2개일 땐 별다른 효과가 없었다. 하지만 3개라면 어떨지.

기대하며 인피니티 아머를 착용하자 메시지 창이 떠올랐다.

['분노', '나태', '탐욕'의 세 가지 죄악을 모았습니다.]

[관련된 스킬이 사라지고 새로운 스킬 '타락(Ex Epic)'이 생성되었습니다.]

타락!

몇 번을 반복하며 메시지 창을 유심히 바라봤다.

익셉셔널 에픽 등급의 스킬이라니?

심장이 빠르게 뛰었다. 침을 꿀꺽 삼키며 상태창을 열었다.

이름 : 랜달프 브뤼시엘

직업 : 마계 백작(던전 마스터)

칭호 :

*던전사냥꾼(던전 점령, 마족 사냥 시 잔여 능력치+1)

*불굴의 전사(Ex U, 모든 능력치+2)

*최초로 요정의 축복은 받은 자(U, 마력+6)

*근원의 주인(Epic, 모든 능력치+3)

능력치 :

힘 80(+15)

지능 86(+5)

민첩 75(+15)

체력 80(+5)

마력 85(+11)

잠재력 (406+51/500)

잔여 능력치 : 7

전력량 : 21GW

특이사항 : 나락군주의 심장이 일부 각성한 상태입니다.

스킬 : 만물조합(U), 심안(Ex U), 다크 소드(Ex U), 신검합일(Ex U, Passive), 전격의 정령(Epic), 타락(Ex Epic)

[전후 비교]

힘 91 지 76 민 86 체 84 마 95 잠재력 (392+40/500)

힘 95 지 91 민 90 체 85 마 96 잠재력 (406+51/500)

천사의 알을 얻은 뒤 오랜만에 떠올린 상태창.

능력치도 제법 많이 변했다. 그중 지능만이 유독 크게 올랐는데 황제의 검, 세계수의 잎사귀 등으로 도움을 받아서 가능한 일이었다. 하지만…….

스킬란에 자연히 눈이 간다.

'분노'와 '나태'가 사라지고 그 자리를 타락이 차지했다.

타락을 주시하니 곧 그에 따른 설명에 떠올랐다.

이름 - 타락(Ex Epic)

설명 : 그대는 진정한 타락이 무엇인지 모른다.

**주의.

짧았다. 만족할 만한 설명은 전혀 없었다.

하지만 강렬하다.

결국 타락의 효과를 알아내려면 직접 스킬을 사용하는 수밖에 없었다.

'……지금은 안 되겠군.'

분노를 사용할 당시 상태 이상에 걸려서 파괴 욕구에 사로잡힌 걸 떠올려 본다. 그보다 반 단계 더 높은 등급이니 내가 아예 자제하지 못할 가능성이 있었다.

무엇보다 고작 반 단계라도 에픽 등급부터는 그 차이가 하늘과 땅이다.

그것을 알기에 쉬이 실행으로 옮길 수가 없었다.

심안의 효과로 볼 수 있는 비밀 옵션. 그곳에 '주의'하라는 덧붙임이 있을 정도이니…….

모험, 도전은 좋아하지만 그것도 엄연한 상한성이 존재했다.

'사용할 순간이 반드시 찾아올 것이다.'

고개를 주억였다.

이어서 갑옷을 풀고 이히에게 시선을 옮겼다.

지난 이틀 동안은 인피니티 아머를 주시하느라 못했지만 슬슬 사건의 전말을 들을 때였다.

내 시선을 인지한 이히의 몸이 잘게 떨렸다.

Chapter 34

마계 옥션

"이, 이히히. 왜 이렇게 덥지? 아우~ 더워."

시치미를 뚝 뗀 이히가 손을 펄쳐 휘휘 저었다. 하지만 경직된 표정과 몸짓이 따로 놀고 있었다.

"말할 테냐, 가만히 있을 것이냐."

"그게요……. 이히가요……. 잘못했어요……. 히잉……."

쪼르르 날아온 이히가 내 앞에 양쪽 무릎을 꿇었다.

변명이 통하지 않으리란 걸 알아차린 것이다.

침묵을 유지하자 울상을 지은 이히가 이어서 말했다.

"흰둥이가요. 살덩이를 물어왔어요. 그래서 이히가 일단 맡았거든요? 그런데 얘가 갑자기 화를 내는 거예요. 이히가 되게 잘해줬는데 말이에요."

흰둥이라면 백치호였다.

잠자코 이야기를 마저 들었다.

이히는 열심히 손을 움직이며 설명했다.

근원의 나뭇가지를 구해 와서 핵을 찌른 것, 형질이 변하자 싫증을 느끼고 떠나 버린 것, 그리고 그것을 스테인이 주운 것 같다는 게 전체적인 맥락이었다.

한마디로 우연히 핵을 주운 스테인이 인피니티 아머를 만들어낸 것이다.

"이히가 정말 잘못했어요. 끝까지 지켜봤어야 했는데 이히가 그러질 않았어요. 용서해 주세요, 마스터……. 히잉."

전과가 있어서인지 더욱 간절히 빌었다.

나는 가만히 이히를 쳐다봤다.

자주 일을 만드는 게 놀라울 따름이지만 조금 다른 관점에서 생각해 보았다.

덜렁대는 성격, 매사에 대충이고 장난기가 많다. 집착이 없고 자신의 기분에 충실한 편이었다. 그래서인지 이히는 내게 없는 것을 가지고 있었다.

창의력.

새로운 것을 생산해 내는 힘.

내가 떠올리지 못한 것을 본능적으로 알아차리고 실행하는 능력이 있었다.

어느 누가 근원의 나뭇가지로 핵을 찌르려고 하겠는가.

살덩이의 본질을 안다면 무서워서 접근조차 하지 않으려

할 것이다. 아니면 필요 없다고 여기고 버리는 게 정상적인 절차였다.

천사를 근원의 나무 근처에 묻은 것도 그렇다. 나였다면 죽은 천사의 시체 따위 마수에게 먹이로 던져 줬을 게 분명했다. 하지만 이히가 제대로 묻어준 덕분에 타쉬말의 경계심을 많이 누그러뜨릴 수 있었다.

그 외에도 자잘한 일들이 머릿속을 스쳐 지나갔다.

'알게 모르게 도움이 되는 쪽으로 움직이고 있다.'

우연일 수도 있다. 그러나 우연이 여러 번 중첩되면 마냥 우연으로 치부할 수 없다.

분명히 이히의 죄는 있지만 이것을 크게 꾸짖는 것이 옳은 일인지 살짝 고민이 되었다. 제약을 걸면 행동이 위축되고 창의력이 사라질 가능성이 없지 않았던 것이다.

물론 이것도 이히가 아니었다면 하지 않을 고민이지만…….

"너의 죄를 스스로 말해봐라."

우선 선택권을 줬다.

이히는 잠시 입을 오물거리다가 말했다.

"마스터를 기다리지 않았어요."

"아니, 그건 죄가 아니다. 그만한 권한은 너에게 주었으니 말이다."

"이히가 살덩이를 방치했어요!"

"위험할 수도 있는 존재를 방치한 것. 죄이긴 하나, 보다 큰 죄가 아직 남았다."

큰 죄.

무엇일까?

생각하는 이히의 표정이 진중했다.

그러다가 무언가를 깨달았다는 듯 이히가 작게 말했다.

"히잉…… 마스터에게 연락을 늦게 했어요."

그제야 나는 고개를 끄덕였다.

"맞다. 일이 벌어지고, 크게 부풀려진 다음에야 내게 연락을 해왔지. 만약 내가 멀리 있었다면 위험천만한 순간이었다."

"이젠 알겠어요. 이히가 정말 나빴어요."

시무룩해진 이히는 눈물을 글썽거렸다.

"빠르게 연락만 했다면 이히 너의 잘못은 크다 할 수 없다. 그러지 못했기에 나는 너에게 벌을 줄 것이다. 하지만 벌의 수위는 스스로 정해라."

"이히가 직접요?"

"그래."

벌을 주면서 동시에 기대한다.

이히의 창의력이 어디까지 향할지를.

스스로 인정하고 정하는 것이니 다시는 실수도 하지 않을 터다.

뒷짐을 진 채 기다리자 이히는 한참을 고민했다.

10여 분간 이어진 행위 끝에 필사의 각오를 담은 눈빛으로 이히가 입을 열었다.

"한 달 동안 꿀벌이 될게요. 꿀을 딸 거고요. 꿀벌이랑 생활도 같이 할 거예요. 이히는 지금부터 꿀벌이에요."

……장난인가?

'아니로군.'

장난이 아니었다.

붉은 얼굴, 떨리는 몸동작. 괴롭히던 존재인 꿀벌이 스스로 되는 일에 커다란 수치심을 가지고 있는 것 같았다.

예전 다크 엘프를 개 취급한 것과 비슷한 선상인 듯싶었다. 대단한 창의력까진 아니어도 이 정도면 훌륭한 응용이다.

"한 달은 너무 길다. 그 시간 동안 던전을 방치할 순 없는 노릇이지."

"더 짧아지면 이히의 벌이 충분하지 않아요."

"대신 나머지 시간 동안 타쉬말을 대신해 아기 천사들을 돌봐라."

근원의 나무가 지닌 나뭇잎은 아기 천사의 날개를 성장시키는 데 큰 도움을 준다고 했다. 만약 근원의 요정이 직접 아기 천사들을 돌본다면 무슨 효과가 나타날지 자못 궁금하였다.

"알겠어요, 마스터. 이히에게만 맡겨주세요."

"그럼 이제 꿀벌의 흉내를 내면 되겠군."

"아, 맞다. 이히는 지금 꿀벌이지. 위이잉~"

몸을 잔뜩 움츠리며 열심히 날갯짓을 한다. 꿀벌보다는 파리 같지만 딴에는 최선을 다해서 흉내를 내는 이히였다. 이윽고 날아가더니 꿀벌이 있는 장소로 향했다.

"……."

할 말을 잃었다.

하는 수 없이 일주일간 관심을 접기로 마음먹었다.

Dungeon Hunter

너무 많은 일이 있어서였을까?

중국의 던전을 키우고 몬스터 웨이브를 일으킨 일들을 제외하면 천사의 침략, 잔혹한 사령관의 출현과 같은 일은 일어나지 않았다.

대신 3개월 정도가 흐르자 차원 균열을 통해 메모지 한 장이 전송되었다.

발신자는 드보롱.

'마계 옥션의 경매 물품인가.'

드디어 도착한 것이다.

나는 가만히 메모지를 읽다가 입가에 미소를 지었다.

'올해가 분기점이 될 것이다.'

메모지에 적힌 내용은 휘황찬란했다.

몇 번을 확인할 정도로 대단한, 내가 아는 것이 많았다.

지금 시기에 나오지 말아야 하는 물건들, 나중에나 나오리라 내심 생각한 보물들…….

나는 이번 마계 옥션이 더욱 앞서가느냐, 그러지 못하느냐를 정하는 분기점이 되리라고 보았다.

여기서 뒤처지면 향후 5년은 따라가지 못할 것이다.

반대로 앞서 나가면 5년간 무수한 이득을 취할 수도 있으리라.

드보롱이 메모지를 전해 준 걸 보면 우리의 동맹 관계는 여전한 모양이었다.

"하하!"

잔여 포인트를 확인한 나는 더욱 크게 웃어 젖혔다.

이번 마계 옥션.

작년과는 비교도 안 된다. 그만큼 중요하다. 몇 번을 말해도 부족할 정도로.

그러나 승자는 나다.

동시에 차선, 차차선, 그리고 패배자가 머릿속에 그려졌다.

특히 수많은 수족을 잃은 우파가 어떠한 표정을 짓고 있을지 상상하는 것만으로도 웃음을 멈출 수가 없었다.

과연 이변은 일어날 것인가?

'일어나도 그만, 일어나지 않아도 그만.'

어차피 승자가 나라는 사실은 확고했다.

그것마저 깰 이변이라면…….

'웃으며 맞이해 주지.'

그러면 그런대로 새로운 자극이 되어 내 앞길을 밝혀줄 것이다.

Dungeon Hunter

균열이 열렸다. 앞에는 언제나 나를 맞이했던 노움 형상을 한 어둠의 정령이 서 있었다.

"오랜만이로군."

"키히히. 잘 지내셨습니까?"

"그럭저럭 괜찮은 1년이었다. 정령계는 어떤가?"

"아주 바빴습니다. 첩자를 조금 걸러내느라……."

알고 있는 사실이다. 하나, 그 후의 경과에 대해선 알지 못했다. 그리고 드보롱과 나의 관계를 모르는 제3자의 입장에서도 이야기를 듣고 싶었다. 궁금증이 고개를 들자 지나가듯 말했다.

"이곳에도 첩자가 있나?"

"키히히. 말도 마십시오. 변장한 다른 원소의 정령도 있지만, 어둠의 정령 몇몇이 매수를 당해서 여간 골치가 아팠습니다. 덕분에 이번 경매는 아주 조용히 치러야 할 겁니다. 그런데…… 몇 포인트나 모으셨습니까?"

"직접 물어보는 건 금지 사항이 아닌가?"

어둠의 정령이 멋쩍게 웃었다.

"아이고, 죄송합니다. 못 들은 척해주십시오. 그저 3년 차의 포인트 평균치가 매우 높아서…… 랜달프 님은 최고 고객 아닙니까? 평균치를 높이는 데 크게 일조하시니 자연스레……."

"몇이지?"

"놀라지 마십시오. 130만입니다!"

130만이라.

짧게 고개를 주억였다.

내가 잡은 마족은 셋.

69명의 마족이 남았다면 총합 8,970만의 포인트였다.

그리고 이 중 2,200만가량이 내가 가진 지분이었다.

말인즉, 본래 평균치는 100만에 간당하다는 뜻이다.

나 홀로 30만의 평균치를 올린 셈이었다.

전생이었다면 최상급 2Lv의 마수를 두 마리는 살 수 있는 금액. 물론 경매 물품으로 있어야 하고 경쟁도 심하다. 간혹 전쟁의 시발점이 되기도 한다. 그 정도로 최상급의 마수는 비중이 높았다. 하물며 레벨이 높은 최상급의 마수는 능히 던전 하나만큼의 위력을 뽐내기도 했다.

한 방. 세력이 밀리고 있을 때 판도를 뒤집을 절대적인 히든카드가 되는 것이다. 하여 세력이 부족해진 대공은 기를 쓰고 최상급의 마수를 사려고 한다.

히드라, 마룡 등이 그러했다.

'2Lv의 최상급 마수.'

그리고 그리핀이나 기간테스보다 한 레벨 높은 마수가 이번 경매 물품으로 들어 있었다.

내 눈이 잘못되지 않았다면 분명하다. 일전 드보롱이 말한 굴핀 따위와는 비교도 안 된다. 최상급 2Lv의 마수를 3년 차에 구매하는 것. 충분히 판을 흔들 만했다.

'반드시 사야 한다.'

천만 포인트를 들여서라도 구입해야 하는 보물이었다.

나를 살피던 어둠의 정령이 말했다.

"크게 안 놀라는 기색이시군요."

"놀랐다."

"키히, 표정 관리가 대단하십니다."

"쓸데없는 소리는 됐다. 창구로 이동하지."

"안내해 드리겠습니다. 따라오시지요!"

미리 경매 물품을 확인할 수 있는 곳.

1년 차엔 아리엘과 나뿐이었고 2년 차엔 제법 많은 마족이 둘러봤으며 올해에는 모든 마족이 창구 안에서 물품을 품평하는 중이었다.

몇몇 반가운 얼굴이 보였다.

대공 오쿨루스와 그 휘하의 마족들.

대공 우파와 비어버린 옆자리들.

다른 마족 모두를 합치면 정확히 68명이었다. 나를 합쳐

69. 숫자로 보건대 내가 처리한 마족을 제외하면 변함이 없다. 아직까진 큰 이변이 일어나지 않았다는 방증이다.

하지만 그들은 내게 관심이 없었다. 발걸음 소리가 들렸음에도 고개 한 번 돌리지 않았다.

모든 마족의 관심을 끌고 있는 건 가운데 놓인 거대한 철창이었다.

"호오."

"멸족한 이 마수를 어디서 구한 것인지 모르겠군."

"마수 주제에…… 이 정도면 꽤 괜찮지 않은가."

말은 달랐지만 느끼는 감정은 비슷했다.

바로 '감탄'이다.

나 또한 시선을 옮겨 거대한 철창 안을 바라보았다.

'선녀족, 혹은 마고.'

바람에 섞여 다니며 태풍을 조종한다는 종족. 그것이 바로 마고이다. 언뜻 여인의 형태를 하고 있어서 선녀족이라고도 불리는데 어감처럼 아름답진 않다. 5m는 되어 보이는 신장, 모발 하나가 수십 ㎝를 자랑한다. 눈은 한쪽뿐이고 늘어진 가슴이 여럿 달려 있다.

하지만 그 속도와 위력은 하늘과 땅을 놀라게 하기에 충분하다. 그리고 마고의 눈은 혜안이라 하였다. 오쿨루스의 그것과 같은 것인지는 모르겠지만 더할 나위 없는 보석이라 불리며 그 탓에 멸족했다.

애당초 숫자가 적은 데다 뭉치지도 않는 습성이라 어쩔 수가 없었다. 하지만 마고 한 마리가 죽은 자리에는 수백 ㎞의 무참한 참상과 수천의 시체가 어김없이 남아 있었다고 전해진다.

'반갑다.'

진심으로 반가웠다.

미소를 띤 채 바라보자 마고가 한쪽뿐인 눈을 돌렸다.

이윽고 나를 바라본 마고가 갑자기 날뛰기 시작했다.

휘이이잉……!

쾅! 쾅!

마고의 주변으로 몰아치는 거대한 태풍.

하지만 특수한 장치로 만들어진 철창은 조금 흔들릴 뿐 끄떡도 하지 않았다.

"허!"

"대단한 마력이로구나!"

끼아아아악!

마고가 비명을 내질렀다.

이어 붉은 눈물을 흘리며 자리에 쓰러졌다.

'완벽히 계약이 되어 있는 상태가 아니로군.'

이제 3년 차.

정령들도 최상급 마수를 다루는 데 익숙하지 않다.

어쩔 수 없는 일이었다.

가만히 손을 뻗어 마고를 쥐는 시늉을 했다.

'넌 내 것이다.'

마족들의 머리 돌아가는 소리가 여기까지도 들린다.

침을 꿀꺽 삼키며 마고를 손에 넣은 뒤의 일정을 생각하고 있는 중이리라.

아직 본신의 힘조차 회복하지 못한 마족이 판을 치는 이때 최상급 2Lv의 마수는 온갖 우위를 가져오게 만드는 것이 가능한 괴물이다.

힘을 비축하며 풀 시기를 재고 있었던 마족들. 계획을 앞당기며 인간을 학살하고 몇몇 마족을 죽임으로써 균형을 무너뜨릴 수도 있었다.

'우파…… 많이 조급해 보이는구나.'

눈을 돌려 대공 우파를 바라봤다.

본래는 가득 차 있어야 할 그의 옆자리가 상당히 비어 있었다.

파간 그리울리야 원래 출입을 금지 받았다고 하더라도 나머지 두 마족은 아니다. 하지만 그들의 모습이 보이지 않았다. 바로 내게 죽임을 당한 탓이었다.

그 사실을 아는 자는 없었다. 덕분에 대공 우파의 표정은 볼만하였다. 여유가 없는 얼굴. 주변을 향해 적대감을 내비치고 있었다. 그리고 마고를 바라보는 눈에는 강한 탐욕이 서려 있었다.

"우파, 주변이 조금 초라한 것 아닌가?"

거대한 염소의 뿔, 세상에 존재하지 않을 완벽한 미를 갖춘 마왕의 피를 정통으로 이은 마족!

대공 아리엘이 대놓고 비웃었다.

본래 그녀는 우파와 성향의 차이가 너무 커서 사이가 좋지 않았다.

우파의 표정이 더욱 일그러졌다.

"닥쳐라, 아리엘. 답지 않게 숨어서 내게 한 방 먹인 모양이다만 이대로 당하고 있지만은 않을 것이다."

"한 방 먹였다? 우파, 나는 네놈처럼 숨어서 작당을 하지는 않아."

"과연 어떨까? 혼자서 고상한 척하는 연놈치고 제대로 된 게 없더군."

아리엘의 표정에도 변화가 생겼다.

"도전은 피하지 않는 게 내 신조다. 그렇게 싸우고 싶으면 말하라. 비록 그대의 아집과 망상이 이뤄낸 유치한 장난 극과 다를 바 없으나 우리의 달갑지 않은 관계를 끊기엔 더없이 적절한 순간이지 않겠느냐?"

"자만하지 마라, 아리엘 디아블로……."

서로가 이를 내밀며 으르렁거린다.

확신 없이 먼저 물면 서로에게 뒤가 없음을 알기에 그저 간만 보는 것이다.

하지만 마고가 있다면 어떨까.

적어도 아리엘과 우파는 마고를 경매하는 데 총력을 기울일 게 분명했다.

나머지 판데모니엄과 오쿨루스 진영은 둘에 비해 간절함이 부족하다. 특히 오쿨루스는 무슨 생각을 하는지 도통 알 수가 없었다.

씨익!

나와 눈을 마주치자 오쿨루스가 크게 미소 지었다.

'너를 알고 있다'는 듯해서 마음에 들지 않았다.

여유. 오쿨루스에겐 그것이 있었다.

나를 상대하고 내 전력을 조금이나마 맛봤음에도 저런 여유를 보인다는 건…….

'준비한 게 있군.'

당시의 그는 말했다.

팔 한쪽을 내줄 만한 큰 정보를 얻었다고.

그게 무엇일지에 따라서 내가 대처할 방향이 달라질 듯싶었다.

"오쿨루스, 팔 한쪽은 어디다가 팔아먹었지?"

"……."

언제 웃었냐는 것처럼 순식간에 무표정으로 돌변한 오쿨루스가 몸을 돌렸다.

"쯧쯧, 하여간 저놈은 사교성이 부족해."

대공의 험담을 하는 자. 그는 판데모니엄이었다. 부정적이고 비판적으로 대부분의 것을 대하기에 상대를 해주지 않는 게 정답이긴 하다.

그러나 판데모니엄의 움직임은 거기서 끝나지 않았다.

"그렇게 생각 안 하나? 랜달프 브뤼시엘?"

"모르겠군."

심장이 크게 뛰려는 걸 억제한다. 전생을 통틀어 판데모니엄과는 거의 접점이 없었다. 이처럼 그가 내게 말을 건 것도 처음이고 그것은 곧 어느 정도 '인정'을 받았음을 뜻했다.

말마따나 판데모니엄은 격이 맞지 않으면 아예 이야기 자체를 해주지 않는다. 자신의 파벌 마족과도 대화하는 걸 무척 귀찮아하는 이상한 성격이었다.

'조용히 비수를 찌르는 자.'

내가 정의한 판데모니엄은 그러한 인상이었다.

이어서 조용히 심안을 열었다.

이름 : 판데모니엄

직업 : 마계 대공(던전 마스터)

칭호 :

*스펠 브레이커(Epic, 마력+10)

*종말 예언자(Epic, 지능+10)

*독사의 혀(Ex U, 마력+8)

능력치 :

힘 80

지능 82(+10)

민첩 91

체력 78

마력 85(+18)

잠재력 (416+28/500)

특이사항 : 죽음의 정령을 잡아먹었습니다. 그가 내뱉는 말에는 죽음의 기운이 서려 있습니다.

스킬 : 주문 파괴(Epic), 고유 결계(Epic), 죽음의 힘(Epic), 놀라운 관찰력(U)

[상대 비교]

판데모니엄

힘 80 지 92 민 91 체 78 마 103 잠재력 (416+28/500)

랜달프 브뤼시엘

힘 96 지 93 민 91 체 85 마 98 잠재력 (412+51/500)

능력치 총합 자체는 내가 높다.

인피니티 아머를 얻은 이후 조금이지만 꾸준히 성장을 한 덕분에 이 정도의 차이를 낼 수 있었다. 그간 힘 1, 민첩 1, 지능 2, 마력 2를 더 올린 셈이다.

하지만 역시 대공이라고 해야 할까? 순수 능력치가 무척이나 높았다.

그때, 판데모니엄이 미간을 좁혔다.

"이 음흉한 놈, 내 무언가를 봤구나."

침착하게 대꾸해 주었다.

"착각하는 것 아닌가?"

"내가 잘못 볼 리 없다. 모든 주문에 관해서 나보다 정통한 자는 없기 때문이다."

"그렇다면 본 것이겠지."

언쟁을 벌일 필요가 없었다. 특히 그 상대가 판데모니엄이라면 언쟁이 길어질수록 피곤해질 뿐이다. 접점이 크게 없어도 그 정도는 알고 있었다.

"알다가도 모를 놈이로군. 솔직히 불어봐라. 우파를 건드린 게 네놈이냐?"

내게 말을 건 이유가 이를 묻기 위함인 듯싶었다.

동시에 주변 마력이 변했다.

고유 결계(Epic)가 미약하게 펼쳐진 것이다.

대화 내용이 새어 나가는 걸 차단하는 게 목적인 듯했다.

'주변 마족이 듣기를 원하지 않고 있군.'

정보는 힘이다. 판데모니엄은 그를 잘 알고 있다.

어째서 나라는 결과가 도출되었는지는 모르겠지만 정말 놀라운 관찰력이었다.

그러나 물어본다고 답을 해줄 만큼 나는 친절하지 않았다.

"판데모니엄, 나는 네가 일을 벌였다고 생각했다."

진심이 담기진 않았다. 그저 확신이 없으면 막 찌르지 말라는 의미로 한 소리였다.

하지만 판데모니엄은 꿋꿋했다.

"우파는 천성이 게으르고 모든 게 대충이지만 본격적으로 일을 벌이면 굉장히 피곤해지는 녀석이다. 내가 무엇 때문에 귀찮아질 게 뻔한 짓을 벌이지?"

과연…….

제대로 우파를 파악하고 있었다.

3명의 마족을 손쉽게 죽일 수 있었던 것도 우파가 제대로 상황의 심각성을 인지하지 못해서다. 파간 그리울리를 제외하면 그저 그런 마족밖에 없었으니 신경을 덜 쓰기도 했을 것이다.

하지만 이제는 아니었다. 공작인 파간 그리울리가 죽은 이후로 확실히 우파 진영의 결속력이 단단해졌다. 범인을 색출하고자 날을 지새우고 있을 것이었다.

나는 피식 웃으며 답했다.

"우리에게 이유가 중요하던가?"

"흐흐. 하긴, 네놈 말이 맞다. 하지만 여전히 내 물음의 대답은 되지 않았어. 다른 대공이란 놈들은 머릿속에 든 게 많아서 너를 무시하는 모양이지만 내가 보기에 우파를 건드릴 녀석은 아리엘, 혹은 네놈밖에 없거든."
"가만히 놔둬도 서로 싸우고 자멸할 텐데 내가 뭐 하러 움직이지? 애당초 혼자인 내가 아무것도 할 수 없다고 정의한 건 그대들이 아니었나?"
"이유가 중요하진 않지. 그리고…… 그 정의를 조금씩 비튼 게 네놈 자신이 아니냐? 네놈이 지난 2년간 마계 옥션에서 보인 행태들. 우리의 관심을 끄는 게 목적이었다면 성공했다고 전해 주마. 덕분에…… 일이 재밌게 돌아가고 있어."
고유 결계가 풀렸다. 그리고 아무 일 없었다는 듯 판데모니엄이 자리에서 멀어졌다.
'너무 얕보았던가?'
판데모니엄은 내심 내가 범인임을 확신하고 있는 것 같았다.
물론 그 정보를 우파에게 넘기진 않을 것이다. 내가 우파를 쳐 내는 건 그로서도 반가운 일. 그러니 부추기는 듯한 행동을 보였다.
아차 싶었다.
전생의 기억을 가지고 있다고 어쩌면 너무 자만했을지도 모른다.
그들은 정해진 대로 움직이는 꼭두각시 인형이 아니었다.
어디선가 내가 틈을 보였기에 이와 같은 일이 일어난 것일 테지.
'쉽지 않겠군.'

이번 마계 옥션.

본격적인 궤도에 올라가는 시발점이 되리란 확신이 들었다.

"반갑습니다! 올해도 어김없이 찾아온 마계 옥션을 찾아주신 모든 여러분! 저 드보롱이 재차 정중히 화사한 미소를 담아 인사드립니다."

넓은 회장.

커튼이 젖혀지며 피에로 분장의 드보롱이 나타났다.

이윽고 숙인 고개를 든 드보롱이 회장을 훑었는데 모두를 바라보는 그의 표정은 '천진난만'이란 단어가 절로 떠오르게 만들기에 부족함이 없었다.

"아아, 작년보다 숫자가 줄었군요. 손님이 사라지시니 진행자로서는 마음이 아픕니다. 그래도 경매를 멈출 수는 없는 노릇. 게다가 이번 회차의 경매 물품은 이미 보셨겠지만 보통이 아닙니다. 하나하나가 진미, 보물이라 칭해도 부족함이 없지요."

"잡담은 되었다."

"……죄송합니다, 대공 우파님. 그럼 곧장 진행을 해볼까요?"

우파는 급했다. 누군가가 자신을 특정하여 노리고 있다는 게 확실시되는 상황. 벌써 다른 파벌과 힘의 격차가 벌어지기 시작했다.

여기서 확실히 균형을 챙겨 와야 함이었다. 그리고 경매의 진행을 보고 싶은 건 다른 마족들도 매한가지였다. 창구에서 본 경매 물품은 작년과 비교가 안 되는 질을 유지하고 있었다.

중요하다는 말로는 부족하다. 노력만 하는 게 아니라, '반드시' 얻어야 할 아이템과 마수가 수두룩했다.

"여러분의 평균 포인트가 급격히 높아져서 저희도 많은 고민을 했습니다. 작년과 같을 수는 없었지요. 특히 첫 번째 물품만큼은 모든 분이 눈독을 들일 것으로 준비할 필요가 있었습니다. 자, 그래서 소개합니다! 무력 에픽 등급의 아이템. 하나만 착용해도 급격한 무력의 증진을 기대할 수 있는 바로 그것! '하이엔달의 목걸이'입니다!"

어둠의 정령들이 보석함을 내오자 드보롱은 자랑스럽게 함 안의 물건을 소개했다.

마치 달의 축소형인 듯 몽환적인 분위기를 뿜어내는 목걸이.

느껴지는 마력의 순도도 굉장히 맑았다.

'나왔군.'

작게 고개를 주억였다.

나도 익히 아는 아이템이다. 그리고 반드시 사야만 하는 목걸이였다.

본래는 아리엘 디아블로가 착용했을 그것.

하지만 이번에도 그럴 수 있을까?

나는 가만히 심안을 열었다.

이름 - 하이엔달의 목걸이(Epic)

설명 : 선지자이자 검의 주인이었던 하이엔달의 목걸이. 어두운 하늘을 비춰주는 달의 마력에 흠뻑 취한 그는 사후 달 자체가 되었다고 전해진다.

*달이 떴을 때 마력이 3 상승한다. 달빛을 모아 다루는 비기 검술 '달빛 낙하(Epic, Passive)' 사용 가능.

**마력이 90 이상이면 달빛을 모으는 속도가 빨라진다.

하이엔달의 목걸이 자체에는 크게 이렇다 할 효용이 없었다. 달이 떴을 때 마력 3이 증가한다는 옵션 자체도 썩 쓸 만하다 하기는 어려웠다. 유니크 등급의 아이템에서조차 가능한 수치. 하나, 비기 검술이라 일컬어지는 '달빛 낙하'는 반드시 익힐 필요가 있었다.

비기라 이름 붙어진 것은 제약이 있지만, 사용키에 따라서 등급 이상의 힘을 발휘할 수 있다는 뜻이었다.

달빛 낙하는 한 손 검술로도, 쌍검술로도 이용이 가능한 전천후 스킬이다. 황제의 검을 얻고 쌍검술을 사용하게 된 내게는 절실히 필요한 것이었다.

마족들은 각자 가진 관찰 계열 스킬을 발동시켰다.

이후 번들거리는 눈으로 하이엔달의 목걸이를 바라봤다.

그 시선이 마음에 든다는 듯 드보롱이 더욱 짙은 미소를 지으며 입을 열었다.

"경매 시작가는…… 100만 포인트 되겠습니다."

100만!

시작가가 높다. 평균 포인트 보유치에 근접하는 수치였다.

그러나 하이엔달의 이름이 붙어 있다면 그만한 값어치는 있다. 검의 주인 하이엔달. 홀로 존재한 마족이며 그에 대한 자료는 거의 남아 있는 게 없지만 적어도 검을 다루는 데 있어선 독보적인 달인이었다는 게 정설이다.

"100만."

"오오! 조금의 고민도 없으시군요. 아리엘 디아블로 님께서 100만 포인트를 부르셨습니다."

아리엘 디아블로의 눈이 빛났다. 그녀는 모든 무기를 다루는 자. 웨폰마스터다. 비기 검술마저 익힐 수 있는 아이템이니 눈독을 들이는 게 당연했다.

병장기술에 있어서 그녀의 욕심은 남달랐고 강한 집착 또한 있었다. 모든 마족이 그것을 알고 있었으며 그렇기에 쉽사리 '도전장'을 내밀 수가 없었다.

도전장…… 그래, 도전장이다.

그냥 무기였다면 조금은 쉬웠을 것이다. 하지만 유일무이한 비기 검술이라면 이야기가 달라진다. 진정한 달인은 무기를 따지지 않는다는 말처럼 그녀의 손에 쥐어진 무기는 하나같이 대단한 파괴력을 선보이곤 했다. 수많은 병장기술을 습득하고 익혔기에 가능한 일이다.

여기서 하이엔달의 비전 검술 달빛 낙하가 추가된다면 그녀의 실력은 한 단계 진일보할 게 자명하였다. 전생에서 그 모습을 직접 본 나는 확신할 수 있다.

검술의 가치를 알아본 아리엘은 흥분한 상태였다. 기다란 염소의 뿔이 더욱 길어지며 마력을 개방시키는 중이었다.

"110만."

하여, 나는 작게 입을 열었다.

순간 회장의 분위기가 냉랭하게 굳어버렸다. 아리엘의 싸늘한 시선이 내게 닿았다. 그러거나 말거나 나는 개의치 않았다. 경매의 입찰은 기본적으로 모두에게 평등하다. 그것을 대우이니 도전이니 하며 눈치 보는 건 내 성미에 맞지 않았다.

얻고 싶은 게 있다면, 얻으면 그만이다.

작년, 재작년과는 비교도 안 될 포인트를 보유한 나다.

아리엘 디아블로가 어느 정도의 포인트를 가지고 있는지는 모르겠으나 그래 봤자 한계는 명확할 터.

드보롱이 고개를 크게 주억였다.

"110만 포인트! 랜달프 브뤼시엘 님, 정말 마성이 강한 남자이시군요."

"120만."

"아아, 아리엘 님! 치열한 접전이 예상됩니다."

하이엔달의 목걸이가 어지간히 탐이 난 모양이다. 나는 잠시 한 박자 쉬며 주변 마족들의 동태를 살폈다. 시작가 100

만. 적어도 공작 이상의 마족만 참여 가능했다. 그들 정도라면 천사의 침공 이벤트가 일어났을 때 막대한 포인트를 벌어들였을 것이었으므로.

일단 우파 진영은 조용했다.

그들에게 필요한 건 즉석에서 이용할 수 있는 전력.

고로, 강한 마수다.

비기 검술 따위는 안중에 없었다.

탐을 내는 휘하 마족도 있긴 했지만 우파가 억제시키고 있는 듯했다.

오쿨루스도, 판데모니엄도 따로 노리는 게 있는 모양이었다.

'적당히 눌러줘야겠군.'

아리엘만 눌러주면 적이 없다는 뜻.

다른 마족의 간을 보는 것도 불가능할 것 같으니 적당히 눌러줄 필요가 있었다.

치열?

글쎄.

"150만."

"……이번에도 작년과 같은 일이 벌어질지요? 랜달프 님께서 150만 포인트를 부르셨습니다!"

작년, 경매의 옥션 대부분을 내가 독식했다. 그리고 올해도 그럴 작정이다.

아리엘의 표정이 더욱 굳었다. 그럴 수밖에. 130만의 평균 포인트. 그중 30만을 내가 올려 버렸다. 실질적인 평균치는 100만에 근접한다.

아무리 대공이라도 150만 이상은 없거나, 아주 부담스러울 것이었다.

"150만 나왔습니다. 정말 아무도 안 계십니까?"

드보롱이 조심스럽게 회장을 살폈다.

그리고.

"축하합니다! 하이엔달의 목걸이가 랜달프 님에게 낙찰되었습니다. 결코 후회하지 않으실 겁니다. 낙찰된 물품은…… 아시죠?"

경매가 끝난 직후 균열을 통해 던전으로 이동된다.

드보롱이 장난기가 가득 담긴 윙크를 내게 날렸다.

나는 가만히 팔짱을 꼈다.

다음 경매 물품도 눈길을 잡아끌기엔 충분했다.

"조금 특이한 리치를 소개하겠습니다. 보통의 리치는 '죽음'을 연상시키는데요. 희한하게도 '생명'을 이야기하는 리치가 있더군요. 리치, '가파람'입니다."

철창도 필요 없다.

위풍당당하게 하얀색의 로브를 걸치며 걸어오는 리치.

신선한 피부를 덧씌웠는지 썩은 내는 나지 않지만 모든 동작이 어색하기 그지없었다.

하지만 놀라운 부분은 그게 전부가 아니었다.

"연구를 계속하게 해줄 수 있는 마족을 찾는다. 내 일 년 연구 비용은 포인트로 환산하면 대충 300만쯤 된다. 나를 원조하던 놈이 파산해서 어쩔 수 없이 어둠의 정령과 계약을 한 것이다. 이곳이라면 내 연구에 도움이 될 자가 많다고 해서 말이다."

"……그렇다고 하는군요?"

드보롱이 받아쳤다.

이건 조금 특이하다. 아니, 특이한 정도를 넘어섰다.

직접 자신을 어필하는 마수라니?

'어디선가 들어본 이름일진대.'

실은 드보롱의 쪽지를 받은 다음부터 계속해서 드는 의문이다. 분명히 들어본 이름인데 잡힐 듯 말 듯 떠오르지 않았다.

"생명을 연구한다? 두루뭉술하군. 제대로 말해봐라."

우파가 말했다. 그러자 가파람이 하얀색의 로브 속에서 유리병 안에 든, 태아 형태의 무언가를 꺼냈다.

"직접 제조한 호문쿨루스다. 비록 실패작이지만, 어느 정도 성과를 냈다고는 생각한다. 내 목표는 마도와 생명 공학의 신이라 불리던 '델라이시스'를 넘어서서 보다 완벽한 호문쿨루스를 창조해 내는 것이다."

호문쿨루스.

무결점의 완벽한 생명체.

델라이시스라 불리던, 인간인지 마족인지 타락한 천족인지 애매한, 하지만 그쪽 분야에선 더 이상 적수가 없던 이가 만들어낸 지고의 마수였다.

성체가 되기까지 고작 한 달. 이후 주변의 모든 걸 습득하는 데 삼 개월이면 충분하다. 문제는 수명이 극도로 짧아서 3년 이내에 사망한다는 것.

보다 완벽한 호문쿨루스라면 이 수명의 최대치를 늘리겠다는 뜻이었다. 하나 그 문제를 해결한 이는 아직까지 없었다.

"허무맹랑하군."

판데모니엄이 말했다.

그는 주문에 통달한 마족이었고, 마도와도 긴밀하게 닿아 있었다.

진정으로 완벽한 호문쿨루스의 완성에 회의적이기도 했다.

이에 가파람이 인상을 찌푸렸다.

"어째서 허무맹랑하다고 생각하지? 마도에는 끝이 없다. 호문쿨루스도 지나가는 과정에 불과하다면 내가 밟지 못할 이유가 없는 것이다."

"그 일을 하는 데 몇 년을 쏟아부었느냐?"

판데모니엄이 썩은 미소를 지은 채 묻자 가파람이 답했다.

"올해로 360년을 맞이하는군."

"740년. 두 배 조금 넘는군. 내가 호문쿨루스를 연구한 시간이."

그러고 보면 대공들 중 나이가 가장 많은 게 판데모니엄이다. 그런 인상이 없기는 하지만 전대 마왕이 존재했을 당시부터 있었다고 하니 쉽사리 나이를 예상할 수가 없었다.

"자신이 불가능했으니 나도 불가능할 것이다? 웃기지 마라!"

"그냥 불가능의 영역이다. 간단하게 말해볼까? 1과 1을 더하면 2이지. 여기에 다른 걸 보태서 3을 만들면 이미 그것은 문제 자체에서 벗어나 버린다. 줄여도 마찬가지다. 전혀 다른 게 나타난다는 거다. 이미 호문쿨루스는 어찌할 수 없을 정도로 완성되어 있다. 단지, 수명이 극도로 짧을 뿐이야."

냉소적이고 비판적이다.

하지만 나는 조금 다른 시선에서 가파람을 바라보고 있었다.

'호문쿨루스…… 가파람. 특수 이벤트.'

떠오른 것이다. 가파람에 대한 기억이 말이다.

전생의 일이었다. 최후의 전쟁에 들어가기 전 느닷없이 떠오른 특수 이벤트. 가파람이 완성형 호문쿨루스 한 기와 키메라 군단을 대동한 채 나타났다.

그리고 공작의 던전 하나가 박살 났다.

최후의 전쟁으로 다가갈수록 마족들이 지닌 역량, 전력은 상상을 초월할 수준이었건만, 그중에서도 특출한 힘을 지닌 공작의 던전을 공략해 버렸다.

이어 파벌 마족들의 무수한 공격을 받고 죽기는 했지만 가파람은 웃었다.

'연구는 완성되었다. 확인은 끝났다'고 웃으면서 최후를 맞이했다.

당시 확인한 호문쿨루스도 대단하였다. 호문쿨루스는 특성상 모든 걸 빠르게 익히며 빠르게 강해진다. 그래서 수명이 짧을 수밖에 없고 한계가 있었다. 한데 가파람이 대동한 호문쿨루스는 그 한계를 가볍게 넘겨 버렸다. 최상급 4Lv의 마수 마룡과 일전을 벌인 것이다!

'연구는 완성되었다.'

가파람을 바라본다.

잔뜩 열이 난 기색.

주변 마족들의 반응도 싸늘하기 그지없었다.

본래는 마계 옥션에 나타나지 말았어야 할 이. 급격한 포인트의 증가로 마수들을 모으다가 우연히 걸린 듯싶었다.

"성공할 것이다. 단초는 모두 마련되었다! 연구만 계속하면 돼!"

버럭버럭 외쳐 봤지만 반응은 싸늘했다.

"호문쿨루스라……."

"비효율의 극치를 달리는 마수지."

"일 년에 삼백만 포인트를 버릴 수는 없지 않나. 그만한 포인트를 벌어들이는 자도 없을 것 같긴 하지만."

그렇다. 다른 건 논외로 치더라도, '1년에 300만 포인트의 연구비'는 비현실적인 이야기였다.

"초기에만 그 정도가 필요하다. 공방을 만들고 제대로 자리를 잡으면 일 년에 백만이어도 충분해!"

가파람은 절실했다. 목소리도 잘게 떨리고 있었다.

하지만 여전히 많았다. 100만 포인트. 땅을 파서 나오는 수치와는 거리가 멀었다. 평범한 마족이라면 1년 내내 아껴야 겨우 모을 수 있었다.

쉬쉬하는 분위기가 형성된 그 찰나, 내가 입을 열었다.

"드보롱."

"예, 예? 랜달프 님, 무슨 일이십니까?"

"그래서, 시작가는?"

"아아, 0입니다. 능력치 자체는 평범한 리치와 다를 바가 없는지라…… 특별히 준비를 해봤습니다만."

"망할 마족나부랭이들! 너희들은 내 연구가 얼마나 위대한 것인지 티끌만큼도 알지 못해! 알지 못하는 것은 죄다! 이 죄악스러운 놈들아!"

"……인기는 없을 것 같군요."

드보롱이 한숨을 내쉬었다.

그리고 이어서 말했다.

"닥치세요, 가파람. 운명에 맡긴다고 저희와 약조를 하셨을 겁니다. 낙찰되면 그대의 의지는 순전히 손님분들에게 달려 있습니다."

"젠장!"

가파람은 입맛을 쓰게 다시며 발을 굴렀다.

어쨌든 계약을 했다면 그의 의지는 상관이 없었다. 그저 운이 좋아 연구를 지속시켜 줄 마족을 만나는 게 그가 걸 수 있는 유일한 희망이었다.

"잠시 소란이 있었군요. 죄송합니다. 그럼 계속해서 경매를 진행해 보겠습니다. 소개는 이미 끝났고, 시작가도 제가 말한 대로 0! 없습니다. 입맛에 맞게 불러주시면 되겠습니다."

아무리 막나간대도 리치다. 상점에서 사자면 28만 포인트가 들어가는.

"1,000."

"그럼 나는 5,000포인트 정도 부르지."

"5만!"

"10만. 그 이상은 별 효율이 없을 것 같군. 어차피 문제를 일으킬 게 뻔해."

그러나 10만 이후로는 가격이 오르지 않았다.

마계 옥션. 싸게 좋은 물건을 구할 수 있는 기회. 누구나 상점에서 살 수 있고, 성격 나빠 보이는 리치를 비싼 값에 구할 마족은 없었다.

호문쿨루스 이야기는 아예 안중 밖이었다. 그런 연구를 지속시켜 줄 여력이 있는 마족도 거의 없거니와, 낭비가 될 가능성이 큰일이니 리치로서 부려먹겠단 마음만 있었다.

가파람의 표정이 점점 굳었다. 몸이 떨리며 주먹을 으스러지게 쥐었다. 자신의 연구가 이런 취급을 받는 게 어지간히 분한 것 같았다.

"10만 포인트까지 나왔습니다. 더 안 계십니까?"

드보롱마저도 기대를 완전히 접은 모습이다.

가파람이 마지막 악을 썼다.

"내 연구는 반드시 완성된다! 완성된 호문쿨루스는 그 누구도 범접하지 못하리라! 어찌 그것을 모른단 말인가?"

"제대로 미쳤군. 드보롱, 입찰을 취소하고 싶다. 가능한가?"

"죄송하지만 불가능합니다."

조롱과 멸시.

가파람의 연구는 전혀 인정을 받지 못했다.

드보롱은 이마를 짚으며 빨리 경매를 종결시키려 했다.

"그럼 10만에……."

"50만."

"……랜달프 님, 제가 잘못 들었습니까?"

"50만이라 했다, 드보롱."

눈을 깜빡였다. 하지만 드보롱은 이내 안정을 되찾았다.

그의 입장에선 무엇이든 비싸게 팔리면 득이 되었다.

가파람이 드보롱을 쳐다보자 드보롱은 고개를 끄덕였다. 연구를 충당할 포인트의 소유자임을 알려준 것이다. 그제야 가파람의 표정에도 조금 여유가 생겼다.

"손해가 뻔할 짓을 하는군."

"재작년과 작년에 이어서…… 도통 모를 놈이야."

물론 마족들의 반응은 전혀 반대였다.

"50만 포인트에 리치 '가파람'이 낙찰되었습니다! 랜달프 님, 축하합니다."

가파람이 내게 깊이 고개를 숙였다. 이후 고개를 들고 다른 마족들을 바라보며 '선언'했다.

"무지한 놈들! 후회하게 해주마! 내 연구는 반드시 완성된다! 그때 가서 눈독 들여봤자 늦었다!"

"끌고 가!!"

천하의 드보롱이 반말로 소리를 내지를 정도다. 이어 어둠의 정령들이 나와 가파람을 억지로 끌고 갔다. 끌려가는 가파람의 표정은 썩 나쁘지 않았다.

잠시의 정적.

여태껏 나온 마수들 중 임펙트 면에선 가장 확실하다 할 수 있겠다.

안 좋은 쪽으로.

"……흠흠, 다음 경매 물품을 바로 소개시켜 드리겠습니다. 혹시 '영혼의 계곡'을 아십니까? 그곳에 내려오는 전설. 저희가 한번 확인해 봤습니다. 찾았습니다. '영혼 나비'를 말입니다."

그래도 경매는 계속되었다.

영혼의 계곡.

마계의 여러 금지된 장소 중 한곳이다. 들어가면 돌아올 수 없다고 전해지는데, 그것은 정령도 다를 바가 없었다. 도리어 영체에 가까울수록 큰 영향을 받는다. 엄청난 희생을 각오하고서 원정에 성공한 것이다. 그만큼 이번 경매에 많은 노력을 쏟아부었다는 방증이었다.

'아도니스, 급해졌군.'

어둠의 정령왕. 다른 정령왕들이 보내온 첩자를 확인하곤 마음이 급해진 게 분명하다. 하루라도 빨리 자신의 '격'을 올리고자 출혈을 감수한 것이다. 그리하면 정령계의 평정쯤은 간단하게 이룰 수 있으리라고 생각하는 것이었다.

'영혼 나비라.'

작은 수정 안.

나비 형상의 검은색 무언가가 날아다니는 중이었다.

영혼의 계곡에서 유일하게 영향을 받지 않고 돌아다닐 수 있는 나비다.

"보이십니까? 이 아름다운 자태가! 영혼 나비는 외부의 해로운 마력을 감지하고 방어해 냅니다. 그렇기에 영혼의 계곡에서도 자유롭습니다. 그저 지니고 있는 것만으로도 항마력을 높여주며 누군가가 거는 상태 이상으로부터 자유를 보장하지요. 지능이 낮은 분이라면 필수로 구입하실 필요가 있습니다."

조금의 차이가 걷잡을 수 없는 피해를 입히는 게 상태 이상이다. 그것을 완전하게 방어할 수 있다면 천만금을 줘도 아깝지 않다. 하지만 심안으로 확인한 결과 효과는 있으되 완전하진 않았다.

이름 - 영혼 나비

설명 : 영혼의 계곡을 날아다니는 희귀한 나비. 어그러짐 속에서 태어났다.

*누군가가 거는 상태 이상으로부터 10%의 보정 효과를 가짐.

**무기와 조합 가능.

그러나 숨겨진 옵션이 내 시선을 끌었다.

'조합하면 효과가 계승되는 모양이군.'

나쁘지 않다.

나쁘지 않지만 금지에서 구한 것치곤 조금 초라하다.

그 순간 드보롱의 미소가 더욱 짙어졌다.

"여기서 끝이 아닙니다. 고작 이 나비 한 마리를 건지자고 저희가 영혼의 계곡에 발을 들이겠습니까? 놀랍게도 계곡의 가장 낮은 곳에서 30기의 주인 없는 데스 나이트를 발견했습니다."

상급 3Lv의 마수. 그냥 상점에서 구입하려거든 15만 포인트가 필요한 그것!

30기의 데스 나이트가 영혼 없는 몸놀림으로 말을 탄 채 걸어 나왔다.

사이한 마력이 주변으로 뻗었다. 데스 나이트는 그 특성상 다수일 때 더욱 강해진다. 30기라면 파괴력은 남다를 수밖에 없었다.

구매한 즉시 전력의 상승을 기대할 수 있겠다.

'애매해.'

나는 턱을 쓸었다.

문제는 영혼 나비다. 데스 나이트는 가격대가 확실하게 형성되어 있지만 영혼 나비는 얼마를 측정해야 할지 감을 잡을 수 없었다.

그저 데스 나이트만 나왔다면 100~150만 사이에 결정지어졌을 터. 그러나 영혼 나비로 인해 가격이 상승할 가능성이 높았다.

한마디로 더 비싸게 팔아먹으려 수작을 부린 거다.

"경매 시작가는 50만 포인트 되겠습니다. 고민하지 마십시오. 30기의 데스 나이트라면 이루어 내지 못할 것이 없습니다. 아마 몇몇 손님분께선 마계에 있을 당시 다수의 데스 나이트를 다뤄본 경험이 있을 겁니다. 얼마나 든든했습니까? 그들을 맞이한 적들은 또 얼마나 두려워했는지요!"

"50만."

"공작 비자츠 님께서 입찰하셨습니다. 50만!"

"70만."

"공작 드리칼 님!"

"80만."

"오오, 대공 우파 님께서 참전하셨습니다!"

경쟁이 과열됐다.

귀족들 사이에서 데스 나이트의 숫자는 강함의 상징이었다. 그들만큼 우직하고 강력한 기사는 또 없었고 당연히 대군을 몰고 적을 섬멸해 본 마족도 있을 터였다.

잘 노렸다.

다수의 데스 나이트가 가져다주는 파괴력을 확실하게 어필했다.

나는 잠시 고민했다.

'150만 아래라면 구입하는 게 이득이다.'

그 이상이라면 미련을 버리는 게 낫다. 영혼 나비가 탐은 나지만 큰 포인트를 들여서 구매할 가치가 있지는 않았다.

자칫 욕심을 부리다가 손해를 볼 수도 있었다. 일단 간을 보고 안 된다 싶으면 바람잡이 역할로 돌아서는 편이 괜찮을 것 같았다.

아직 남은 경매 물품은 많았다. 그리고 나도 포인트가 무한하진 않았다.

"100만."

"맙소사, 랜달프 님! 벌써 세 번 연속 참가하셨습니다. 과연 이번에도 가져갈 수 있을지, 그 귀추가 저 드보롱은 무척이나 기대는군요!"

분위기가 다시금 싸늘해졌다. 1년 차, 2년 차…… 3년 차까지. 내 독주가 멈추지 않는 탓이다. 동시에 그들은 내게 확실히 무언가가 '있음'을 깨달았다.

그나마 오쿨루스는 어느 정도 나를 알고 판데모니엄은 대강 추측하는 중이라지만, 나머지 아리엘과 우파 파벌은 경직될 수밖에 없었다.

"더 이상 안 계십니까? 이대로 보내기에는 너무 아까운 물품입니다."

고민하는 시간이 길어졌다.

마구 달릴 수도 없는 노릇이었다.

그들은 보았다.

최상급의 마수, '마고'를 말이다.

데스 나이트 30기도 강하지만 마고에 비할 바는 아니다.

언제 나올지 모르는 만큼 포인트를 비축해 둘 필요가 있었다.

"110만."

"휘유~ 대공 오쿨루스 님! 반갑습니다. 부디 막강한 데스 나이트들의 주인이 되시기를 바랍니다."

드보롱이 다소 과장된 몸짓으로 가슴을 쓸어내렸다.

하지만 오쿨루스의 목소리를 듣고 나는 눈살을 찌푸릴 수밖에 없었다.

'오쿨루스는 데스 나이트를 싫어할진대?'

확신은 못하지만, 오쿨루스가 데스 나이트를 사용하는 걸 본 적이 없었다. 그는 자연과 동화된 마족이며 죽음을 몰고 다니는 데스 나이트를 기피하는 성향이 있었다.

'잔혹한 사령관과 싸우며 잃은 손실을 만회하려는 작정인가?'

영혼 나비 때문이라는 생각은 좀처럼 들지 않았다. 그가 사용하는 스킬 '현안'이 심안보다 상위의 것이라고는 여길 수 없었다.

저의가 무엇인가.

그저 병력만 채울 셈이라면, 욕심을 크게 부리진 않을 것이다.

"120만."

"랜달프 님…… 도저히 끝을 알 수가 없습니다!"

"130만."

"오쿨루스 님!"

"140만."

"다시 랜달프 님이 앞서갑니다!"

"150만."

"천장의 소녀상과 소년상이 웃지 않습니다. 그만한 포인트를 보유하고 있다는 뜻이지요! 역시 대공의 좌에 앉은 분답습니다!"

시선을 돌렸다.

오쿨루스가 나를 바라보고 있었다.

병력만 채울 셈이 아니다. 저 눈빛, 저 표정…… 그는 내게 '과시'하고 있었다.

'과시라고?'

150만 포인트면 이미 평균치를 훌쩍 넘어선 수치다. 그만한 포인트를 투자해서 하고자 하는 게 고작 과시란 말인가!

마치 나를 도발하는 태도다.

그런데 가슴을 찌르는 것만 같은 묘한 감각이 들었다.

가만히 심안을 열었다. 느닷없는 견제. 오쿨루스에게 무언가 변화가 일어났다면 그것을 알아볼 작정이었다.

['심안(Ex U)'의 정보가 '세계의 눈(Epic)'에 의해 읽혔습니다. 방어율 20%!]

[지능 보정(93)! 하지만 상대의 마력이 너무 높습니다. 효과가 미비합니다. 방어율 23%!]

[방어에 실패했습니다.]

[주의! '세계의 눈(Epic)'이 '심안(Ex U)'을 반사합니다. '랜달프 브뤼시엘'의 상세 정보가 '오쿨루스'에게 드러납니다.]

현기증이 몰려왔다. 눈앞을 어지럽히는 무수한 숫자들.

내 몸에서도 몇몇 숫자가 튀어나왔다.

주변 마족들은 반응이 없다. 오로지 나에게만 보이는 현상인 듯싶었다. 하지만 그런 건 아무래도 좋다. 나조차도 당황할 수밖에 없었다.

……드러났다?

오쿨루스가 이를 보이며 미소 지었다. '너의 모든 걸 알고 있다'는 표정. 동시에 '호오!' 소리를 내며 감탄을 흘린다.

'유도당했다.'

150만을 지르며 달린 이유.

내게 보인 태도들.

모두 내가 심안을 자신에게 사용하길 바라서다.

이런 일이 벌어지리라곤 상상도 못했다.

나로 인해 모든 게 변화한 만큼 이런 일도 있을 수 있으리라고 예상을 했어야 했건만!

절로 미간을 좁혔다.

'세계의 눈. 필시 현안의 진화형 스킬일 것이다. 하지만…… 전생에선 보이지 않았던 스킬이야. 하물며 이 짧은 시간에 에픽 등급을 어떻게 만들어낸 거지?'

강하게 쥔 주먹에선 땀이 흘렀다. 침이 말랐다.

본래 오쿨루스는 세계의 눈이란 스킬을 가지고 있지 않았다. 전생에서도 마찬가지다.

나와 부딪힌 이후 커다란 변화가 있었음이다.

하지만 여전히 비정상적이다.

고작 몇 개월 만에 유니크의 스킬을 에픽 등급으로 끌어올리는 게 가능한 일이던가?

나 또한 몇 번의 우연이 겹쳐서 가능하지 않았던가.

마음이 급해졌다.

내 상태창을 보았다면 보다 많은 걸 알 수 있다. 많은 걸 추론해 낼 수 있었다.

"영혼 나비와 데스 나이트가 오쿨루스 님에게 낙찰되었습니다! 축하합니다! 결코 후회하지 않으실 겁니다."

드보롱의 목소리는 들리지도 않았다.

나는 오로지 오쿨루스만을 강하게 노려보고 있었다.

'……안이했군.'

세계의 눈은 상대가 사용한 스킬의 구조를 읽고 반사해 내는 게 가능한 것 같았다.

하지만 이미 엎질러진 물이다. 인정할 수밖에 없었다.

가만히 있을 수는 없는 노릇.

이것을 어찌 수습할 것인지. 머리가 복잡해졌다.

"'준비된 자의 서약'이 대공 오쿨루스 님께 낙찰되었습니다!"

"마수 '고롱골'이 대공 오쿨루스 님께 낙찰되었습니다!"

"'자츠발의 신발'이……!"

이어지는 경매.

오쿨루스의 폭주가 시작됐다.

다섯 개의 아이템을 더 거머쥐어 10번째 경매 물품이 나왔을 때 그중 6개를 낙찰받았다.

무려 500만 포인트를 사용한 것이다.

나는 언제나 효율을 중시했기에 가파람의 경우처럼 가치를 인정해 준 것이 아니라면 한도 이상의 포인트를 부르지 않았다. 바람잡이 역할을 할 때도 마지노선을 정해두고 움직였다.

그런데 오쿨루스는 언제나 그 마지노선 바로 위엣 단계의 가격을 불렀다.

내가 낙찰을 받으려거든 정해둔 기준을 깰 수밖에 없는 상황.

'오쿨루스만이 경매에 참여하고 있다.'

특이한 점은 또 있었다.

오쿨루스 파벌의 모든 마족이 경매에 참가하지 않고 있었다. 참가하는 이는 오로지 오쿨루스뿐이었다.

'이상하군.'

꼭 다른 마족의 포인트를 가져와서 사용하는 모습이다.

하지만 마신이 만들어낸 시스템은 결코 허술하지 않다.

시스템에 가장 정통한 어둠의 정령들조차 균열을 여는 데 막대한 위험과 손해를 감수한다지 않나.

포인트 거래 역시 정당한 가치의 물건만이 허락을 받는다.

'정당한 가치의 물건…….'

그래. 따져 보면 이론상 가능은 하다.

던전의 모든 것을 휘하 마족들에게 판매했다면 말이다.

하지만 그것은 확고한 믿음 없이는 저지를 수 없는 일이었다. 만에 하나 휘하 마족 중 하나가 배신하거든 여파를 걷잡을 수 없다.

그리고 파벌 내의 모든 마족이 서로를 믿는 건 말도 안 된다. 이것이야말로 불가능하다.

'오쿨루스, 무슨 마법을 부린 것이냐.'

변화가 있었다. 나는 그 변화를 읽지 못했다.

12명. 오쿨루스 파벌 내의 포인트를 모두 합산해도 나보다 적다. 하나 정녕 얻고 싶은 걸 얻으려거든 나도 손해를 감수할 수밖에 없을 것 같았다.

"자, 드디어 11번째 경매 물품의 등장입니다. 창구에서 모두 주목하셨으리라 장담합니다. 선녀족이라 불리기도 하고, '마고'라 불리기도 하는 최상급의 마수. 바람을 타고 다니며 그 눈은 억만금의 가치가 있다 전해지는 전설의 마수! 지금부터 소개합니다."

마족들의 눈이 번뜩였다.

모두가 기다리던 게 드디어 등장한 것이다.

차례를 알았던 나조차 지금만큼은 긴장이 되었다.

특히 오쿨루스를 견제하고자 하는 마음이 더욱 커졌다.

내 상태창을 읽었지만 내가 보유한 포인트의 총합만큼은 알지 못할 것이었다.

쾅! 쾅!

곧 거대한 철창이 정령들에 의해 끌려왔다. 그 안에 마고가 있었다.

마고는 몸을 뒤집으며 악을 질러댔다.

그 모습을 확인한 드보롱이 한쪽 손을 내밀며 우아하게 고개를 숙였다.

"시작가는 130만 포인트 되겠습니다."

"500만."

"……오쿨루스 님?"

"부족한가?"

"아, 아닙니다. 오…… 쿨루스 님께서 500만 포인트를 부르셨습니다."

드보롱이 화들짝 놀랐다. 500만이라니!

천장의 소년상과 소녀상은 웃지 않았다. 그만한 포인트를 보유했고, 질렀다.

한마디로 떨거지는 모두 꺼지라는 뜻이었다.

실제로 참가할 수 있는 마족은 없었다.

마고를 노리던 대공 우파의 경우엔 아예 얼굴이 붉어졌다. 그러나 우파는 안중에도 없다. 오쿨루스가 웃음을 머금은 채 나를 흘겼다.

해볼 테면 해보라는 듯.

'오쿨루스……!'

정녕 나와 적대할 셈인가?

내 상태창을 읽고 내가 가진 힘을 확인했음에도?

그렇다면 상대를 잘못 골랐다.

꽈드득!

이를 갈았다.

다른 건 몰라도 마고는 나의 것이었다.

유일한 최상급 2Lv의 마수. 내년, 혹은 내후년까지 나오지 않을 가능성이 높았다. 적어도 일 년 이상 우위를 점할 수 있게 해준다는 것이다.

어차피 일은 벌어졌다. 나는 자리를 보다 굳건하게 지켜야만 했다. 오쿨루스의 작전이 무엇인지 모르겠지만 나의 정보가 넘어간 이상, 거리낄 것도 없었다. 도리어 여기서 주춤하며 나 자신을 숨기려 들면 먹기 좋은 먹잇감으로 보일 따름이다.

"600만."

"랜달프 님, 지지 않겠다! 이럴 수가. 믿기지 않는군요. 달리는 단위가 다릅니다."

"700만."

"미쳤군요, 정말 미쳤습니다! 마고의 울음소리가 마치 천상의 하모니처럼 들립니다. 과연 끝은 어디일지요?"

이로써 오쿨루스는 애당초 1,200만의 포인트를 보유하고 있었다는 걸 알렸다. 나는 눈썹을 찡그리며 고민했다. 천만금의 가치가 있다고는 하나, 이대로 천만을 넘길 수도 있는 노릇이었다.

"800만."

"아아, 마고의 진정한 값어치를 생각하면 타당한 가격입니다만, 정말 오랜만에 느껴보는 전율입니다. 랜달프 님께서 800만을 부르셨습니다!"

이후 정적이 흘렀다. 모든 마족이 갖은 감정을 갖고 오쿨루스와 나를 바라봤다. 경악, 의문, 시기, 짜증 등의 복합적인 감정이 눈빛을 통해 드러났다.

그럴 수밖에.

평균 130만.

내가 올려 버린 30만을 제외하면 고작 100만.

경매는 개개인이 참여하는 것이고 많아봤자 수백만이 한계라고 여겼다. 그것이 상식이니까. 그들 또한 2년간 던전을 경영해 보았으니 현실적인 부분을 잘 알고 있었다. 포인트라는 게 의외로 모으기 어려움을 말이다.

그런데 상식이 산산이 깨지는 중이었다. 이미 반쯤은 박살났다.

어떻게?

가장 먼저 드는 의심이다.

그러나 답이 도출될 리 없다. 나는 미래의 일을 알고 있고 그를 토대 삼아 여러 일을 벌였기에 가능했다. 하여 지난 2

년간 내가 독주할 수 있었다.

하지만 새로운 강자가 나타났다.

오쿨루스.

"크하하하하!"

그가 크게 웃었다.

배를 부여잡고 미친 듯이 웃어 젖혔다.

오쿨루스의 성격을 생각하면 불가능한 일. 그는 감정의 표현을 확실히 하는 법이 거의 없었다. 특히 다른 마족들 앞에선 목석처럼 행동하기 일쑤였다.

그런데 거리낌이 없다.

여봐란 듯이 몸을 들썩이며 크게 움직였다.

"역시! 랜달프 브뤼시엘! 네놈도 '선'을 넘었구나! 일전에 보인 모습이 전부가 아니었어! 크하하하하!"

"개소리를 지껄이는군."

뭐라는 건지.

선?

처음 듣는 소리다.

그리고 누군가가 나에 대해 정의하고 판단하는 그 기분, 정말 별로였다. 그 누군가가 하물며 대공임에야.

그러거나 말거나 오쿨루스는 계속해서 짖었다.

"네놈이 알려주지 않았더냐! 이 '게임'에 불가능은 없다고! 하룻강아지였던 놈이 말도 안 되는 성장을 보였지. 그것은 네놈이 '선'을 넘었기 때문이지 않은가!"

"오쿨루스, 시답지 않은 소리를 할 거라면 혼자 벽을 보고 대화하라. 더는 못 들어주겠군."

드보롱에게 고갯짓을 했다.

하지만 드보롱조차 오쿨루스의 말에 강한 흥미를 가지고 있는 듯 반응하지 않았다.

대공, 공작, 이하 모든 마족이 오쿨루스를 집중하고 있었다.

"마신의 제안을 받아들인 순간 힘이 약해졌음을 느꼈다. 나는 그것을 단순히 제약으로만 생각했다. 하지만 아니었어……. 점차 힘을 회복해 가며 '선'을 넘은 지금은 알 것 같다. 약화는 도약을 위한 준비였다. 나는 강해졌고 더욱 강해질 것이며 종국에는 진화하리라. 마왕을 넘어선 무언가의 존재로!"

아주 열변을 토했다.

나에게만 국한된 게 아니라, 마족 전부에게 전하는 메시지였다.

거기서 끝이 아니었다.

"정녕 궁금하지 않은 건가? 어디까지 가능할지, 어떠한 존재로 거듭날지 말이다! 왜 그대들은 인간 따위에게 초점을 맞추고 있는 거냐. 이건 지구라는 행성을 멸망시키기 위한, 그런 단순한 일이 아님을 왜 못 알아보는 것인가!"

"오쿨루스…… 네 녀석, 미쳤구나?"

아리엘.

그녀가 싸늘하게 말했다.

마왕의 적자. 오로지 마왕에 모든 무게를 건 대공.

한데 그것을 '단순한 일'로 치부했다.

확실히 오쿨루스의 발언은 도를 넘었다.

"본래라면 말하지 않았을 것이다. 서로에게 득 될 일은 결코 하지 않는 게 우리이니 말이다. 그러나 너무나도 아쉽다. 홀로 독보하며 진화하거든 결국 종으로서의 기능은 불가능하지. 모든 걸 초월했대도 그것을 '종'으로 규정할 순 없다. 그래서 나는 그대들에게도 기회를 주고 싶은 거다. 랜달프 브뤼시엘은 이 기회를 먼저 접했지만 감췄지. 본디 약자였고 강해진 지금은 거리낄 게 없이 충동적이야. 강한 자존심, 자존감……. 속이 깊은 척하지만, 내가 보기엔 아직 애송이에 불과하다. 기회를 독시하기엔 너무 어려. 너무 약했고……. 근본 자체가 약하다면 어느 정도 선까지 강해질 순 있겠지만 진화는 불가능하지. 하지만 마계를 사 등분하여 수백 년간 주름잡았던 우리 '대공'이라면 이야기가 다르지 않겠는가!"

구구절절하지만 전하고자 하는 바는 간단했다.

나는 부족하고, 대공들은 충분하다는 것.

진정한 적대적 선언이다.

자연스럽게 인상이 구겨졌다.

"선이 뭔가 했더니 휘하 마족 전부와 혼을 일체화시켰군.

오쿨루스, 진정 미쳐 버린 건가?"

그리고 그때 판데모니엄이 나섰다.

주술과 마도에 정통한 늙은 괴물. 그가 눈살을 찌푸렸다.

"계속해서 마력의 흐름이 바뀌는 게 어쩐지 이상하다 싶었다. 하! 마족이 자연을 다룬다 할 때부터 제정상이 아니라는 건 알았지만 끝내 자멸의 길로 들어섰구나."

휘하에 존재하는 열두 마족. 그들과 혼을 동화시켰다는 말이었다. 그래서 휘하 마족들의 포인트도 함께 사용이 가능했던 것이었다.

하지만 그러한 행위는 결국 파멸을 불러온다. 혼을 동화시키는 것은 매우 위험했고 성공한 사례가 없었다. 마계에서조차 금지된 일 중에서 선두를 달리는 그런 위험도를 내포했다.

그러나 오쿨루스는 다른 생각을 가지고 있는 듯싶었다.

"아니! 이것이야말로 진화의 시작이다. 모두와 이어진 지금 나는 볼 수 없는 것을 보고, 느낄 수 없는 것을 느낄 수 있게 됐다. 혼의 불안정함은 내 '자연화' 스킬로 조금씩 회복할 수 있지. 물론 이 방법이 옳다고 할 수는 없다. 여러 방법 중 하나라고 생각하면 편할 것이다. 요컨대 상식을 깨고 행동하라는 의미다, 판데모니엄."

판데모니엄이 쯧 혀를 찼다. 더는 말이 통하지 않을 걸 깨달아서다. 무엇보다 다른 대공을 걱정할 정도로 그의 아량이 크지는 않았다.

다른 대공들의 반응도 마찬가지였다. 혼의 연결, 동화. 그것이 가져다주는 위험을 너무나도 잘 알고 있었다. 그런 정신 나간 짓거리로 '진화'를 운운하는 오쿨루스가 가소로울 따름이었다.

막대한 포인트를 보유한 것은 굉장하나, 그게 전부다.

"그래, 인정하기 싫겠지. 하지만 곧 알게 될 것이다. '선'을 넘는 자만이 이 게임에서 승리하고 모든 것을 거머쥘 자격을 얻게 될 것이란 사실을! 부디…… 사냥꾼에게 사냥당하기 전에 깨달았으면 좋겠군. 최후에서 맞이하는 게 그대들이길 바랄 따름이다."

사냥꾼은 나를 일컫는 말이다.

내 칭호까지 확인을 한 게 분명했다.

이어서 오쿨루스가 등을 돌렸다. 그를 따라 마치 하나처럼 열둘의 휘하 마족이 움직였다.

끼이익!

쿵!

문이 닫히며 싸늘한 분위기가 감돌았다.

오쿨루스는 다섯 개의 물건을 낙찰하고 경매를 기권한 것이었다.

나는 가만히 그가 사라진 방향을 바라보고 있었다.

'본래는 우파를 먼저 제거하려 하였으나…….'

계획이란 항시 변하는 법.

우파도 나중에 가면 귀찮아질 게 분명하여 우선순위에 둔 것에 불과했다. 우파가 본격적으로 움직이면 진흙탕 싸움이 될 게 뻔하기 때문이다. 그 전에 싹을 자르고 줄기를 거둬낼 작정이었다.

한데, 더 귀찮아질 것 같은 놈이 나타났다.

일이 이렇게 될 줄 알았다면 잔혹한 사령관과 함께할 그 때, 모든 걸 쏟아부어 모험을 걸어볼 것을 그랬다.

나도 무사하지 못할 가능성이 높아서 쉬쉬했지만 그 일이 이렇게 날아올 줄은.

곰곰이 방법을 떠올려 봤다.

다른 마족과 던전을 집어삼켜 힘을 키운 뒤 오쿨루스를 친다?

우파를 상대할 땐 그럴 수 있다. 그가 나를 모르기 때문이다.

하지만 오쿨루스는 나를 안다. 나도 잘 모르는 나에 대한 기준을 세우기도 했다.

당연히 그런 지지부진한 방법을 사용할 순 없었다.

그러니…….

'오쿨루스, 너는 나서지 말았어야 했다.'

우선, 놈부터 제거해야겠다.

경매는 속행됐다.

결과적으로 마고는 내 손아귀에 떨어지게 되었다.

남은 포인트는 1,100만가량.

본래 사려고 한 아이템들이 있었으나 나는 생각을 바꿨다.

전체적인 전력의 보강에 힘을 써야 할 것 같았다.

정말로 오쿨루스가 12명의 마족과 혼을 동화시켰다면 한 곳만 처리한다고 되는 게 아니다. 오히려 한 곳을 처리하면 순식간에 집결하여 내 뒤를 노릴 수도 있었다.

한 번에 목을 따야 한다.

하지만 시간이 조금 더 필요하다.

오쿨루스를 포함한 열세 마족을 동시에 상대키엔 아직 힘이 부족했다.

'본체를 처리하면 문제가 생길 테지. 알아서 동화된 그들 모두가 자멸할 수도 있다.'

그러니 일단 오쿨루스만 죽인다.

그가 본체인 건 확실했고 본체에 문제가 생기면 분신은 타격을 받을 수밖에 없었다. 운이 좋으면 오쿨루스를 죽인 순간 나머지 열두 마족이 자멸할 가능성도 있었다.

이번 경매는 그것을 위한 사전 작업이다.

원래의 계획은 보다 멀리 보고 힘을 기르는 데 적당한 아이템을 선택할 셈이었지만…….

"드워킹! 철을 다루는 데 가장 완벽한 존재라고 일컬어지는 드워프의 최종 형태입니다. 드워킹은 태어날 때부터 모든 금속을 알고 다룰 수 있다고 하지요! 시작가는 60만입니다!"

"60만."

"후작 아나스타샤 님!"

"70만."

"대공 우파 님!"

"80만."

"아아, 또다시 랜달프 님! 그의 끝은 어디인가!"

내가 나서자 다시금 분위기가 죽었다. 바람잡이도 한두 번이지 알맹이만 골라서 쏙쏙 빠지는데 힘이 빠지는 건 당연지사였다.

그 결과는 드보롱의 입을 통해 나타났다.

"80만 포인트에 드워킹이 낙찰되었습니다. 랜달프 님, 축하드립니다!"

근원의 나무를 활용해 무구를 만들려거든 드워킹이 필수불가결이었다. 스테인을 제외하면 나머지 드워프들의 실력은 고만고만했다.

전체적인 질적 향상을 위해서라도 드워킹이 필요했다.

드워킹이 만든 장비를 다크 엘프, 혹은 무기를 사용하는 마수들에게 착용시키면 그 즉시 전력의 향상으로 이어진다. 적어도 내게 있어서 드워킹은 80만 포인트 이상의 값어치가 있었다.

이후 몇 가지 아이템을 깔끔하게 포기했다. 대신 바람잡이 역할은 쉬지 않았다.

경매에 참여한 목적이 바뀌었대도 최종 목표가 모든 마족인 이상 이런 작은 방해도 소홀히 할 수 없었다.

이윽고 19번째 경매 물품이 나왔다.

"자, 다음 경매 물품을 소개하겠습니다. 작년 마계 옥션에서 한 번 소개한 적이 있었지요. M1과 M2를 말입니다. 겉으로 보기엔 철판같이 생겨서 그 진정한 값어치를 깨닫지 못한 분이 많으셨는데요. 오로지 구매자님만이 그 효용을 몸소 겪어봤다고 생각합니다. 하지만 이번에는 겉으로 보기에도 훌륭합니다. M3입니다!"

처억, 처억.

느릿한 발자국 소리.

곧 붉은색 전신 갑주와 기다란 랜스를 착용한 기사가 모습을 드러냈다.

'다르군.'

M1, M2와 비교하여 비슷한 점은 거의 없었다. 색깔부터 외형까지. 하물며 느껴지는 마력의 파장조차 같은 이름을 달고 나왔다곤 믿을 수 없을 정도로 차이가 난다.

거기다가 M3라니.

내 기억상에 없는 녀석이다. 저런 골렘이 있었다면 기억하지 못할 이유가 없었다. 한눈에 보기에도 강렬한 존재감을 과시하고 있었던 것이다.

흥미가 동해 심안을 열었다.

이름 : M3

능력치 :

힘 90

지능 0

민첩 90

체력 80

마력 80

잠재력 (340/340)

특이사항 : 처음부터 완성된 존재. 더 이상 성장하지 않고, 자아가 필요 없기에 지능이 한없이 0에 수렴합니다. 하지만 주인의 명이라면 그게 무엇이든 수행하는 최강의 골렘입니다. M1과 M2보다 더욱 개선되었습니다.

스킬 : 질풍(Ex U), 연격(Ex U)

M3의 상태창을 확인하고 가장 먼저 든 생각은 '준수하다'는 것.

M1과 M2에 비해 모든 면에서 훌륭했다.

특히 질풍과 연격 스킬은 함께 사용하기에 안성맞춤이었다. 충분히 최상급 마수와도 결전을 펼칠 수 있는 강자였다. 살짝 끗발이 부족하긴 하지만 마고를 얻지 못한 대공들이 눈독을 들이기엔 충분했다.

"시작가는 60만입니다!"

그저 장비를 만드는 게 전부인 드워킹은 열기가 뜨겁지 않았다. 무언가를 만들려면 그만한 재료가 들어가는 법. 나야 근원의 나무가 있어서 구매했다지만 다른 마족들은 크게 구애되지 않았다. 해서 생각보다 쉽게 얻을 수 있었다.

"60만."

"공작 비자츠 님!"

"70만."

"후작 가뉘슈 님!"

그러나 직접적인 전력이 된다면 이야기가 달라진다.

나도 M1과 M2로 제법 재미를 봤기에 M3에 자연스럽게 눈이 갔다.

"80만."

"뜨겁습니다. 굉장합니다! 백작 바하서스 님!"

가장 뜨거운 관심사였던 마고가 내게 낙찰되자 마족들은 더 이상 고민하지 않았다.

사려고자 하는 것을 사는 데 거리낌이 사라진 것이다.

물론 저 중에 바람잡이가 없다고는 할 수 없었다. 지속적으로 경매에 참여하지만 정작 낙찰에는 크게 관심이 없어 보이는 공작 비자츠 멘담이 좋은 예였다.

입찰이 적어지면 그제야 재미를 볼 셈이다. 그 혼자 움직일 리는 없고 대공 우파가 사전에 지시한 것이리라.

'다른 마족들이 탐낼 만한 것들. 초반에 가격을 띄워 후반

부는 자신이 독식하겠다. 그런 의도겠지.'

마계 옥션의 특성상 앞부분에 좋은 게 나오긴 하지만, 그렇다고 나중에 나오는 아이템이나 마수가 나쁘다고 할 수도 없었다. 나름 엄선한 작품들이기에 극후반에도 쓸 만한 것들이 종종 등장하곤 했다.

아마도 우파가 진정으로 노리는 건 후반부다. 초반의 가장 큰 이득이었던 마고의 입찰에는 아예 참여도 하지 못했으니 노선을 바꿔 아예 후반에 집중키로 한 것이다.

그러려거든 미리미리 경쟁자를 솎아내야 함이었다. 유독 우파 진영의 마족들이 바람잡이로 등장하는 것을 보면 아주 틀린 예상은 아닐 듯싶었다.

'전략을 확실하게 세웠군.'

다급한 줄로만 알았다. 실제로 우파는 상황이 여의치 않았다. 휘하 마족은 줄었고 전력의 보강은 선택이 아닌 필수였다.

경매가 시작된 직후부터 여유가 없는 듯 행동하며 다소 안달하는 작태를 보였지만 이제는 그 행위들 하나하나가 진실이 아니라는 걸 알겠다.

'연기.'

그렇다. 연기. 자신의 상황을 역으로 이용하여 주변 적을 훑어낼 작정이다. 오쿨루스에게 관심을 집중하고 있었던 터라 뒤늦게야 우파의 움직임이 눈에 들어왔다.

대부분의 경매에 우파 파벌의 마족이 참여했지만 실제로 낙찰받은 물건은 없다. 그것을 나도 방금 전에 겨우 깨달았다.

'오쿨루스가 괜찮은 연막이 되어준 덕분이지.'

탁.

무릎을 때렸다.

워낙 강렬한 인상을 남겨서 우파와 그의 파벌이 가려졌다. 우파에겐 큰 기회가 왔다고 할 수 있었다.

다른 대공들은 어떨까.

아리엘, 판데모니엄.

그들은 우파의 전략을 깨달았을까?

"90만."

"그분이 출전하셨습니다. 백작 랜달프 님! 90만 포인트 나왔습니다."

"100만."

"아아, 이번엔 대공 우파 님께서!"

우파는 여전히 심기가 불편해 보이는 표정을 짓고 있었다.

하!

어처구니가 없다. 대공이 직접 나서서 '연기'를 할 줄이야. 확실히 상황이 급변하긴 한 모양이었다. 누가 보더라도 지금 우파의 상태는 불안하고 초조해 보였다.

마치 더는 상위 입찰하지 말라는 듯.

동시에 그는 알고 있었다.

누군가가 반드시 상위 입찰을 할 것이라는 사실을 말이다.

'대개의 마족들에게 그 정도의 안목은 생겼다. 1년 차, 2년 차 때와는 확연히 다른 점이지.'

더불어서 중립인 내가 마고를 구매했고, 오쿨루스가 금기시되는 방법으로 강해졌다. 조급해질 만했다. 그 조급함을 없애기 위해서라도 좋은 마수나 아이템에 더욱 집착과 욕심을 부리는 게 당연해진 것이다.

"110만."

"대공 판데모니엄 님까지! M3는 아주 막강한 골렘입니다. 마도에 정통하신 판데모니엄 님이시라면 M3의 천문학적 가치를 깨달으셨겠지요!"

여기서 우파가 보인 행동은 간단했다. 들릴 듯 말 듯 작게 손가락을 튕겨낸 게 전부였다. 적당히 우파다우면서 자신의 상태를 알리는 훌륭한 연기다.

판데모니엄의 출현 이후로 사방이 정적에 휩싸였다.

110만 수준에서 결판이 나려는 징조였다.

드보롱이 막 입을 열고 마지막 선언을 하려는 그때.

나는 피식 웃으며 입을 열었다.

"120만."

"질쏘냐. 백작 랜달프 님께서 다시금 상위 입찰하셨습니다!"

가만히 팔짱을 낀 채 눈을 감았다. 여태껏 고민 없이 빠르게 달려오기만 한 나다. 주춤하는 모습을 보이니 누군가의 머릿속에 고민이 들어찼을 것이다.

"더 안 계십니까? 3초를 세겠습니다. 더 이상 입찰자가 나타나지 않으면 M3는 랜달프 님께 낙찰됩니다! 3, 2, 1!"

그러나 우파도 모험을 할 생각은 없어 보였다. 10만, 20만이라도 가격대를 올리는 수준에서 일단 만족하는 모양새다.

"축하합니다! M3가 랜달프 님께 낙찰되었습니다!"

자잘한 아이템은 과감하게 생략했다. 우파의 속셈이 뻔했고 현재로선 나보다 그가 바람잡이에 어울렸다. 오쿨루스가 말한 '선을 넘은 자'의 범주에 내가 포함되어 있는 탓에 입찰에 나서면 경매에 번지는 불길이 조금 사그라지는 감이 있었다.

나 또한 금기를 어겼다고 여겨지는 것 같았다. 그래서인지 나름 우호적이었던 아리엘마저 나를 싸늘하기 그지없는 시선으로 내려다보고 있었다. 하이엔달의 목걸이를 뺏긴 걸 겸해 분노도 엿보이는 지경이다.

'어차피 파멸할 녀석. 상대도 안 해주겠다, 이건가?'

자멸할 놈과 경쟁을 하느니 아주 욕심이 나는 아이템이나 마수가 아닌 이상 놔두겠다는 주의인 모양이었다.

오쿨루스와 동격의 취급을 당해서 기분은 나빴지만 이 포지션은 그 나름대로 괜찮았다. 내가 할 역할을 우파가 해주고 있었고 여유롭게 구매할 것을 선택하면 그만이었다.

이왕지사 착각을 당해줄 것이라면 최대한의 이득을 뽑는 게 낫지 않겠는가.

그 탓인지 '천년의 낙인'과 '낙뢰의 보주'를 추가로 손쉽게 얻을 수 있었다. 둘 다 옵션이 애매한지라 마족들에게 있어서 크게 욕심이 안 가는 물건이기도 했지만 경쟁이 예상보다 거의 없었다는 점에서 나는 지금의 포지션을 지키기로 마음먹었다.

"이번에 소개해 드릴 아이템은 조금 특이합니다. 저 드보롱도 뭐라 할 수가 없는 그런 아이템이지요. '알 수 없는 상자'. 예, 바로 이것입니다."

어둠의 정령들이 제법 큰 상자를 가지고 왔다. 볼품없다는 말이 이처럼 어울릴 수가 없는 상자였는데 어찌 보면 관처럼 생기기도 하였다.

마계 옥션에는 걸맞지 않은 물건이다. 이에 모두가 의아해하자 드보롱이 작게 한숨을 내쉬었다.

"혹시 세기의 도둑으로 불리었던 '세심'을 아십니까? 500년쯤 나름의 전설을 세웠던, 그쪽 분야에선 전설적인 인물이었습니다만."

500년 전.

그렇게 오래되지 않은 일이다.

판데모니엄은 그 시대의 산증인이었고 왜인지 표정이 어그러졌다. 안 좋은 연이라도 있는 듯싶었다.

'얼핏 들어본 것 같군.'

도둑 세심.

혹은 모험가 세심.

마계에서 활동한 수백 년 전 마족이다.

능력 자체는 일천했지만 훔치는 기술 하나는 기가 막혔다는 이야기를 얼핏 들은 기억이 있었다. 강자도 약자도 아닌 애매한 위치인지라 크게 신경을 쓰지는 않았지만, 그가 행한 모험들이 꽤 솔깃한 것도 사실이었다.

영혼의 계곡, 황야의 지저, 붉은 전갈의 산맥, 사자의 호수 등등. 그가 가지 않은 곳은 없었고, 그곳에서 얻은 것들치고 대단하지 않은 것이 없었다.

실제로 확인한 이가 없어서 그게 사실인지 아닌지는 모르겠지만 하여간 세심이란 이름이 나오자 관심이 갔다.

드보롱이 이어서 말했다.

"세심의 보물 창고에서 구한 유일한 물건입니다. 휴~ '황야의 지저'까지 가서 어렵게 구한 것치곤 참으로 맥이 빠지는 일이었지요. 그런데 웬걸! 상당히 강력한 제약이 걸려 있더군요. 한 번 열면 양도가 불가능한, 그런 저주였습니다. 심지어 안에 든 물건이 무엇인지 확인도 못 하더군요. 물건을 판매하는 입장에선 여간 골치이지 않을 수 없는 일이었습니다."

어둠의 정령들이 가진 봉인술이나 봉인 해제술은 상당한 것으로 알고 있었다. 저주도 마찬가지다.

한데 그들이 풀지 못해 쩔쩔맸다고 한다.

'보통의 상자는 아니란 건가.'

문제는 저 안에 무엇이 들어 있는지 아무도 모른다는 점.

침착하게 심안을 열었다.

만약 숨겨진 옵션이 있다면 어둠의 정령들도 알아차리지 못한 무언가를 알게 될 수도 있었다.

이름 : 알 수 없는 상자

설명 : 도둑 세심이 꽁꽁 감춰둔 상자. 무엇이 들어 있는지 알 수 없다.

*한 번 열면 양도 불가. 상자와 안에 든 모든 것이 강제 귀속된다.

*단 하나의 물건이 나오고 나머지는 상자 속에서 소멸한다.

**사용자의 지능이 높을수록 '좋은 것'이 나올 확률이 올라간다.

마치 미믹을 떠올리게 하는 옵션이다.

보석이나 잡스러운 아이템 등을 몸 안에 숨겨두는 상자형 마수. 하지만 하나만 나오고 나머지가 소멸한다는 점은 또 달랐다.

'지능이 높을수록…….'

무엇이 나올지 알 수 없다. 대신 지능이 크게 관여하고 있었다.

지능이라!

내게는 크리슬리가 있다.

지능 100을 넘어 105에 다다르는 압도적인 능력치의 소유자!

충분히 도박을 걸어볼 만한 것이다.

남은 건 가격이었다.

"……100만 포인트에서 시작하겠습니다. 죄송합니다. 하지만, 그 이하로 판매되면 황야의 지저를 돌며 들어간 저희의 손실이 너무나도 큽니다. 물론 세심이 철두철미하게 숨긴 상자이니 보통의 물건이 아니라는 건 확실합니다! 적어도 봉인된 무구보단 확률이 높지 않겠습니까?"

드보롱조차 크게 자신은 없는 듯했다.

그래도 팔긴 팔아야 하니 내놓는다.

손실을 만회하려면 별수 없었다.

여는 순간 양도도 불가능해서 어둠의 정령들 입장에선 그야말로 계륵이었다. 하나 제아무리 봉인된 무구와 비슷하다고 하더라도 가격대가 너무 높다.

숨겨진 옵션을 볼 수 없는 마족들이라면 아예 사려는 생각을 못 하는 게 현실이다. '단 하나'만 얻을 수 있다는 것도 걸린다.

무리수임을 알지만 드보롱이 애처롭게 주변을 돌아보았다.

황야의 지저를 탐사하며 그만큼 많은 정령이 죽어 나간 탓이다. 영혼의 계곡보다 위험한 곳이 그곳이었다.

"아무도 안 계십니까? 전설적인 도둑 세심이 마지막으로 남긴 상자입니다. 그의 발자취, 그가 남긴 물건은 세상 어디에도 남지 않았지요. 오로지 이 상자 하나만이 덩그러니 남았습니다. 정말 궁금하지 않으십니까?"

유일무이.

나는 구매하기로 결정했다.

세심이 남긴 물건. 거기다가 지능 105의 크리슬리도 있다. 충분히 도전해 볼 가치는 있었다.

하지만 결정했다고 즉시 행동으로 옮기지는 않았다.

드보롱의 애간장을 태우며 다른 마족에겐 어렵게 선택했다는 인상을 심어줘야 했으므로.

괜히 우파가 끼어들면 골치만 아파진다.

"그가 훔쳤다고 전해지는 목록은 듣기만 해도 놀랍습니다. 그것들 중 하나만 상자 안에 들어 있더라도 100만 이상의 값어치는 충분히 할 수 있습니다. 아니, 운이 좋아 '죽은 산의 징표'라도 얻을 수 있다면 능히 1,000만 이상의 값어치가 있지요!"

크게 외치지만 대답 없는 메아리만 회장에 울려 퍼졌다.

고개를 내저은 드보롱이 하는 수 없이 숫자를 셌다.

"3초를 세겠습니다. 이 시간이 지나면 세심의 상자를 다시는 볼 수 없을 겁니다. 정령왕께서 매우 눈독을 들이고 있기 때문이지요. 3, 2……."

"100만."

"아아! 백작 랜달프 님! 세심이 유일하게 세상에 남긴 물건이라고 저 드보롱이 보증합니다. 부디 좋은 아이템을 획득하길 진심으로 바랍니다!"

더 입찰을 기다릴 필요도 없었다.

내가 나선 순간, 알 수 없는 상자는 내게 낙찰되었다.

그리고 드보롱은 고마움의 눈빛을 보냈다. 딴에는 정령왕을 언급해서 내가 구입한 줄 아는 것 같았다. 서로 나쁜 관계가 아니었으니 '면'을 세워줬다고 여겨도 크게 이상하지는 않았다.

하나, 그런 의도로 움직인 것은 결코 아니었다.

순수하고 완전하게 '알 수 없는 상자'에서 무엇이 나올지 기대했을 뿐이다.

'착각은 자유지.'

딱히 그것을 지적할 생각은 없었기에 한 차례 어깨만 으쓱했다.

to be continued

KILL THE DRAGON

킬더 드래곤

백수귀족 현대 판타지 장편 소설

인간 VS 드래곤

지구를 침략한 드래곤!
3년에 걸친 싸움은 인간의 승리로 돌아갔지만
15년 후,
드래곤의 재침공이 시작되었다!

드래곤을 죽일 수 있는 건 오직 사이커뿐!

인류의 존망을 건 최후의 전쟁.
그 서막이 오른다!